U0102110

CONG GUXIANG CHUFA

CONG SHIJIE HUILAI

从故乡出发

×

陈统奎 —— 著

从世界回来

GUANGXI NORMAL UNIVERSITY PRESS

广西师范大学出版社

· 桂林 ·

图书在版编目（CIP）数据

从故乡出发，从世界回来 / 陈统奎著. —桂林：广西
师范大学出版社，2020.3
（雅活书系）
ISBN 978-7-5598-2561-2

Ⅰ．①从… Ⅱ．①陈… Ⅲ．①纪实文学－中国－当代
Ⅳ．①I25

中国版本图书馆 CIP 数据核字（2020）第 016265 号

广西师范大学出版社出版发行

（广西桂林市五里店路 9 号　邮政编码：541004）

网址：http://www.bbtpress.com

出版人：黄轩庄

全国新华书店经销

广西广大印务有限责任公司印刷

（桂林市临桂区秧塘工业园西城大道北侧广西师范大学出版社

集团有限公司创意产业园内　邮政编码：541199）

开本：889 mm ×1 194 mm　1/32

印张：13.25　　　　字数：330 千字

2020 年 3 月第 1 版　　2020 年 3 月第 1 次印刷

印数：0 001~5 000 册　定价：68.00 元

如发现印装质量问题，影响阅读，请与出版社发行部门联系调换。

总　序

周华诚

"雅活书系"陆陆续续出来了，受到不少读者的欢迎，编辑约我写一篇总序，我遂想起当初策划此书系的缘由。入夜，又细细翻阅书架上"雅活书系"已出的20余种书，梳理并列出将出的近10种书的书名，不由心潮起伏，感慨系之，于是记下我的片断感受。

"雅活"这个概念，并非现在才有，中国实古已有之。举凡衣食住行、生活起居、谈琴说艺、访亲会友、花鸟虫鱼、劳作娱乐，这日常生活里的一切，古人都可以悠然有致地去完成。譬如，我们翻阅古书，可见到古人有"九雅"：曰焚香，曰品茗，曰听雨，曰赏雪，曰候月，曰酌酒，曰莳花，曰寻幽，曰抚琴；又见古人有"四艺"：品香、斗茶、挂画、插花。想想看，"雅活"的因子，覆盖了日常生活的方方面面；也可以说，"审美"这个东西，已渗入中国人的精神血液里头。

明人陈继儒在《幽远集》中说：

香令人幽，酒令人远，石令人隽，琴令人寂，茶令人爽，竹令人冷，月令人孤，棋令人闲，杖令人轻，水令人空，雪令人旷，剑令人悲，蒲团令人枯，美人令人怜，僧令人淡，花令人韵，金石鼎彝令人古。

这样一些生活的风致，似乎已离时下的我们十分遥远。随着社会节奏的加快，人们匆促前行，常常忽略了那些诗意、美好而无用的东西。

美的东西，往往是"无用"的。

然而，它真的"无用"吗？

几年前，我离开从事多年的媒体工作，回到家乡，与父亲一起耕种三亩水稻田，这一过程让我获益良多。那时我已强烈地感受到，城市里很多人每日都在奔波，少有人能把脚步慢下来，去感受一下日常生活之美，去想一想生活究竟应当是什么样子。

山静似太古，日长如小年。

余花犹可醉，好鸟不妨眠。

世味门常掩，时光簟已便。

梦中频得句，拈笔又忘筌。

当我重新回到乡村，回到稻田中间，开始一种晴耕雨读的生活时，我真切地体会到内心的许多变化。我也开始体悟到唐庚这首《醉眠》中的"缓慢"意味。我在春天里插秧，在秋天里收割，与草木昆虫在一起，这使我的生活节奏逐渐地慢了下来。城市里的朋友们带着孩子，来和我一起下田劳作，插秧或收获，我们得到了许多快乐，同时也获得了内心的宁静。

我们很多人，每天生活在喧嚣的世界里，忙碌地生活和工作，停不下奔忙的脚步。而其实，生活是应该有些许闲情逸致的。那些闲情雅致或诗意美好，正是文艺的功用。

钱穆先生说："一个名厨，烹调了一味菜，不至于使你不能尝。一幅名画，一支名曲，却有时能使人莫名其妙地欣赏不到它的好处。它可以另有一天地，另有一境界，鼓舞你的精神，诱导你的心灵，愈走愈深入，愈升愈超卓，你的心神不能领会到这里，这是你生命之一种缺憾。"

他继而说道："人类在谋生之上应该有一种爱美的生活，否则只算是他生命之夭折。"

这，或许可以算是"雅活书系"最初的由来吧。

"雅活书系"，是一套试图将生活与文艺相融合的丛书。它有一句口号："有生活的文艺，有文艺的生活。"在我们看来，文艺只是生活方式的一种。文艺与生活，本密不可分。若仅有文艺没有生活，那个文艺是死的；而若仅有生活，没有文艺，那个生活是枯的。

"雅活书系"便是这样，希望文艺与生活相结合，并且通过一点一滴、身体力行，来把生活的美学传达给更多人。

钱穆先生所说的"爱美的生活"，即是"文艺的生活"。下雪了，张岱穿着毛皮衣，带着火炉，坐船去湖心亭看雪。一夜大雪，窗外莹白，住在绍兴的王子猷想起了远方的老友戴逵，就连夜乘船去看他；快天亮时，终于要到戴家了，王子猷却突然返程，说："我本乘兴而行，兴尽而返，何必见戴！"同样，还是下雪天，《红楼梦》里的妙玉把梅花瓣上的白雪收集起来，储在一个坛子里，埋入地下三年，再拿出来泡茶喝。也有人把梅花的花骨朵摘下，用盐渍好，到了夏天，再拿出来泡水，梅花会在沸水作用下缓缓开放。

——这都是多么美好的事！

生活之美到底是什么？从这套"雅活书系"里，每一位读者或许能找到一点答案。当然，这并不是"雅活"的标准答案，生活本无标准可言——每个人的实践，都只是对生活本身的探寻。而当下的生活，如此丰富，如此精彩，自然也蕴含着无比深沉的美好。"雅活书系"或许是一束微弱的光，是一个提示，提示各位打开心灵感受器，去认识、发现、创造各自生活中的美好。

很荣幸，"雅活书系"能得到读者们的喜欢，也获得了业内不少奖项。我愿更多的人，能发现"雅活"，喜欢"雅活"；能在"雅活"的阅读里，为生活增一分诗意，让内心多一丝宁静。

写完此稿搁笔时，立夏已至，山野之间，鸟鸣渐起。

2019年5月6日

自　序

返乡是一场价值重建

我曾经是一名记者，虽然曾每年发表几十万字，但是写书，这是头一回。

这里记录的，是我从2009年起，一边返乡创业，一边游学世界，所做的和所看见的事。

上篇主题是"从故乡出发"，我讲自己的创业经历。

下篇主题是"从世界回来"，我讲自己的游学经历。

虽然，我游学的足迹遍布世界各地，美国、德国、法国、意大利、瑞士、日本等国。但是，在本书中我集中写了日本和中国台湾地区的案例，因为我觉得，中国大陆的乡村要振兴，首先最值得借鉴的便是日本、韩国和中国台湾地区的经验。比较遗憾，韩国我一直都没有去，以后一定要去的。其他国家的案例，我以后再写。

周游世界回来，我明白了，返乡潮是一种全球现象，是一个国家经济社会发达以后的产物。中国出现返乡潮，不是偶然的，是中国社会发展过程中的必然产物。如今，返乡潮初起，返乡的人怀抱各种动机，各种观念，优的劣的鱼龙混杂，泥沙俱下，正在中国乡村上演一场大戏，于是喜剧、悲剧都在发生。

我希望中国的乡村振兴事业少走弯路，千万别把中国乡村破坏了，这是我写这本书的初衷。我就先来剖析我自己吧，一边自省，一边反思，带大家一起来思考，返乡潮对个体，对国家，究竟意味着什么。

我醒了

我是一个生活、工作在上海十余年的海南人。根据相关户籍制度，我虽然毕业于名校，却不能落户在上海。2005年从南京大学毕业来上海《新民周刊》工作时，我不得不把户口从南京迁回我的出生地——海口的一个火山口古村落。

除了大学四年，从户籍上看，我一直是一名火山村人。

也好，我是一个有根、有故乡的人。

不过，户口并没有拉近我和故乡的距离。我很喜欢上海这个工商业发达的文明社会，尤其喜欢这里的人们视野开阔、观念领先、生活方式新潮。早些年我回到海南还吹牛皮说，上海文明比海南文明超前很多很多年，可见我是多么狂热地爱上海。可是，有一天我觉醒了，那是2009年，作为《南风窗》记者的我去台湾采访，"遇见"了台湾的返乡潮，被点醒了。

记者、作家、陶艺师、企业家、教育家……台湾各类社会精英都在做一件事情：乡村再造。台湾这个社会，已经有一群人怀抱不一样的价值观在过自己的日子，赚钱已经不是他们最重要的人生目标，最重要的是自我价值的实现。不论是更重视生活品质，还是更关注其他价值——有机农业、村落保护、慢生活，等等，于是他们选择再造乡村。

我被这群台湾社会精英的价值观所吸引。

"返乡"这个新事物，让我欢欣雀跃。

依然记得，采访行程结束，台湾两位记者朋友陪我上台北阳明山喝咖啡，我跟他们激动地描述：在海南岛，有一个火山口古村落，依然是一个看天吃饭的传统农村，连自来水都没有，几乎年年干旱，种下的荔枝树几乎很少碰上丰收年，农家的日子得过且过。而它就是我的故乡，我要回去再造故乡。那天从阳明山下来，雨后见彩虹，而且是双彩虹。台湾记者笑曰：做白日梦的人，遇见彩虹就能实现愿望。

从台湾回来一个月后，我就真的返乡了。

从2009年起，我回到故乡，带村民们一起挖水井、盖水塔、修山地自行车道、建民宿、创"火山村荔枝"品牌……转眼，已经第10个年头了。我最开心的是，火山村的人们再也不用看天吃饭，加上村人非常勤劳，一边种瓜菜，一边种荔枝、黄皮等热带水果，70来户人家（300多人）基本过上了小康生活。几乎家家户户都盖了新楼房，这几年一下子买了20多辆小轿车，从村口到海南的中线高速公路美安互通只有800米，我们也修了3.5米宽的连接道路。最近政府还拨了300多万元下来，要把这条道路升级为6.5米宽的"乡村旅游公路"。

再造故乡，真的让火山村发生了天翻地覆的变化。

更重要的是，火山村依然是一个活着的村落，一个生机勃勃的小村庄。

返乡潮

不只是我，返乡的路上已有很多返乡青年，在全岛各处耕耘。

有的，回到万宁老家，复兴海南四大名菜之和乐蟹产业；有的，回到澄迈创办网店协会，把一个县的电子商务办得有声有色；有的，回到定安村子里，实践乡村再造；有的，回到博鳌海边，开起主题餐酒吧，一年营业额上千万……大家不仅回到故乡，而且快乐留乡。2012年，我们开始串联在一起，办起了全国返乡论坛。

2017年，返乡论坛办了五届后，因为募款难，我们暂停了。

一群草根的返乡青年，募款近百万，在海南岛操办一个面向全国返乡青年的年会，其实是"自不量力"的，后来募款越来越难。但是，因为办了五届论坛，我们这些远在海南岛的返乡青年社群串联起来了，又跟全国各地的返乡青年串联起来了，互为榜样，相互鼓舞，让孤独难行的返乡路变得明亮而温暖了许多。

我相信，返乡青年会一点一滴做出改变的。这是一场由下而上的再造故乡行动，也是这个国家的青年价值观的重建现场。其中最突出的一点，就是不再以金钱挂帅，而是努力去寻找新的人生价值。这新一轮的"上山下乡",没有人逼迫我们,我们是自愿的。媒体上多用"新农人"概括返乡青年,也许,用"自愿农"更形象。

老实说,返乡潮涌来的速度和广度,超过我的想象。分析起来,至少有几点原因:

一、乡愁泛起,从中南海到微信朋友圈,乡愁成了人们的集体心结。2015年中央"一号文件"直书"以乡情乡愁为纽带吸引和凝聚各方人士支持家乡建设",重塑了人民对故乡与乡村的想象。希望在田野上。

二、北上广等城市的房价越来越高,年轻人不得不逃离。逃离的人,不论是回到自己的故乡,还是去了其他地方,本质上都是为了追求更美好的生活。莫干山、杭州、厦门、大理等地掀起民宿潮,就是铁证。乡村,让生活更美好——这个理念正在慢慢流行起来。

三、再造故乡成为社会共识。2014年,我和其他三位青年赵翼、刘敬文、钟文彬成立Farmer4新农人组合办千人演唱会,至今在上海、北京、深圳、杭州办了4场,每一场都得到上千粉丝和主流媒体的热烈捧场。我们通过倡导"再造故乡"理念,上了《南都周刊》杂志封面,上了湖南卫视《天天向上》节目,上了中央电视台白岩松主持的《新闻周刊》节目。

四、返乡人的自我价值追求。这跟上面提到的台湾返乡精英们的价值观是一致的,每个人都来当自己人生的主角。

总之,从2017年起,返乡潮清晰可见地来了。

新财富

返乡，一种是返回自己的故乡；一种是返回到别人的故乡。日久他乡是故乡，从日本和中国台湾的成功案例来看，很多是返回外家乡下，即回到老婆出生的乡村创业。乡土社会是一个人情社会，旧有的人脉网络对返乡者而言是一笔可贵的社会资本。

不过，对于返乡，我还有另外一层理解，我认为可以分为物理返乡（身体的返乡）和非物理返乡（知识、智慧、资源等的返乡）两种。我尤其强调，需要有一批非物理返乡的人在城市搭平台，开展消费者共同购买运动、农夫市集、终端门店等工作，为物理返乡创业的人联结城乡，通过城乡互动互助，让物理返乡创业的人有市场的保证。

返乡不是号召逃离城市，而是恰恰需要一大批人去做对接城乡的工作。

当然，我们更需要成千上万个返乡青年去改变一个个小地方，让政府和社会看见返乡青年的力量，看见自下而上再造故乡的力量。我们不需要政府颁发命令，再来一场自上而下的"上山下乡"运动，我们需要的是政府提供政策鼓励青年返乡，并为返乡青年提供金融扶持等帮助，让真正有志于改变中国乡村落后面貌的人回到故乡，再造故乡。

最近，我一直在问我自己，乡村振兴30年后，我的故乡会是什么样子呢？

如果我们想要一个美好的未来，那么，今天我们就有必要为故乡注入美好的元素。

你听说过"国家快乐力"这个概念吗？我想说，返乡青年再造故乡的行动，就是一种国家快乐力的叠加运动。个人的力量也许微薄，但是一群人的力量是巨大的。只要每个返乡青年不断地摸索展现自我的快乐生活方式，就是在共创一个快乐而美好的社会。

我在村里文化室的墙上写了一句大标语——让人民看见财富，再造魅力新故乡。注意，我没有写成"让人民看见金钱"。在我看来，除了追求金钱，我们更要追求健康、快乐、知识、家人、朋友、品味、风格、美学、分享、知足、公平等"新财富"。

返乡青年应该在创造"新财富"上大有作为。

在书里，我写了两个特殊的台湾案例，一个是环境公益信托，一个是共同购买运动。在台湾，实践者都已经走过了20年左右的历程；但是在大陆这边，一点苗头都还没看见。可是，我依然觉得，这两个案例很有价值。环境公益信托，其实就是动员整个社会"出钱出地"，一起来保护环境，未来可以成为中国乡村生态保护的解决思路之一。共同购买，本质上是消费者组织起来直接跟农夫买，不仅不是买便宜，反而是支持生产者，这种消费观念酷不酷？

所以说，乡村振兴要多鼓励用新观念创造新价值，创造新财富。

从乡村出发，从世界回来*——这句话最早是我为 Farmer4 千

---

* 本书中作者使用的"故乡"与"乡村"概念是等同的。

人演唱会宣传海报写的文案。乡村振兴的路上，我们不应该闭门造车，而是要去世界看看，吸收先进的理念、路径和经验。改革开放打开了国门；乡村振兴，我们也应该打开村门。"从世界回来"还有一层意思，就是欢迎从世界回来的各种人物进入乡村。

没有新村民的加入，光靠老村民的力量，是不可能再造新故乡的。点亮乡村振兴的是人，这个人，不仅仅是我们自己人，更要欢迎村门以外的人。引人比引资更有价值，引创业者比引企业投资对乡村更友善，也更受老村民的欢迎。这几句是我最想说的话。

是为序。

目 录 ·

下篇：从世界回来

上篇 —— 从故乡出发

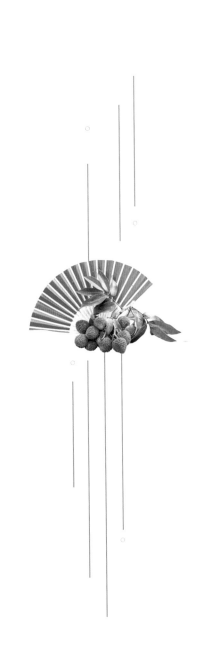

"一席"演讲：再造故乡

2012年，20分钟演讲平台"一席"邀请我登台演讲。

虽然，这是一个很普通的演讲，但是却给我带来许多积极影响，包括直接"送来"创业合伙人吴超凡，那时他是上海奥美广告的客户群总监，被"再造故乡"的价值吸引，主动来对我的项目进行天使投资，并专业地指导我经营火山村荔枝品牌。

日本大名鼎鼎的茑屋书店的老板增田宗昭说，推销案子成功的方法有三：一是做出实际成绩，用数字说服别人；二是演讲，激起别人合作的欲望；三是成为值得信赖的人和公司。

演讲，是许多创业者获得社会资源的"捷径"。

我的演讲算不上精彩，之所以打动了一些人，应该是返乡创业这件事情本身的魅力吧。我把这个演讲的文字稿修订后收录在这里——

2009年9月20日，我当时是《南风窗》杂志的一名时政记者，来到台湾的"心脏"日月潭附近的一个山村——桃米生态村。

以前，这里是整个埔里镇最贫穷的村庄之一，加上镇里的垃圾掩埋场就设在此，居民自嘲为"垃圾里"。1999年台湾发生"9·21"大地震，这里距离震中只有20多千米，桃米里369户人家，有168户房屋全倒，60户房屋半倒。地震也把这个村庄长久以来传统产业没落，人口外流，乡村凋敝等尴尬现状暴露出来，引起全社会的关注和反思。

地震后不久，一对记者夫妻——廖嘉展和颜新珠，他们曾在台湾著名的《天下》杂志任职——带着他们新创立的台湾新故乡文教基金会的伙伴们来到桃米，带领乡民们自下而上地再造魅力新故乡。2009年我来到这个村庄的时候，他们已经经历了10年的社区营造，成绩斐然，居民新盖或翻修了老房子，经营着20多栋民宿，还有水上旋转餐厅等新奇事物。新故乡文教基金会营建的园区更令人刮目相看，其中一栋建筑物叫纸教堂，建筑材料用钢板和纸，非常有创意，如今已是台湾一个新文化符号。

如今，桃米生态村以"青蛙共和国"这个乡村主题一年吸引超过50万人次的游客到访，光旅游这一块一年就有2200多万人民币的收入。站在桃米生态村的土地上，我的内心受到了震动，一个"垃圾村"，不依赖大资本开发，仅靠文化人带动，导入社会资本，就能创造这样一个奇迹，它凭什么？

我的老家海南岛海口市火山口地区一个古村——博学里，现状跟桃米之前的没落凋敝一样，普通乡村，60户人家，年人均收入只有2000元，靠传统的农业生产方式谋生，今年种的佛手瓜5分钱一斤都没人要。我也是一名记者，如果我返回自己的故乡去做乡村生态旅游，能成功吗？

那一次在桃米生态村，有一个人回答了我的疑问。他叫张光斗，那时是台湾纪录片工作者组织点灯文化协会理事长，他说："做一件对的事情，只要你自己愿意站起来，凭自己的脚往前走，一定会感动别人，一定有人支持你把这件事做成。"我问他，谁会支持？他答："有企业家，有大学生，有基金会，也会有政府，但不依赖政府。政府施政，往往更希望成功，它也在苦苦寻找项目，如果你已经把一个项目做成了，政府当然愿意锦上添花，何乐而不为呢？"

2009年11月，我回到自己的故乡，召集全村人聚集在我们家的小院子里。那时，我们村连一个像样的办公室都没有，我们也没有投影仪，我就通过我们家的电视机播放了一个PPT，介绍桃米生态村。我告诉村民，我们可以学习台湾社区的营造经验，通过自身的努力并以我们自身的行动来感动社会，吸引外界人力、物力、财力等资源进来，改变贫穷落后的面貌。很多村民看到桃米生态村那么漂亮的园区和民宿，纷纷说：我们做不到啊。村中长者，我的那位80多岁的大伯站起来，大声说："我们一定做得到，大家团结一致，跟着大学生干了！"

我是村里的第一名大学生，村民们向来对我非常尊敬。况且那一年，我还给海口市委书记写信，申请为村里挖了一口深水井，盖了一个水塔，大家都对我心存感恩。大伯的话很有号召力，大家开始问，那我们怎么做？我说，我们首先成立一个发展理事会，必须有一群人起带头作用，再来带领全村人一起行动。其次，我们要自己做一个一炮而红的项目，修一条乡村山地自行车道，这在海南岛是头一条，修完了我们再邀请海南自行车运动协会来举办比赛，这样就可以慢慢吸引游客来我们村游玩了。有了游客，我们可以开农家乐，可以开家庭旅游，可以开蜜蜂博物馆，大家都从传统农民转型为半农半旅游经营者，我们村也从传统农村转型成为融合有机农业、生态保护、休闲旅游为一体的新山村。

接下来，我就发起成立博学生态村发展理事会。我把村中20多个能人罗致进来，安排到理事会和监事会的各个岗位上，然后请村民小组组长王才运召集全村会议，投票表决理事会集体名单，获得近90%的赞成票。王才运非常大度，他进入理事会，只做一名普通理事。

然而，就在那一晚，我接到了一个特殊的电话，一个房地产开发商通过村委会主任传话来，他希望见我一面，试图阻止我们。这时，我才了解到，这个开发商已经把我们村庄和周边几千亩果林做了一个规划，意图拆古村建五星级酒店和会所，并在林地上盖高尔夫球场，盖别墅。过了一段时间，这个开发商来上海跟我谈判，谈了8个小时。他自称我们成立发展理事会让他三天三夜睡不着觉，并通过手下暗示，如果我配合他征地，可以拿到一笔数额不小的好处费。

我直截了当拒绝了这笔好处费。我怎么可能让自己的家园被毁？坦白讲，由于开发商的因素，当地政府内部对我们有两种不同意见，就是说有领导反对我们。好在，我们之前就得到了海口市委书记批示支持，后来又得到了省委书记批示支持，反对者最终没有成功。从省里到区里，有一批官员成了我的坚强后盾，他们顶着内部压力，支持我做事。其中有一位官员跟我说，他们支持我，是因为，海南国际旅游岛建设不能只是引进大资本开发，一个个海湾被卖掉，一块块山林被卖掉，海南需要有本地居民自下而上参与，否则只能被边缘化。

当时，我也感受到了巨大压力。

2009年12月20日，博学生态村正式出发了。我把水井启用典礼和山地自行车道奠基仪式合二为一，并邀请了海南主流媒体前来报道，立了一座石碑，上有"鸣谢中共海口市委"字样。修山地自行车道的过程，回忆起来非常有意思。大家知道，我们是一个贫困村，我们自然村账目上没钱的，那怎么修路呢？我跟村民说，你们免费提供土地，我们赊账找工程队施工，大家投工投劳配合施工，路修好了一定能感动外界，外面资源进来我们再还钱。

村民很淳朴，他们听进去了。在发展理事会的带动下，三下五除二就把一条山路挖出来了。可是，后面要为这条3公里长的赛道填石子和石粉，我们必须出真金白银才行了。然而，我们最缺的就是钱，只好停工，前后停了1个多月。那时，执行理事长几乎天天打电话问我要钱，说他快下不了台了。我每次都答复他，"钱我在想办法"，其实我一点办法也没有。最后出主意的是我们村委会主任，他说只有一招，就是找村民借款。于是，我从上海飞回家，先召集理事会，请求大家带头借款。然后召集全村会议，向村民借款。

我说，我们修路这件事，全镇都知道了，如果我们修个半拉子工程，那大家都没脸到镇里喝茶了，这个脸丢不起啊。这时，我那位80多岁的老伯又站起来了："大学生说得对，这个脸我们不能丢！"话音刚落，我印象中最小气的伯母，第一个站起来说："我借3000。"局面一下子就打开了，在理事会成员的带动下，我们前后募集了近7万元，铺设路面的费用问题迎刃而解。路修好以后，我们立马在2010年的春节期间举办了一场自行车赛，通过媒体的报道，真的一炮而红了。过了几个月，政府的拨款就到位了，我们也慢慢把欠款还掉了。实践证明，张光斗讲的那个道理，是真的。

做一件对的事情，只要你去做，一定能感动别人，并获得支持，真是这样！

后来，政府又拨款给我们修文化室，修球场，修村内道路，对自行车环道进行电网铺设……几年下来，我们得到了200多万

山地自行车赛道

元的项目资助。我们还和桃米生态村缔结为姊妹村，海南省政府台湾事务办公室和台商还资助我们建设了一个20多亩的台湾水果园。2011年，我们的一名返乡大学生和村民代表应邀去桃米生态村考察。2012年，我们还迎来10多位韩国当代著名艺术家驻村创作。最有戏剧性的是我请姚明题字，姚明给我们题写了"博学生态村"5个字，刻在一个牌匾上挂在文化室。揭牌时有记者拍照发了新闻，结果在网络上引起争议，有人批评姚明字写得不好看。后来姚明跟我说，早知道这样，他要好好练了才给我写。他摇头不已，连说：别提了，别提了。

2012年由我投资的"花梨之家"民宿启用了，游客可以住下来体验"半农半X"的生活了，比如"半农半作家"的生活，"半农半画家"的生活。我的亲弟弟陈统夸，大学毕业后就回家当了一名返乡大学生，经营民宿。

跟大家报告，我们的民宿是南京工业大学汪永平教授带领自己的博士生、研究生和本科生为我们免费设计的。从2009年至今，汪老师每年带学生来博学村一趟，从古村落修复到生态村总体规划，再到一栋栋民宿的设计，他们都免费帮我们做。之前村民认识不到老房子的价值，说拆就拆了。现在外面的人告诉他们这些房子很珍贵，他们也认识到了这些老房子的价值。但是说到古村落修复，至今依然是最让我心痛心酸的一件事。这几年下来，火山村的石头房子又有自然倒塌的，又或者被村民拆除了盖新房。由于维修一栋老房子至少需要5万以上人民币，加之居住的舒适度不够，村民没钱也没有动力去修复。

我家后院

"花梨之家"民宿后院

如何修复和保护这些老房子,我至今没有答案,很苦恼。

2013年,我的梦想是,募集资金建设一个社区营造园区,类似桃米生态村园区,利用它吸引和接待更多的游客,再来吸引村民一起盖民宿,把游客留下来体验"半农半X"的生活。这个园区除了一栋康木祥黄花梨美术馆,还有会议中心。为什么需要会议中心呢?2012年,我和胡诗泽、吴国江三人发起了返乡大学

老村门，2015年重修了

生论坛，目的是动员更多大学生返乡创业，再造魅力新故乡。会议第三天，我被海南省委书记罗保铭接见，书记听闻我们想在海南建返乡大学生论坛永久性会址，明确表示支持。因此，我想把永久性会址建在博学生态村社区营造园区里。

当下中国，愈来愈多人返乡筑梦，比较有名的，北京有石嫣，上海有贾瑞明，大多数从有机农业或自然农法农业起步。这是一股坚定的返乡潮，越来越多人放弃都会生活，返乡去做更有人情味，更有生命力的筑梦工程。我认为大学生返乡创业有两层意义：一是返乡者在故乡找回了自己生命的意义，二是他们的幸福也增添了故乡的荣耀。这也是弥合城乡差距最有效的解决方案。

台湾有一个木雕大师，名叫康木祥，他是台北101大楼标志性雕塑的创作者。跟康木祥第一次见面，他听说我返乡做社区营造，就主动帮助我。如今我们共同勾画了博学生态村社区营造园区的"康木祥黄花梨美术馆"。建成后，康木祥驻村创作，并将作品永久性捐给美术馆。他跟我说，他最讨厌叶落归根的人，老了才回去对故乡是一种负担而不是一种贡献，返乡要趁早，年轻的时候就返乡做事业，服务家乡。

从火山村走向自由港

小时候，外公对我说，秀英港啊，就是一个小小的渔村码头，他常常从火山村挑木炭走路过去卖给渔民。1988年，海南建省一声鞭炮响，壮哉！10万人才过海峡，很多人也是从秀英港登岛的。

梦开始的地方

我第一次从秀英港坐轮船从祖国第二宝岛去对岸的大陆（地理意义），是1998年。

那年，我写作文获得中央电视台《第二起跑线》栏目征文比赛三等奖，去北京上节目领奖。我就读的琼山中学，破格保送我上高中直升班，不过中考还要参加，等到发榜的时候，我从20名后开始数，数了好几遍，就是找不到自己的名字！吓得一身冷汗，原来自己的名字是在前面。

夏夜，我背上班主任徐光玲老师给我的行李包，从学校所在的府城打车直接去了秀英港。

海南电台《百草园》节目主持人李成专程来送行，送了一件红色T恤和几样水果，把我感动得一塌糊涂。登上一艘臭臭的大船，在那种有上下铺的船舱睡了一晚，第二天中午抵达湛江港。然后坐绿皮火车到柳州，夜宿火车站招待所，第三天换特快列车奔驰向北京。

回来后，校长林汉栋听说我一个初中生如此辗转去的北京，吓了一跳，说，早知如此，他不会批准我一个人去北京的。而我从此胆子更壮了，为日后当记者风风火火闯九州夯实了基础。

学习世界先进经验

第二次，从秀英港坐轮船去大陆，是3年后的2001年。

我考取南京大学新闻系，家里穷，买不起飞机票，只能坐大巴从海口去广州，再换乘铁路去南京。大巴驶上轮船，摆渡到对岸的海安港，再开去广州，耗时13个钟头这样。然后，再坐32个小时的K字头列车到南京，买的还是硬座票。所谓旅途之多艰，刻骨铭心啊。大学四年，年年如此往返，有时买不到坐票，还站回来过，脚酸到想流眼泪，愣是咽到肚子里了。我的坚强，就是这样练出来的。

秀英港，其实就是我的自由港，让我从岛上走出来，走向世界。

大学毕业后，我做了一名记者，几乎把全中国走遍了，又陆续周游法国、德国、瑞士、意大利、美国、日本等国。至今为止，我个人最高的荣耀，是站在哈佛商学院的讲台上演讲。

2018年4月13日，中央给故乡海南岛送来"自由贸易港"的大礼，而且是由习近平主席亲自宣布，轰动海内外。新加坡《联合早报》说，这是继邓小平1979年在南海边画了一个圈后，中国又画了一个更大的圈。其中，最引人注目的是，允许海南发展赛马运动，探索发展竞猜型体育彩票，"表明争议多年的中国内地首个赛马博彩行业，有望在海南出现"。中央政府将"国际旅游岛"当作海南的一张"重要名片"，提出了加密海南直达全球主要客源地的国际航线。

这一条，多酷啊，从故乡出发，学习世界先进经验，再造故乡。

迈向自由港

为什么中央把首个自由贸易港设在海南呢？

香港《明报》的分析很有道理：其中的一项考虑就是海南现时经济仍较落后，2017年，海南的人均地区生产总值才7179美元，虽然较30年前增长了14.3倍，但与内地平均9000美元的水准仍有差距，与台湾的差距更大（2.2万美元）。但正是由于海南是一张白纸，挥洒的空间才更大；正是由于海南几乎没有重工业，制造业亦很少，空气、土地、水源都少污染，可以走一条与大陆（地理意义）截然不同的新型发展道路。由此观之，海南的短处恰恰是她的优势。

雄安建设是千年大计，其实海南自由港建设亦是千年大计。

自海南岛被开发以来，中央政府从未这么重视过。当前全球自由港中，华人圈占了两个，即香港和新加坡。新加坡有很多海南移民，我们从小就听说很多新加坡的故事，海南电视台也喜欢播放新加坡的电视剧。自由港，那是一个建省初期，海南人就做过的梦，遗憾的是梦断于20世纪90年代的房地产泡沫。

从今往后，建立自由港，海南岛的身价，那是大大提升了。以前，在大学的时候，同学们都把我这个"海南仔"当外星人一样看待，觉得我们生活在一个海岛上很新鲜。后来，北方的雾霾闹大了，我们又因为空气新鲜，令人羡慕、妒忌。这一次，自由港政策更是个大红包，比起"国际旅游岛"概念，它更掷地有声，而且有香港、新加坡这些具体的参照物，老百姓一听就懂。"再造香港"，这种话一说，海南人就基本上点头了。

国家为海南定了四大战略：1.全面深化改革开放试验区；2.国家生态文明试验区；3.国际旅游消费中心；4.国家重大战略服务保障区。说得直接点，海南的"国家使命"从来没有这么"高大上"过。这个"边陲小岛"，因为建省办经济特区，快速发展了起来。如今，又来了自由港政策，还是邓小平那句话："海南岛好好发展起来，是很了不起的。"

从故乡之傲出发

本地居民如何参与到自由港建设的大浪潮之中呢？我有一个答案，提供给大家讨论：从故乡之傲的地方出发，再造魅力观光城乡。

习近平主席已经说了，"海南发展不能以转口贸易和加工制造为重点，而要以发展旅游业、现代服务业、高新技术产业为主导"，本地居民，最容易参与的领域当然是"旅游业"。请问，具体干什么呢？当导游吗？如果这样想，那真的落伍了。

现在，岛上从省委书记到村支书，都在倡导搞民宿，就是鼓励本地居民当民宿主人。作为海南岛第一家民宿的主人，我实践的是"半农半民宿的生活"。这不是玩概念，真的是从实际出发，摸索出来的一种做法。往往被大家看不起又重视不够的"农"，未来一定会做成自由港的一张王牌名片，这是我的恳切期许。

海南的落后，表现在它还是一个以农业为主的省份，大多数

"花梨之家"民宿院子里的荔枝红了

人口以农谋生。君不知，自然村落这种"濒危物种"在海南依然遍地都是。这，又是海南人的幸福所在。香港嘉道理农场暨植物园对海口火山地区做过一个生物多样性调查报告，得出一个结论是，有自然村庄的地方，恰恰是生态环境保护得最好的地方。人们把村庄周边的树林视为"风水林"，奉若神明不敢破坏。

调查报告显示，海口火山村动植物种类极为丰富，在火山湿地里，共记录到水生植物62种、哺乳类动物4种、鸟类86种、两栖爬行类动物16种、鱼类44种、蜻蜓32种、蝴蝶134种、大型真菌60种，其中国家一级保护动物1种（蟒蛇），国家二级保护动物12种（虎纹蛙、原鸡、褐翅鸦鹃、小鸦鹃、领角鸮、鹗、黑翅鸢、黑鸢、褐耳鹰、普通鵟、红隼、游隼），国家二级保护植物3种（水蕨、水菜花、野生稻）。能够在一个省会城市的市郊保存这么丰富的生物种类，这么多国家级保护动植物，是海南人民的一种福气。

"火山"与"湿地"的融合是一种特殊的视觉体验，具有独特的美学价值。火山村大部分地区还处于未经商业开发的原生态状态，水草丰茂、水体清澈，湿地边上有极具本土特色的公庙和古色古香的村落。

我所在的火山村——博学里，就是这样一个村庄。村庄周边，有大大小小10多处火山湿地，有些长年有水，有些雨季才有水。小时候，我们常常在火山湿地里游泳抓鱼，在湿地边的丛林里摘野果吃，那是无与伦比的快乐童年。

再造故乡的价值

我是2009年返乡的。

第一步，是带领火山村的人们一起挖水井，修乡村山地自行车道，改造电网，补公共基础设施的课。2019年我们又打算修一条6.5米宽的环村乡村旅游公路通向中线高速公路美安互通。

第二步，搞民宿。2011年底开张经营起海南岛首家民宿，让古老的火山村从此连接世界，美国、德国、日本、韩国……好多地方的客人都来了。

第三步，搞品牌农业。2014年创立了火山村荔枝品牌，带领火山村荔枝农转型自然农法耕种，以"0农药残留、0除草剂、0化肥"为目标，迈上艰难的农业转型之路。

卖火山村荔枝让我出了名。央视《新闻周刊》、湖南卫视《天天向上》、日本NHK、美国国家地理杂志频道、《人民日报》、《中国青年报》、《南都周刊》……海内外主流媒体一个接一个来报道。我印象最深的是日本NHK来拍纪录片，第一个镜头是在火山村山地自行车道上，女导演看着遍地火山石的耕地，拍着我的肩膀说："太辛苦了，回这么落后的地方创业，你的勇气和激情非常感人。"

其实，返乡创业对我来说，是不假思索的，游子归乡心切。

2018年3月的一天，海口新任市长丁晖来视察，走进火山村荔枝办公室，对我说，他看过我的纪录片，被我的理念感动。之前，省委书记刘赐贵对我的来信作批示，明示"海南需要创业者

火山村创业小团队

'再造新故乡'"。我因此知道，这些年，自己身体力行的"再造故乡"是有价值的，是被主流社会认可的。如今，自由港已经起航，习主席勉励岛上的人们"功成不必在我"与"功成必定有我"，作为返乡创业者，我们是有这个觉悟的。

我们的"新故乡"是"自由港"，这是多么振奋人心啊！

对于我来说，就是要走一条从火山村走向自由港的路。

我的做法，依然是"半农半民宿的生活"。

关于民宿，我已经邀请建筑设计师对"花梨之家"民宿进行升级改造。同时，引入新村民，在火山村一起打造全岛第一个民宿聚落。2018年，我们先从两栋"花梨之家"民宿别馆（精品民宿）搞起。未来目标是在我们村建设20栋以上的民宿。

关于农业，2016、2017、2018年，我连续三年共六次去日本考察农业产业化，专心在火山村实践农产品种植、加工、销售一条龙作业。例如，把火山村荔枝加工成荔枝啤酒、荔枝冰激凌、荔枝干面包等日常消费品，然后在火山村营造体验场景，邀四面八方的游客来火山村做客。民宿，就是我们的产品体验入口，也是我们连接世界的桥梁。

火山坑里耕种

火山石墙是火山村的符号

乡村造梦师

准确地说，我是一名乡村造梦师。

我们带头倡导并实践了"半农半民宿的生活"，以及"农业六次产业化"。

这些新活法，大家千万别小瞧了。这不仅仅是我，也不仅仅是火山村的人们，而是全岛大多数以农为本的人们，走向自由港，走向幸福生活的方法和路径。

你可以"半农半咖啡馆"，也可以"半农半艺术家""半农半作家""半农半摄影师""半农半教育家"……海南自由港建设中的乡村振兴板块，需要吸引各行各业顶尖人才汇聚于此，以最佳阵容推动一切，我们才能向"再造香港"或"再造新加坡"看齐。

我们，正在把我所在的火山村打造成一个返乡创业家的聚落。

我们，欢迎你过来，租农民的宅子，租农民的火山地，发挥你的天赋特长，以"新村民"的身份，在这里创造一个属于你自己，同时也贡献于这个社会的"自由港"，创造一个个美好的小角落。

它可以是一家咖啡馆，可以是一家美术馆；可以是一间木工坊，可以是一间自然教室；亦可以是一个生态农场，一片森林园区……我们所有的努力，都是为了让生活在火山村，生活在岛上的人们重生自豪，并以这种自豪为基础再造岛的未来。突破口和切入口就是"半农半 X 的生活"。

2017 年 12 月，我邀请这个理念的倡导者，日本京都返乡精英

弟弟阿夸"半农半民宿"的生活

弟弟阿夸是"半农半 X"理念的实践者

盐见直纪（左）来到火山村

下来的地方。"我一下子就明白了，这就是火山村最大的魅力所在。

怎么样，想来火山村当"新村民"，加入"半农半X"的生活圈吗？

在我看来，乡村振兴大业的成功经历，一定是一群奇人奇才无与伦比的冒险记。

社区营造的启蒙老师

～～～～～

从2009年起返乡，我有过一段长达4年的"半农半记者"的
生活。

我一边在上海当《南风窗》杂志记者，一边不停飞回故乡海
南岛的火山村，营造博学生态村社区，常常往返于上海、海口两
地。我爸非常心疼那些飞机票，说每年几万元机票钱比他一个农
民一年的总收入还多。

2010年6月，在海南省台湾事务办公室的支持下，博学生态
村与台湾桃米生态村缔结两岸第一例姊妹村。我带领博学村的父
老乡亲们以桃米生态村为榜样，引入"造人—造神—造钱"（造人，
即改变人的观念；造神，即创造精神财富；造钱，即创造收入）
的社区营造工作方法，开启了一个由传统农村迈向生态村的转型
发展之路。

在我的返乡故事里，社区营造启蒙的原点很值得还原。

敢做就有人支持

2009年9月20日，我第一次来到日月潭附近一个名叫桃米生态村的地方。

1999年9月21日，台湾发生了一场大地震，离震中不过20千米的桃米是重灾区，60%的房屋倒塌。灾后重建中，桃米以"生态村"为愿景，从一个传统农村转型成为集有机农业、生态保育和休闲体验为一体的乡村休闲旅游目的地，一跃成为台湾乡村再生的"明星村"。

抵达当晚，桃米正在举行"9·21"十周年纪念音乐会。

在一个偏远的山村见到这么专业的音乐会，我感到不可思议。

尤其是，当我听说这个音乐会不是由政府主办，也没有政府资助，但是台湾"行政部门一把手"吴敦义却前来致辞时，更愕然。这个音乐会由台湾新故乡文教基金会、台湾点灯文化基金会、台湾音乐人协会三家联合主办，不少台湾大腕级音乐人都前来义演。当晚我采访了点灯文化基金会董事长张光斗先生，问了他一堆"为什么"，其中有一个问题是"为什么吴敦义肯来"。

张光斗的回答让我很惊讶："本来马英九答应要来的，但是他告诉我们他只能接近半夜12点才到。我们拒绝了马英九，请他派一位代表前来，在晚间电视新闻直播的时刻致辞，他便叫吴敦义来了。"

"你们凭什么请得动马英九，又为什么不让他来了？"我追问。

张光斗说，这是因为他们把功劳送给政府，领导人当然愿意来，至于对马英九说"不"，那是因为"三更半夜来还有什么意义，领导人需要在电视上讲话才有价值"，他们不希望马英九白跑一趟。

一个山村办活动也如此懂政治，真令人刮目相看。

张光斗接着说："桃米生态村记录着台湾人成长的历程和整个社会的脉动，以及台湾民间社会已经走向成熟的自力更生的心态。只要你自己愿意站起来，一定有人支持你。台湾这股力量很厉害，不依赖政府，凭自己的手，自己的脚，就站起来。"

"一定有人支持你？谁来支持？"我追问。

他答："有公民个人，有企业家，有大学师生，有基金会，也会有政府，但不依赖政府。"我再问："政府为什么支持？"他答："政府施政，往往只许成功不许失败，它也在苦苦寻找项目，如果我已经把一个项目做成了，政府只需锦上添花就领功劳，它为什么不干？"后来，《海南日报》记者范南红跟我说："这个世界不止政府，所有人都喜欢锦上添花，不喜欢雪中送炭，这是人之常情。"

桃米这个1000余人的山村，在张光斗眼里那是"台湾之傲"："桃米人认识到这块土地的重要性，不过度开发，不但青蛙回来，蛇回来，老鹰也回来了！桃米要打造的是一个没有污染，没有冷漠的社会，让人拥有更包容的心态面对周遭环境，面对所有的人。也许是一个乌托邦，但有理想，才会开始行动。"

实践证明，社区营造让桃米来了一个"大翻身"，从一个年轻人争相逃离的"垃圾村"变成台湾生态村样板。一个村庄开起

一不小心，我成了返乡青年的"带头大哥"

30多家民宿，最高峰的时候一年游客量超50万人次，光旅游这一块营业额就有1亿多新台币，相当于2200多万人民币。

走读桃米，我注意到不同风格的标识牌，那是不同的机构资助的，湿地公园和戏水池是农业部门资助的，社区营造见习园区很多项目是文化部门资助的，民宿生态池是"信义房屋"（一家房屋中介公司）支持的，防小黑蚊涂油箱是"中台科技大学"和南投县环境保护局支持的……是的，只要自己先做了，就会感动世界，导入外部资源，帮助自己梦想成真。

敢做就有人支持——谢谢张光斗先生点亮了我。

新居民与新故乡

走读桃米，我还看懂了另外一件事。

桃米生态村的社区营造，有一群人起到了先锋作用，他们是从城市来的"新居民"，至今仍是支持桃米转型升级的中坚力量。

罗树海是其中一位，他原本是一位农技师，研发珍稀中药材金线莲，在台北谋生。12年前，他来到桃米生态村盖民宿，同时经营金线莲的研发、种植及推广。他也是一位"半农半X生活"的实践者。

罗树海的宏观山居民宿位于海拔800米的山头上，是桃米生态村的最高一户人家。宏观山居民宿有5间客房，有金线莲研发室，种植大棚，还有直卖所，销售自己生产的金线莲产品。

入夜，坐在宏观山居二楼露台，山风习习，耳边是多种青蛙合奏的交响曲，远眺是灯火辉煌的埔里镇，仰头是满天星斗的苍穹。再喝上几杯罗夫人的家酿美酒，与罗树海海阔天空，天南地北，仿佛"天上人间"，快哉，快哉！

罗树海来桃米的因缘，是娶了一位埔里镇的媳妇。当初埔里姑娘远嫁台北时，就是因为受够了这穷山沟，没想到今天又被罗树海"骗"回来了。罗树海回来时还不是很情愿，但住了几个月后，就"打死也不回台北了"，重新恋上山居岁月。

我问罗树海，为什么来桃米做新居民？

他答："我赚够了生活费，接下来我要赚健康。"台北竞争激烈，不仅谋生累，生活也累。罗树海选择来桃米经营"山居岁月"，以身心健康为第一目标，而不是以赚钱为第一目标。

罗树海的独子大学毕业后，在台北工作了2年多，也因为不喜欢台北的紧张节奏，选择回来跟老爸干了。新居民的二代也选择回桃米，这是以前桃米人做梦都不敢想的事情。这12年来，很多桃米年轻人都回来了，回来创业，回来当自己事业和人生的主人。

桃米绿屋民宿的主人邱富添，一位老居民，在台北打工16年，1990年代后期父亲过世时回来继承家业，但经营农业一年才赚20多万新台币，养家很辛苦。如今，他已经盖起两套民宿院落，并因做生态解说员介绍青蛙，生动有趣，博得"青蛙王子"的美名。他儿子也回来了，他自豪地说："让儿子回来继承我的事业，一点也不委屈他的。"

支持桃米民宿做生态池的信义房屋董事长周俊吉说："台湾许多偏僻的乡村其实是充满大城市所没有的魅力的，只要能够结合、凝聚本地人的创意，鼓励他们参与其中，不仅可以为乡村带来观光潜力，也可以呼唤外迁的游子返乡定居。"

新居民们成功带动了桃米生态村的发展，自己也融入了一个"新故乡"。而对邱富添等老居民来说，12年来，他们也打造了一个"新故乡"。"新故乡"对当地人来说在于新建设，新发展；对于新居民来说，日久他乡是故乡。

如果不是一批城里来的人以桃米为"新故乡"，用他们从城市带来的知识、创意和财富来建设，桃米生态村的休闲旅游不可能做得这么好。正如台湾民宿协会创会理事长吴乾正所言："经营民宿最大的困难不是资金，而是人。民宿其实是一种以知识经济为基础的创意——乡村生活产业。"

邱富添等一批开明的老居民，张开双臂欢迎新居民的到来："以前是竞争观念，我要把他干掉，我要做第一。现在是共生理念，我要做唯一，唯一就是突出差别，内部的冲突减少了，大家合作共赢。"

桃米30多家民宿，价位自定，各有特色，但又有"把资源留在桃米社区"的共识，每一家民宿都是所有民宿的服务窗口——"我客满了，我分享出去，我替其他人做客服。"这样一群可爱的人办的民宿，当然受欢迎，教育团、亲子团、学术研讨团和社区参访团成了桃米社区的四大客户群，"节假日都是爆满的"。

"一起把蛋糕做大，大到每个人都吃饱，新居民和老居民就和谐了。"罗树海说。在桃米社区营造经验里，"新故乡"这三个关键字，是一个核心价值。

我是返乡知识青年型

"社区营造"这个词一开始大陆这边比较陌生，现在也流行起来了。

自下而上的社区营造，真的是改变一个社会的开始。台湾真的是从乡村出发，改变了一个社会的体制。台湾社会就是经由社区营造重新捡回人情味的。

新故乡文教基金会在桃米生态村，一方面做教育训练，即"造人"，帮社区人成长；另一方面，它导入外界的人力、物力、财力等资源，支持社区发展；同时，它办社区营造见习园区，将桃米生态村打造成台湾社区营造的"根据地"，吸引做社区营造的人和官方考察团前来考察交流。

"生态旅游每年都会面对很多新的东西，如何让客人觉得这个社区是有进步的？不只是硬件，还包括管理能力或其他多元领域的发展，要让人觉得这个地方值得再来。"新故乡文教基金会董事长廖嘉展介绍说，起步阶段，桃米民宿接待的"游客"全都是"新故乡"安排的各种"考官"，民宿主人需要与客人互动才能成长为一名合格的服务者。

社区营造其实是一种回到土地、回到社区、回到生活的主张。

社区营造概念起源于日本，1994年起在中国台湾被复制和推广。

日本在1990年代初期泡沫经济破灭后，通过社区营造，打造了一些成功的魅力新城乡。1997年日本城乡再造泰斗、东京大学西村幸夫教授出版了《再造魅力故乡》一书，介绍17处日本社区营造的范例，并确定了以城乡历史文化和自然特色为主轴的社会营造核心观念。最近，西村幸夫又编著了一本新书《大家一起来！打造观光城乡》，说"观光已成为验证社区营造成功的指标"。

2002年起，日本从社区营造运动出发，走向观光立国，坚持社区营造和观光应立足于地方特色魅力风采的原则，推动当地居民与观光客树立以"好住""好留"及"美好的生命记忆"为宗旨的永续目标，最后把成果导向观光，又以观光来助推地方振兴。

日本社区营造最宝贵的经验是，主导权并非完全交托给政府，而是尽可能地发动社区，发动民众。他们成立了"历史景观保存协会""街屋委员会""故乡会""社区营造协会""研究会"等各种名目的执行机构。

西村幸夫说："社区营造，可以用一句话来说，就是'思考我们要留给下一代一个什么样的环境，并为之付诸行动'。今天，我们还是要为我们最喜欢的地方、更好的明天而继续运动下去。"

2013年，我特别到东京大学去拜访西村幸夫教授，听他讲解了日本社区营造之路，印象最深的是日本政府与民间从冲撞到对话再到合作的路径，再造故乡需要自下而上，民间参与，官民联合。本书的后面，我特别收录了当年与西村幸夫教授的对话实录。

在台湾，社区营造是政府主动推动与民间积极实践的和谐运动。

台湾社区营造专家李仁芳对社区营造有一段精辟的解说："社区营造也好，打造观光城乡也好，都是以社区当地的创意生活达人为制作人，以社区历史人文为布景，以当地山川、城乡、街廊为舞台，以社区创意工艺和商品设计为道具，以所有参与体验过程的居民与旅客为演员，在可居可游的城乡社区，通过它生活（演）出一场创意生活的大戏，为城乡社区的人文环境与地方经济带来一个更好的明天，这岂不是城乡经营——打造我们大家共同的幸福社区家园的最高境界？"

清华大学有个信义社区营造研究中心，主任是一位台湾人，罗家德教授，他跟我说，台湾社区营造有三种模式：一种是政府推动型，成功率小；一种是NGO帮扶型，较容易成功，桃米生态村即是成功范例；另一种是返乡知识青年型，成功概率最大，台湾有很多成功案例。

罗家德教授最欣赏返乡知识青年再造故乡的模式。

我就属于返乡知识青年型。罗家德教授在我返乡创业初期，就专门来我们村做了一个星期的田野调查，给我许多鼓励和肯定。不过，我自己实践10年下来，发现"返乡知识青年型"非常辛苦，常常"孤立无援"。我们所取得的成果都是慢慢累积出来的，之所以说成功概率高，那是因为我们回到自己的故乡，不会半途而废，我们一直在迈向成功的路上。

我的精神支柱，正是张光斗上面说的那段"贵人帮"的话。

事实上也是，做社区营造10年来，有太多的贵人相助，都是我无以为报的。如今，我也鼓励社区营造的后来者：对的事情，做，就对了！

张光斗（右）

从"理事会"到"产销班"

〜〜〜〜〜〜

2014年3月，哈佛大学社会企业年会邀请我到哈佛商学院演讲。

在哈佛，我分享自己返乡创业的经历。哈佛的学子们很好奇，为什么一个中国名牌大学毕业生，好好的"阳光大道"不走，放弃极有光环的记者职业，返乡卖荔枝？

面对他们的疑惑眼神，我在演讲当场做了一个判断：未来5~10年，中国一定形成一股轰轰烈烈的精英返乡创业浪潮！然后，我提示他们："如果你们没有人相信这个判断，没有人用实际行动支持我这个判断，那它就是一个虚幻的梦。"

结果是，掌声四起，非常响亮！

可是，我做梦也没想到，真的是5年后的2018年，中央"一号文件"，乡村振兴被正式列为"国家战略"，立刻掀起一场比我们期待的还要轰轰烈烈的返乡浪潮。

不过，作为一名实践者，我却要坦率地说，乡村振兴之于行动者，并非是一个敲锣打鼓的过程，而是一把辛酸泪。

非物理返乡

一直到现在，我还是一名"非物理返乡者"。

"物理返乡"和"非物理返乡"，是我们通过"全国返乡论坛"提出来的两个新概念。我生活在上海，有家有老婆有孩子，并没有全身心回到海南岛。但是我在上海做的事情，几乎都跟火山村有关。一年中，我不停地从上海飞回到海南岛，去做社区营造，去经营民宿，去经营火山村荔枝品牌，这就是我的"非物理返乡"真面目。

我们确实需要在都市里留很多空间，留很多想象，给那些没有"物理返乡"的人，或者给那些有故乡但是回不去的人，甚至是给那些没有故乡可以回去的人，给他们一个机会，让大家一起来加入乡村振兴大业，一起来"再造故乡"。

2013年访问日本的时候，我留意到日本的返乡浪潮，有3种形式：一种是乡村孩子进城读书工作后又返回自己的故乡；一种是乡村孩子进城读书工作后去到别人家的故乡——其中的一个独特现象是去到老婆的故乡；还有一种是，大都市的孩子向往乡村，甘愿作别大都市，辞掉工作，甚至卖掉房子，跑到乡村去打造新人生。

从2009年开始，我回到自己的故乡，创建博学生态村，修山地自行车赛道，修文化室，搞韩国艺术家驻村创作计划，再到2014年创立火山村荔枝品牌，一路走来，风风雨雨，有社区内部的摩擦，也有与地方政府的磨合，酸甜苦辣咸都有。

2014年，我读到一句话——"从村落出发，从国际回来"，很喜欢，把它改成"从乡村出发，从世界回来"，当作当年组建的Farmer4新农人组合的广告语。

虽然做社区营造的过程有很多困惑，但我确实从"世界"吸取了精神养料。譬如，2014年去哈佛大学的时候，我在肯尼迪学院读到了一句标语"Ask what you can do"，这句话是美国前总统肯尼迪说的。后来我去哈佛的邻居麻省理工学院的时候，又读到一句标语"Great ideas change the world"。这两句话给了我无限的动力。

返乡做事的过程中，一旦遇上困难，我都会用这两句话来自勉。

做事就好

我返乡，有一位贵人一直在点拨我。他就是张光斗先生，台湾点灯文化基金会董事长。

在我出发的时候，他跟我说，只要你做一件对的事情，一定感动很多人，他们会站出来支持你，助你成功；当我遇到坎坷的时候，他跟我说，有时候，原地打转转几圈再出发会更好，欲速则不达；当我陷入困境和被动局面的时候，他跟我说，人生有转弯才有美好，被迫转弯往往不理想，主动转弯才会赢得华丽转身。

下面，我要讲的便是一个"主动转弯"的故事。

2014年，我主动把博学生态村发展理事会暂时搁置了，重起炉灶，从社区产业振兴出发，成立了火山村荔枝产销班。当然了，哪怕是主动转弯，也会有风风雨雨的。

4月底，我接到"情报"，有一桌村民酒后发飙，质疑我在产销班上跟12个荔枝农开个会后就"单独行动"，去腾讯公益平台募捐为村里挖一口井，这样做是不可以的。他们问："这个事情，你经过村民小组组长同意了吗？这个事情，你经过全体村民同意了吗？"去腾讯公益平台募捐，只要你是一个公民，就可以去做的，但是你是博学生态村的一员，你去做，就会遭遇这种质疑。

从"理事会"过渡到"产销班"，许多无奈在其中。

2009年的时候，我开始返乡，首先成立了博学生态村发展理事会。那时村民小组组长叫王才运，胸怀大，我说什么他都说"好，干"。第一届理事会执行理事长陈良荫也是个干才，我们"三驾马车"一启动，就干了很多事情，修水塔，修山地自行车赛道，修文化室……第二年，换了新村民小组长，他还是乐意跟我互动的，因为他知道我有能力导入资源，但是这个人领导力有问题，也不太喜欢与理事会互动，再加上第二届理事会执行力出了问题，直接导致了理事会形同虚设，名存实亡。

3年之后，又换了一位新村民小组长，我怕引起"乡村权力之争"，不想再启动理事会。2014年初，在一次全体村民会议上，我们有过一次理事会存废的争论，我体会到村民认识到理事会的运行"动力不足"这个真相后，更觉得有必要将理事会搁置了。

这种局面，在政治上的专业术语叫"合法性问题"。

理事会如何跟村民小组组长互动，理事会如何跟村民互动，在理事会运行了两届以后，我们反而困惑了，不知路在何方。这里面除了人的因素，根子里还是乡村政治那点事。经过2014年一整年的"原地打转"，2015年初我召集荔枝农成立了火山村荔枝产销班，我希望跟村民小组组长撇清关系，希望跟乡村政治撇清关系，从乡村产业再造的角度，用商业的手段解决问题，通过做火山村荔枝买卖，顺便做社区营造。比如，我在跟荔枝农开会时，就提示他们，就把我当作一个"经销商"看待，如果你们想把自己的荔枝卖个好价钱，就好好跟"经销商"合作，仅此而已。

像2014年秋天，我带荔枝农去台湾考察有机农业，这样一个事情，如果放在以前，首先要在理事会上吵半天，争论"谁去"，然后，再到村民代表大会上吵半天，还是争论"谁去"。人人争利，有利必争。去台湾考察的成员，我们采用的是邀请制，谁跟我们合作卖荔枝，当然就邀请谁去，把复杂的事情变简单。费用部分，荔枝农承担3000元，其余部分销售团队通过义卖募款解决，实际上我们平均一个人支出了1.1万元。

我们从台湾回来不久，第二届执行理事长跑来质问我，为什么去台湾他没有份，我们解释说，花的是卖荔枝得来的钱，不是"公款"，他一听就没话说了。这是我第一次体会到"用商业手段解决社会问题"的快感。

民主的困境

可能很多研究乡村民主的人都会发现一个问题，即宗族因素对乡村社会影响深远。不仅选村民小组组长受影响，我们实践的结果证明，选理事长也会受影响。

第一届博学生态村发展理事会，我们"选贤与能"，首先推选出一个"能人名单"，然后再拿到村民代表大会投票表决，村民们非常乐见有人来为村里做事，赞成票超过90%。第一届理事会是"能人理事会"，有责任又有效率，从修山地自行车道开始，包括举办省级自行车锦标赛，一路干了很多事。

后来一些人开始发现不对了：那些进了理事会的人，一会儿省里来领导了，他们跟着风光，一会儿又去哪哪考察了，又是他们优先。我于是接到电话，一位村民质问我，他这么"优秀"，为什么没有被邀请进理事会？

正是这些自以为有能力又不在理事会的人兴风作浪，最终导致第一届理事会倒台。他们开始散布言论，称第一届理事会的成员是陈统奎一个人指定的，不是直接选举的，不算数。本来，大多数村民都是很淳朴的，包括进入理事会的成员，他们听到这种言论，开始承受不了压力。在这种局面下，我选择了妥协，一个错误的妥协，就是让第一届理事会总辞，然后直接选举第二届理事会。回头看，仅仅运行了一年的第一届理事会遭遇滑铁卢，是一件无比遗憾的事情。

一人一票选举好不好？我不能说这种制度安排不好，但是我们选出来的结果不好。

第二届理事会，选出了一个很多人都不满意的执行理事长，包括我也不满意。但是，他们家兄弟多，兄弟生的孩子也多，家族的力量和选票，让他当选了。他能力平平也就算了，不作为也就算了，他在那个位置上还很有感觉——我是理事长，你们做什么都要跟我商量商量吧，我要不同意你们不能干吧。一个没有威信的人坐在那个需要威信的位置上，结果造成了第二届理事会的不作为，基本上这三年，他就没干对一件事。我很苦恼，我作为倡导者和引领者，碰到了中国现实社会的尴尬。

这是我决定搁置理事会的重要原因。

比较而言，产销班是一种新的组织形态，我们几个返乡大学生先组成中枢机构——成立一家农企，然后用"返乡大学生＋农户"的方式组建产销班，实行企业化和专业化的管理。在具体操作上，首先是在返乡大学生团队中进行职能分工，其次是安排一位返乡大学生负责与荔枝农的日常联系，专门负责农户管理，我亲自出任这个产销班的带头人，不管是返乡大学生还是荔枝农，大家都认可我的能力。如此一来，我们做起事来干净利落，不再受乡村政治干扰。

之前，理事会碰到的一个重大问题是组织能力不足。讲一个有关组织纪律的小故事。

我们国内有一个搞"罗伯特议事规则"推广的人叫袁天鹏，我当记者的时候采访过他，后来我们成了好朋友。我邀请他来给理事会培训，他讲"开会不能一言堂""不能打断别人的发言"等议事规则，结果我们一位理事当场跟他较真，不停地打断他的话，"你北京来的了不起哦，你叫我们不能打断别人的话，那我打断你的话看你能拿我怎么办？"袁天鹏就傻在那里，我则差点被活活气死。我们理事会正是经常出现这样的情况，好好议事时，突然一个人耍起脾气来，整个议事就被打乱了，最后不了了之。

社区营造，最重要的就是要有一群人，先起而行，一起开会，议事、决策、执行。我本想着让理事会"罗伯特"一下，专业化一点，没想到被搞得这么难看。我开始反思，我不能光图"民主"虚名，我要现实一点解决社区发展的问题，后来就选择了产销班的形式。在产销班，荔枝农不敢这样，否则他就出班了，我们就不卖他的荔枝了。

在产销班，谁有能力我就选谁。我们是做买卖的，我不就是卖荔枝的吗？那我当然选荔枝种植大户、种植能人，而且我爱选谁就选谁。我们又把村里最优秀的那群人整合到了一起，变成我们村的能人俱乐部。

我希望，除了一起转型自然农法种植荔枝，这个产销班还可以一起干点什么事。2017年，我们正式申请成立荔枝合作社，并从一个村扩大到一个镇，在全镇范围内邀请荔枝种植能人加入，让更多荔枝农加入转型自然农法种植的队伍，实践友善耕种理念。

反思理事会

原来，理事会还有一个缺陷，凡事非常容易泛政治化。

任何问题一讨论，就变成全村性的议题，或者说由我嘴巴里讲出任何一个东西，都变成全村性的东西，很敏感，很尴尬，很难受，变成我要不停地管理自己的嘴巴，害怕什么时候又多说了一句招来满村风雨。最不爽的是"反对派"们有意添油加醋，搞得谣言满天飞。

起初，我曾想把整个村庄的产业交由一家合作社来运营，理事会也把合作社申请下来了，但最后还是做不了。为什么呢？村里有七八户人家，不管我怎样求爷爷告奶奶，他们就是不加进来。不加进来就很尴尬了，我们村庄60多户，难不成把他们抛弃了？如果合作社将来分红，这些人没有份，那会是一个严重的问题，那就把一个村子给分裂了，这很不符合社区营造"大家一起来"的理念。

做社区营造，我感觉最难过的就是泛政治化这个坎儿。

打个不恰当的比喻，乡村里的每户家庭都像一个小国家，我们开农村会议就像开联合国会议一样，漫长又拖沓，每户家庭都有"神圣的主权"不可侵犯。我们后来选择产销班，就是选择远离乡村政治，用"返乡大学生＋荔枝农"的模式来开展工作，返乡大学生把荔枝卖好，荔枝农把荔枝种好，谁种得好我们先邀请谁进产销班。然后，我们利用产销班的平台，把自然农法的理念带进来，辅导荔枝农转型。

2014年，我们花了11万多元，把一批荔枝农带到台湾去考察学习，让他们走进台湾屏东县王乾坤有机荔枝园里，看台湾人怎么种出不用除草剂、不用化肥、不用农药的荔枝来，然后一斤卖

100多元人民币还供不应求，日本的客商抢着要。我很开心的是，我们的荔枝农从台湾回来，变得有自信了，他们知道努力的方向，也知道这样走下去，我们的产品就有差异了，用荔枝农陈芳德自己的话来说叫"人无我有，人有我优"。在向自然农法转型的道路上，荔枝农的信心比黄金更重要，他们自己也笑说："荔枝王一熟，黄金万两。"

回首看理事会，我也发现它后期演变成一个好玩的东西，那是我做梦也没想到的。原先的博学生态村发展理事会是一个执行班子，最后变成了类似社区议会一样的东西——吵架理事会。我们主事者常说，有事最怕上大会，上大会怕吵架通不过。我们呢，还没上村民代表大会呢，理事会先吵，十几个理事，代表村中各方利益，只要开会，提一个什么议题就吵架，通不过，议而不决，决而不行，理事会变成摆设。

2009年参访台湾日月潭伊达邵部落时，我发现那里有社区议事会。我开始想，博学生态村发展理事会碰到这种尴尬局面，如果它不是理事会而是"社区议事会"的话，会不会很好玩？中国乡村民主治理有一条"一事一议"的成功经验。"社区议事会"提供一个民主讨论的平台，村里要做什么事情，先拿来议一议，让各方利益的表达都能被听到。博学生态村发展理事会，又是议事又是决策又是执行机构，所以做不好。

从长远来说，社区议事会，对抑制村干部腐败问题，我觉得是有好处的。

返乡青年＋

产销班的机制出来以后，我们单刀直入，只卖荔枝，不言其他。

从此，我的精力也集中了，我们的火山村荔枝开始走向产业化和品牌化的道路。

2014年，我们创立火山村荔枝品牌，从此开始认真卖荔枝。2015年，火山村荔枝团队再出发，迈向专业化运营。2016年，我们卖的荔枝份数已经比2014年翻了5倍。2018年，我们开始兴建包括荔枝专业分拣线、冷库、包装车间等在内的专业园区。用商业手段解决社会问题，路子越走越宽。

社区营造有一个关键的概念叫"社区自组织"，你要有组织，组织一群人一起来行动。但是，我们不仅要有组织，还要有领导力，有合作，才不会让那个组织空转。我之所以要让理事会变成产销班，最后在2017年设立合作社，就是要解决这些问题。再造故乡的真谛是什么，我们可以用心去体悟。我选择了里子而不是面子，选择了从现实出发解决问题，而不是空谈主义。

于是，我们提出了"返乡青年＋"这个概念。

我认为，只要有返乡青年回到乡村，不管他＋的是产销班，＋的是家庭农场，＋的是合作社，或者＋别的什么东西都行，都可以再造故乡，造福乡亲。对于我来说，我将继续秉持"转型自然农法，再造魅力故乡"的理念，一步一步将火山村建设成一个融合自然农法农业、生态保护和休闲旅游为一体的新乡村。

卖荔枝只是手段，我们的目标仍是乡村振兴。

不忘初心，方得始终。

自然农法与消费者运动

2015年5月31日，我们与上海多利农庄一起办了一场"红云宴"，现场来了800多人，一起品鉴火山村荔枝。不过，这场活动也把我吓到了，人太多，吃颗荔枝还需要排长队等待，体验感很不好。

红云宴是个典故。五代十国，南汉后主刘𬭶，每逢荔枝成熟，设宴和内臣、妃嫔于苑内饮酒啖荔。宋人顾文荐在《负暄杂录·荔

红云宴

枝》一文中记载:"南汉刘铢每岁设红云宴,则窗外四壁悉皆荔枝,望之如红云然。"

2016年5月,我们又与到哈佛大学开包子店的甘其食合作,在其上海陕西南路的花园里办"红云宴"。这回我们小办,只邀请了30多位客户。我邀请到了台湾花道大师林爱卿,她在现场用蒸包子的蒸笼和荔枝插了一件作品,大家可以先欣赏漂亮的插花,然后再从蒸笼中抓荔枝吃。这个设计很受欢迎。

5年来,我们一共办了50多场红云宴,积极与消费者互动。

看得见的关系

2014年我们创立火山村荔枝品牌,是从组建 Farmer4 新农人组合千人演唱会,与城市里的"粉丝"们一起唱响"再造故乡"这个理念开始的。很多人不理解,你们白白花掉100多万元干吗

呢？我说，这是与消费者"谈恋爱"，乡村振兴从营造城市粉丝开始。

办"红云宴"，也是这个逻辑。

我们这些返乡青年经营品牌农业，一手拉着生产者，一手拉着消费者，很有必要认真"确认过你的眼神"。我是非常喜欢"直接跟农夫买"这种理念的，我其实是搭了一座桥梁，让城市里的消费者有机会认识荔枝背后的火山村与荔枝农。反过来，荔枝农也要知道，他种的荔枝关系着消费者的健康与安全。

2015年5月，成都电视台《农场来了》节目来火山村拍摄，让荔枝农王才英对着镜头说："我的荔枝，你放心吃，我负责。"

我站在一旁，逗王才英："再用海南话说一遍。"他也照说了。拍摄完毕，他跑过来跟我说了两个"好紧张"——"面对镜头好紧张""面对消费者好紧张"。他很认真地跟我说，一定要拿他的荔枝去做农残检测，不合格就不要卖。

是荔枝农主动要求对他的荔枝进行农残检测，而不是政府，也不是消费者逼着他这么干。这个观念的觉醒，比黄金还要贵重。火山村的转型自然农法，是我从日本和我国台湾学习回来得到的一套新观念，但能不能适应火山村的水土，老实说，我心里没底。起初的时候，荔枝农们都摇头，连我爸都如此。

2016年，我带中国新农人代表团去日本访问时，特别去了一家机构叫"守护大地协会"。它的创始人藤田和芳出了一本书叫《一根萝卜的革命——用有机农业改变世界》，2013年在中国出了中文版，这是我走向转型自然农法道路的"启蒙读物"。从这本书上，我了解到了"大地"的生产标准：

1. 尽可能不使用农药、化肥；

2. 原则上不使用除草剂；

3. 不对土壤进行消毒。

藤田和芳还有一个重要定义：有机农业运动是以零农药为目标，由农户生产者根据自己农田的特征、地域环境以及当年的气候特征，通过对生产技术的日常钻研，扎实、认真地来种植安心、美味的农产品。

我很喜欢这个理念，但在火山村推广自然农法时，没有办法一下子做到不使用农药，所以就叫"转型自然农法"，先从无化肥、无除草剂出发。几年实践下来，已经达到SGS273农残检测各项均"未检出"农药残留的标准，我们表述为"零农残"。

"我们的目标不是建立一个只有精英的乌托邦，而是能和更多人建立更广泛的联系，让他们能一点一点地朝着改变的方向前进。即使是使用了农药和化肥的农业，也不应该一味地指责生产者。今天的农业之所以严重依赖农药，责任在于所有日本人。这是我们追求'物质丰富，生活便利，灯火彻夜通明'的现代社会的结果。所以说不是农业本身发生了变化，而是农业迎合了消费者的需求，忠实于消费者的欲望而变成了如今的模样。既然这样，消费者也没有权利太任性地向生产者提出非常严格的要求，例如'应该马上生产无农药、无化肥，完全有机的高品质农产品'云云。我们希望消费者能心胸开阔，乐于见到生产者的成长，主动思考流通机制，思考消费方式，而不是一味地索取。"我非常赞同藤田和芳的这些观点。

实践起来，我们也发现，荔枝农迈向转型自然农法是一个漫长的过程。

不是说我今天下了一个命令，从今天起，荔枝农就做到自然农法了。火山村荔枝农就像初入学的小学生一样，从一开始不知道"自然农法"为何物，到2014年10月我带他们去台湾实地参访有机种植荔枝园，眼见为实，才慢慢打开眼界，知道这个世界真的有无化肥、无农药、无除草剂种植出来的荔枝。荔枝农当然知道自然农法种植的好处，但缺的是动力和技术。

转型自然农法，一方面创造健康安全的农产品，另一方面可持续地利用土地、保护环境，而不是对土地一味地攫取、榨干。

2015年5月22日，火山村荔枝首次农残检测结果出炉，所有合作的12户荔枝农的荔枝全部合格。当检测报告出来时，对着电视镜头做过承诺的王才英无比开心，因为这证明他的承诺不是信口雌黄。农民是很爱面子的，我爸跟我说："志气最重要，多少钱都会花完，但志气丢了就难做人。"

为了让这个承诺变成一种制度安排，我们曾在产品包装上贴果农头像（后来合作的果农太多，才改为我的头像，由我统一代言）。我们就是想让消费者清楚地知道，这箱荔枝是哪个荔枝农种植的，溯源透明，安心食用。生产者与消费者之间的关系可以变成"看得见的关系"，甚至变成朋友。这是化解食品安全危机的一把好"钥匙"，朋友不能害朋友嘛。

不过，消费者与生产者互动这件事情，不能一厢情愿，还需要消费者意识的觉醒。在日本和我国台湾都已经有"消费者运动"，消费者主动去干预生产端。日本守护大地协会本质上就是一个消费者组织，它实际上就是联合消费者，一起去鼓励生产者革命。

我们办"红云宴"，其实就是消费者教育运动。我每年都会亲自参与"红云宴"，并且发表演讲，把火山村荔枝农转型自然农法的故事讲给消费者听。诚如藤田和芳所言："消费者不应该只看重农产品的价格和卖相，而更应该关注它的口感和安全。对辛劳耕作，生产安全农产品的农民们，消费者应该心怀感激。"

从2017年起，我创建了"铁杆粉丝群"，即火山村荔枝共建人，至今一共有70多位共建人，每人出资额从2000元到5万元不等，我们一共筹集了近60万元共建资金。我就是想通过众筹共建人证明一件事，我们做转型自然农法，消费者是支持者，而且拿出真金白银来支持。

消费者亮出人民币，我们当然更有信心了。

关心消费者是谁

2014年，我创立火山村荔枝品牌之时，正赶上"互联网+"的风口，赶上生鲜电商平台和微商如雨后春笋破土而出的年代。

第二年，我们一下子签了300多家生鲜平台和微商。实践已经证明，互联网的力量，微商的力量，生鲜电商平台的力量，为我们打开了一扇窗，不必依赖旧门路（传统的批发市场、超市、门店），也可以让新生的品牌农业活下来。

实践是检验真理的唯一标准。我们惊讶地看到，有些微商的销量，甚至超过了"本来生活"这种大型生鲜电商平台。2017年以来，电商平台纷纷转型"社交电商"而且大获成功。在这个信息传播去中心化和高度碎片化的时代，利用社交网络，在"朋友圈"做生意，这就是利用"看得见的关系"做生意。买卖双方哪怕不是好朋友，至少是"朋友圈"里的"朋友"。

藤田和芳在《一根萝卜的革命》里指出，有机农业运动的成功要素有三：一是生产场景，二是渠道，三是消费场景。社交网络既是一个新渠道，也是一个新消费场景。把社交电商做得这么热火朝天，火山村荔枝在中国也算拿了一回"世界领先"。

由于电商的倒逼，生鲜市场不仅在拼新鲜，也在拼"安全性"了，开始注重溯源透明，争相搞产地直采，这是一种好现象。另外，物流也发达起来了，顺丰速递竟然敢签48小时到货对赌协议了。这是我们卖精品卖好价的两个重要前提。火山村荔枝的操作流程是，当天采摘，当天空运离开海南岛，在48小时内送达消费者手里，如果赶上第一班飞机出岛，北上广深可以做到24小时内到货。

于是，我们建立起"网络销售，产地直采，一件代发"的商业模式。

这种模式，最大的亮点正是"看得见的关系"，消费者清清楚楚地知道，他们买的是哪个品牌哪个产地甚至是哪个农户种植的产品，迈向了"溯源消费"时代。反过来，对品牌农业经营者而言，我们也步入了"粉丝经济学"的时代，我们可以通过宅配信息，清楚地知道我们的消费者是谁，甚至通过了解他们居住的小区的房价，清楚地判断出他们处于哪个社会阶层，具备怎样的消费能力。这些大数据，可以帮助我们对产品包装和产品定价等做出正确决策。

我希望寻找到这样一批消费者，他们愿意透过购买行为向我们传达"支持"。"主客一体"共同体认到，这样一个买卖，跟能让我们的生活变得更有意义有关，跟生产者的理念符合我的生活理念有关，从而将钱花在有共鸣的东西上。"转型自然农法种荔枝的人"和"吃得津津有味的人"相互尊重，彼此鼓励。除了赚钱，我们也很在乎吃我们荔枝的消费者是谁，以及他们的体验感。

我希望我们的用户，一要理解我们返乡创业的价值，二要理解我们"转型自然农法"的价值。否则，用"性价比"的尺子来看我们的产品，真的贵，似乎舍不得下手。我曾经在"宝贝详情页"里写过这段"品牌坚持"——

火山村荔枝不能给你最低的价格，只能给你最高的品质。我们宁可为价格解释一阵子，也不愿为质量道歉一辈子。如果追求利润最大化，完全可以通过降低成本来跑量，但我们认为完美的品质才最值得骄傲。我们也不愿为了短期利益而牺牲未来，我们的价值观是：生态，无毒，健康。

Farmer 4成员、新农堂创办人钟文彬说得很好："社交媒体如此发达的今天，新农人就是要先交朋友再做生意。与生产者交朋友，与消费者交朋友，还要让生产者与消费者直接交朋友。当你真正爱上一个人的时候，你是不会那么理性的。这种非理性，正是信任的最高层面。拥有这种情感上的认同，就是人格品牌的魅力了。"

所以说，我们追求的是一个"共鸣消费市场"，消费者持续购买，年复一年，持续支持我们在火山村用转型自然农法的方式种植荔枝。这样的用户已经出现在我们名单里，而且不少。甘其食创始人童启华就是这样一位用户，他已经连续4年，每年购买我们50份荔枝，与好朋友们共食，颇有现代版"红云宴"的意思。

树上红云

所以，2016年我们俩干脆合办了一场"红云宴"。

这个时代，消费者对广告和明星已经免疫了，那就让大家一起来看那些真实的、鲜活的、怒放的生命，和生产者互动起来吧。除了办"红云宴"，我还策划火山村小旅行，在荔枝成熟的时候，组织消费者来火山村。我的组织方法很简单，做出方案后，发到微信朋友圈里，每次都是一会儿工夫就报满了。去海南岛火山村摘荔枝，很受大家欢迎，但是我们家的民宿只有18张床位。

5年下来，我和不少消费者成了很好的朋友。

消费者运动

从日本、韩国和我国台湾等地的周边经验来看，随着中产阶级消费升级的到来，品质生活成为一个社会的主旋律。因此，这些地方都发生了"消费者共同购买运动"，从需求端来推动农产品的品质革命。

日本有"日本生活俱乐部联合会"、韩国有"韩国女性民友会生活协同组合",中国台湾有"台湾主妇联盟生活消费合作社"。日本的规模最大,拥有家庭会员100多万户。在这三个地方,这三家机构带领都市消费者发起"菜篮子革命",成为引领农产品品质革命的推动者。

消费者共同购买运动,集结消费者的需求和力量,让消费者跟生产者交朋友,透过消费者与生产者的直接对话,请生产者生产安全,对人、对环境都友善的食物与用品。反观内地的生鲜电商平台,大家都在忙着做买卖,谋生存。还有一种团购平台,它们的旗帜还是"以量制价",强调多量购买的降价折扣,就是"买大量,买便宜",与"共同购买运动"的宗旨有天壤之别。

当下,我还看到一种现象,就是方兴未艾的"微商"产地直采,借由"微商"的桥梁作用,消费者具体了解了产品背后的人文地理,尤其是种植者的信息。"微商"背后的消费者大多是"同事八卦群""妈妈群",其实就是已经集结起来的消费者,可以把这个新现象看作是中国消费者"共同购买运动"的萌芽。只是,"微商"们目前还未意识到"共同购买运动"的理念和价值。

只要加以引领,中国消费者"共同购买运动"和农业品质革命的来临指日可待。

那么,中国农业品质革命的愿景是什么呢?

说白了,是一场农业产业标准革命。

通俗一点说,包含"选美标准"和"安全标准"两大核心。

其中，"选美标准"可以提高商品出品率，这需要从种植源头抓生产管理的标准化。我们需要鼓励一群有知识有能力的新农人返乡创业。由于中国不可能像欧美国家那样搞大规模农业，我们需要探索适合中国国情的、适度规模化的家庭农场或农业庄园。

有一位叫康顺福的水果商对"选美标准"做了精彩的阐释，我摘录如下：

选美模式		
美女指标		水果指标
年龄		成熟度（树上熟度及后熟熟度）
三围		规格大小（果径或单果重量）
五官		果型（端正、微端正、畸形）
皮肤	VS	果面干净度（病、虫、害的允许程度）
肤色		果面颜色（树上颜色及后熟颜色）
学历、才艺		甜度（采收糖度即食用时糖度）
心态、性格		特有口感风味（种植地域）
家族背景		果园环境（生态污染、农残程度、树体年龄）

我再摘录"台湾主妇联盟生活消费合作社"的标准作为参照，它非常侧重"食品安全"的把控：

	环保级	环保移行期	健康级	安全级
依栽种过程（是否用药或残留）	无农药栽培 无农药化肥、 隔离带完整、 友善土地耕作	无农药栽培 成为环保级前需要2~3年移行期	无农药残留 不使用农药或安全用药无残留	安全残留 安全用药 微量残留
依硝酸盐检测（叶菜为例）	A 叶菜 3500ppm以下	B 叶菜 3500~5000ppm	C 叶菜 5000~7500ppm	拒收 叶菜 7500ppm以上
依品质规格	优 大小/外观/甜度 正常规格	良 大小/外观/甜度 低于正常规格		

内地消费者或许对硝酸盐有点陌生。当人吃进硝酸盐，口中的细菌会把它还原成亚硝酸盐，而亚硝酸盐若遇到食物中的胺类，就有可能结合产生一级致癌物质：亚硝胺。倘若短时间内摄入大量的硝酸盐或亚硝酸盐，还会引发血液缺氧，导致硝酸盐中毒，症状包括皮肤发青、头晕恶心、腹痛腹泻，严重的可能致死。

2019年中央电视台"3·15晚会"又曝光一批食品安全问题后，有人说，现在睡不着的不是大企业而是消费者，这是大实话。虽然中国从国家到地方都已经有了消费者协会，但这些都是半官方机构，是自上而下的产物，中国大陆的消费者远没有日本、韩国和中国台湾地区的消费者那样的觉悟与行动力。说得直接一点，中国的消费者运动还没露出端倪。消费者还是"弱势群体"，虽然可以打电话到消费者协会投诉，但除此以外，他们并没有站出来，用行动来改变现状。

我曾经在微信公众号"秦朔朋友圈"就中国农产品品质革命写过一篇文章，提出一个倡议：大家一起来，寻找、发现和支持中国农字号"单品冠军"。所谓"单品冠军"，即以最执着的匠人之心，死磕单品，并将单品做到极致，形成核心竞争力和品牌效应。

而落实这个倡议，最好的方法，就是发起中国的消费者运动，经由共同购买等手段，集结消费者的购买力，把"消费选票"集体投给单品冠军。台湾主妇联盟生活消费合作社的社员入社时，都要宣读这样的誓言："我愿意本着爱与合作的精神，主张绿色生活从安全的食物开始。通过共同购买的消费力量，保护台湾农业、捍卫粮食主权、支持友善环境的生产者及维系地球资源的可持续性。"

这个消费觉悟，中国大陆的消费者也可以有。

火山村珍珠认养记

上海，淮海中路283号。

2014年6月10日，在茂盛的梧桐叶掩映下，一条外墙装修得像时尚新潮的箱包外观的空中走廊，横跨淮海中路，将南北两座高楼连在一起，形成一个大写的"H"，这里便是名品店扎堆的香港广场。就在那条空中走廊上，以及南座中堂，我们办了一场海南岛火山村荔枝节和荔枝摄影展。

我们一群卖海南岛火山村荔枝的，竟然敢来香港广场办活动，与苹果、COACH、LONGCHAMP等名品店合作。那天凡是在这些店购物满2000元的，我们就送一箱火山村荔枝。效果出奇的好，消费者当场收到个头巨大的新鲜荔枝王，既惊又喜。

一个新创的小品牌怎么会收获这么好的合作机会呢？

答案是"贵人相助"。

贵人郑松茂

2014年初，台湾老牌电视节目《点灯》的制作人张光斗来上海约我见面。就是他，2009年在桃米生态村跟我讲"贵人帮"的道理，激励我返乡创业。2013年，《点灯》也为我拍了90分钟的纪录片。

张光斗约了一位《点灯》节目早期的编导出来一起餐叙，聊天中，这位编导提到有一位台湾广告大佬叫郑松茂，在上海开了一家精品咖啡店叫质馆，口碑很好。我于是关注了郑松茂老师的微博，他也关注了我。后来我们又互加了微信。

当年4月初，我从哈佛演讲回来，写了一些文章讲述自己返乡卖荔枝的故事，郑松茂在我的微信朋友圈留言："想讨教一下。"我有点受宠若惊的感觉，赶紧主动约时间拜会。第一次和郑松茂老师见面，就是在香港广场的质馆咖啡屋。

郑松茂老师给我的第一印象非常深刻，他的穿着打扮太讲究了：米色麻裤，红色外褂，披着一条绿色围巾，带一副厚厚的宽边眼睛，还顶着一个黑色的帽子。关键是，他还留着长长的白胡子，而且习惯用手捋一捋。用两个字形容叫"有范"，用四个字形容叫"风度翩翩"。

这位大咖不仅没有大架子，而且还有一副热心肠。

落座后，郑老师先开口，说我返乡创业的故事让他想起了自己的童年生活，在台湾下田插秧的苦闷时光。"我很惊讶大陆已经有年轻人意识到社区营造，并且已经返乡行动。"他说，大陆

确实需要一批年轻人返乡再造故乡。

就是在这次会面中，郑松茂老师启发了我。那年6月，我们成立Farmer4新农人组合，办千人演唱会，提出"革命主义"。他说："你们这些新农人现在社会影响力很小，一个个人散落在四方，就像一个个孤岛，即使用力喊话声音也很弱小。你们应该联合起来，形成一个'岛链'，那就具备'战略意义'了。"

我向郑老师诉苦，为了引导火山村荔枝农转型自然农法种植，我提高了荔枝采购价，再加上为了保鲜必须选择最贵的航空物流。火山村荔枝价格比一般市面上的荔枝贵了不少，没有性价比，荔枝很难卖。

他听了反倒鼓励我："你这样做是对的！怕的不是卖最贵的荔枝，而是你要明白告诉消费者，为什么你卖最贵。"

在质馆咖啡屋，10种来自非洲、亚洲、中南美洲的精品咖啡都持有自己的独家"身份证"，大家可以从菜单上了解其产地、庄园、风味、酸度和甜度等信息，而且无任何添加剂，还要通过美国精品咖啡协会（SCAA）认证，达到80分以上才行。质馆是上海滩品质最好、价格最贵的咖啡馆。

"质馆咖啡的甜点全部从巴黎空运过来，Made in Paris（巴黎制造）。我的逻辑是，让你在上海喝着比巴黎咖啡馆还好喝的咖啡，但吃的甜点跟巴黎的一样。"郑老师搬出经营质馆咖啡的策略来教我这名新手，然后他话锋一转，提出了一个行动建议："你来香港广场办一场活动吧，就在这里，告诉上海人，你的火山村荔枝好在哪儿，你的再造故乡行动价值在哪里。"

这次见面，郑老师还教育我，不要用形容词去说服消费者，要讲事实，让消费者看得见你的本来面目。我原来文案中"个大味美天下无双"等形容词，被郑老师批得一塌糊涂。于是，我开始"用事实说话"，练习着写了一段关于荔枝王的介绍——

海南岛火山岩上生荔枝，富含矿物质，以硒为贵（"硒"是人体微量元素中的"抗癌之王"），加上火山岩天然矿泉水（自1991年起，一直傲居人民大会堂、钓鱼台国宾馆"国宴饮料"宝座）和黑山羊粪的滋养，生长出世界上最大的荔枝，原名蟾蜍红，冠军单果重达85克，7个冠军单果超一斤，"荔枝王"因而得名。

郑老师读后没表扬，但也没再批我是"空心菜"了。

名人曹启泰

在郑老师的穿针引线下，我见到了香港广场推广部经理吕晴。

香港广场这些高端的商场，因为电子商务的冲击，也面临转型压力：凭什么把消费者从家中请出来，继续逛商场呢？当时，我看到香港广场正大量引入餐饮店，这就是引流策略。

新官上任的吕晴碰到的问题跟我一样，怎样跟消费者"谈恋爱"呢？

吕晴说："生活在城市的人越来越追求高品质生活，可是很少

有人意识到，如果消费者不与生产者互动，购买安全食材，高品质的生活从哪里来呢？"仅仅一次会面，我们就拍板了，决定办"海南岛火山村摄影漫画展暨荔枝节"，吸引吃货们来商场品尝火山村荔枝。

其实，新一代精品消费者越来越关心产品的透明度，他们希望了解材料的来源及产品的制造方式。举个例子吧，古驰（Gucci）的包包都附上了一份"身份护照"，详细列出皮革的来历，说明所用的皮革都来自经过认证的牧场。

在讨论如何与香港广场的消费者互动时，吕晴提出一个大胆的想法：由香港广场购买100份价值198元的火山村荔枝，并以提货券的方式赠送给当日消费2000元以上的消费者，然后凭券来活动现场领取荔枝。

这一招，获得了店家和消费者的一致好评。吕晴开心地告诉我，现场送荔枝的方式在香港广场引起了消费者的"尖叫"，效果出乎意料地好。很多消费者反馈，他们做梦也没想到会收到如此惊艳的礼物———一箱新鲜的荔枝王。以前，精品店搭送的一些小物件，价格甚至比一箱荔枝高多了，但是大多数消费者都无感。

为什么送荔枝消费者会有感呢？

答案并不复杂，火山村荔枝王又大又红，有视觉冲击力。这批荔枝，从海南岛直接空运至上海，离开树枝还没超过24小时呢。2014年的时候，生鲜宅配还不像现在这么发达，消费者还很难有机会吃到如此新鲜的荔枝。

香港广场赞助了这场活动，出场地，出钱，出人。吕晴说，她希望香港广场在人们心目中是一个亲民的地方，一个倡导健康生活方式的先行者。我们的幸运之处在于，我们转型自然农法的努力与香港广场的价值观对上号了。正如吕晴所说："如果没有乡村人的努力，就不会有城市人的健康美好生活。"

吕晴这么帮忙，我心想，该怎样投桃报李呢？

我跟郑松茂老师商量，能否请在第一财经电视主持过《波士堂》《上班这点事》的台湾著名主持人曹启泰来站台？名人效应嘛。郑老师觉得这个主意不错，亲自打电话给曹启泰，把他请了出来，而且免费出场。

曹启泰出场，果然引起"小骚动"，女生都争着合影。曹启泰的现场讲话也很给力，他手握拳头，号召大家"点燃每一个人心中的小火山"，支持荔枝农生活得更有尊严，更有信心。那天，我们把火山村两位荔枝农王才运和王才英从海南岛请到现场，曹启泰幽默的号召也使他们乐得笑开花。

请荔枝农来现场，是郑松茂老师出的主意，他说请荔枝农当荔枝节的主角才有意义，让消费者感动的是农人不辞辛苦为他们种出安全健康荔枝这件事。郑老师还提出，挖几棵挂满荔枝的荔枝树到现场营造场景，给消费者直观的感受。"荔枝农"这个词，也是郑老师建议的，很亲切。

郑老师拿笔帮我改文案，手把手领我进入品牌农业的大门。实践证明，请荔枝农来香港广场现场跟消费者互动，很成功。荔枝农王才运说的普通话勉强让人听懂，而且头埋得低低地念稿子，但等他念完，现场200多位消费者爆发出最热烈的掌声，赛过那天任何演讲者。

"既然海南岛荔枝农来到了香港广场，社会需要给他们掌声与力量，给他们信心与光荣。"郑老师说，讲什么不太重要，重要的是荔枝农来了。

火山村珍珠

请荔枝农来上海见消费者，请曹启泰来站台，这两个点子已经不错了，但是郑老师还是说，这场活动缺"亮点"，还缺打动现场参与者的"感动点"。

我绞尽脑汁想了好几天，终于从台湾王建煊先生在大陆做的"捡回珍珠计划"（资助高中特困生）中得到灵感，提出"火山村

珍珠计划"。我采访过王建煊，记得他的创意："那些因家庭贫困被迫放弃学业的孩子，就像一颗颗埋在地下黯然失色的珍珠，必须将他们拾回来，帮助他们接受良好教育，使他们成为闪闪发光的珍珠。"

默默无闻的荔枝农也像"一颗颗埋在地下黯然失色的珍珠"，需要消费者一起来擦擦，他们才会闪闪发亮。

于是我认真策划了火山村珍珠计划：一名荔枝农去台湾考察有机农业，费用是1万元。我来当一名"珠宝商"，一颗"火山村珍珠"价格1万元，兜售10颗"火山村珍珠"，资助10位荔枝农赴台考察。购买者获得50份"火山村荔枝王"礼盒，同时给了一位荔枝农赴台学习的机会。

这个创意得到了郑松茂老师的认可。

最感动我的是吕晴，她立马表态第一颗"火山村珍珠"是香港广场的。其余9颗"火山村珍珠"我都是在微信朋友圈卖掉的。才5天，就把其余9颗"火山村珍珠"全部卖出去了。活动当天，我们把购买人请到香港广场开幕式现场，由荔枝农亲自向他们颁发感谢状。

这些购买人，有的是我的大学师兄，有的是企业家朋友。其中2颗，还是通过众筹完成的。其中一位发起众筹的人是陈圆圆，她是腾讯公益慈善基金会项目总监。她发了这样一条微信朋友圈："众筹，多么有意思的公益创新。统奎是个正在创造有趣社区建设故事的人。我们可以这样整合资源，从今年腾讯铜关侗族大歌生态博物馆已销售'侗乡茶语'利润中拿出1万元，认购一颗博学村的'珍珠村民'。但我想把这1万元再众筹回来，为咱们腾讯铜关博物馆请老师、找学费。"

我和陈圆圆从此结下深厚友谊，2个月后她又从腾讯公益慈善基金会申请了10万元，资助我们举办第三届全国返乡论坛。

在微信朋友圈兜售"火山村珍珠计划"，"戏前戏"很成功。

活动现场，我们把购买人一一请到台上，由荔枝农亲手颁发感谢状。可恶的是，现场流程跑到这一节时，我竟然拉肚子，蹲在厕所里出不来。出来时，最精彩的戏已经演完了。郑松茂老师问："你刚才跑哪里了，抓你合影呢。"

当年10月，我带领火山村荔枝农代表团去台湾专业考察。

　　我们走进屏东县王乾坤的有机荔枝园。王乾坤是台湾第一位种植有机"妃子笑"的荔枝农。他原来在化工厂担任主管，知道化工的厉害，因此从一开始就下决心种有机荔枝，追求远离化工产物的生活。火山村荔枝农与王乾坤一起翻树头，聊土壤有机质，上了一堂非常重要的有机农业启蒙课。

　　当火山村荔枝农陈良荫扒开王乾坤荔枝树头的那一刻，我心说：值了！

　　辽宁电视台《返乡》纪录片全程记录了这场活动举办前前后后的故事，这部纪录片获得了2016年金熊猫国际纪录片节提名奖。

　　戏前—戏中—戏后，一场火山村荔枝品牌行销活动，经由郑松茂老师的专业指导，变得如此有趣、有料、有感，媒体自然很乐于报道。这场品牌行销影响很大，直接带动了2015年和2016年两个荔枝季销售额连续增长100%以上。

"戏后"还有意外精彩。奥斯卡最佳纪录短片奖得主杨紫烨团队从2015年起跟拍我们。2017年2月，日本NHK国际频道也来拍摄，制作了一集关于我们返乡创业的28分钟的纪录片。接着，美国国家地理杂志纪录片频道也来了。

谢谢"火山村珍珠"的购买人，谢谢郑松茂老师，也谢谢吕晴！你们都是我做品牌农业的贵人。

那一年，郑老师鼓励我：创业者要当"打不死的小强"。

创业难，但创业路上会遇见许多贵人，我们不气馁。

火山村荔枝：迈向六次产业

好像才是昨天，我们才刚刚注册了"火山村荔枝"品牌，不知怎么地，一转眼，已经过去5年了！5年光阴如河，5年岁月如梭，无龄感如我，居然不知自己已经不再年少了。我并没有开奔驰车，怎么就"奔驰"得这么快呢？

2018年夏，中央人民广播电台推出乡村振兴系列报道《走，回家创业！》，第一个报道对象就挑了我。5月7日，从早间新闻到《新闻纵横》这个时段，中国之声和中国经济之声两个频率每个半点和整点，都不停地重复一句话——"明知山有火，偏向火山行"，我一边听一边笑，心里满满的感动。

2014年创立火山村荔枝品牌时，我也不知道品牌农业的路会是什么样子，但很积极很乐观，跟别人描绘梦想时总是激情满满。5年下来，吃了许多苦头后，我方知做品牌农业是多么艰难的一件事，身边早已倒下一批同行者。于是，我写下"明知山有火，偏向火山行"来激励自己，也激励同事们。

有趣的是，故乡海南岛有位副县长从微信朋友圈看到后，跟

我说，应该改成"明知山会火，偏向火山行"，把"有"字改成
"会"字。他的意思是国家从2018年起施行乡村振兴战略，返乡
创业的奔头来了，山会火的。

有风雨，也有彩虹

我常常被问：荔枝这么难保鲜，你为什么卖荔枝呢？因为我
的故乡是荔枝之乡啊。

真是这么一回事。卖荔枝对我来说不是选择题，而是判断题。

帮我做这个决定的人叫常天乐，她是北京有机农夫市集的领
导者。2012年8月，我们在海南办首届全国返乡论坛，我邀请天
乐来演讲，顺便到火山村玩，住在我家民宿里。第二天醒来，她
自己逛，发现民宿周边都是荔枝林，她认真地鼓励我："你带荔枝
农种生态荔枝嘛，明年拿到北京有机农夫市集来卖。"

我没多想就答应了。答应天乐的时候，我还是《南风窗》杂志的
记者。两个月后，我正式辞职，从一名记者变成了一名返乡创业者。
如果没有天乐的鼓励，我不会卖荔枝。我辞掉令人羡慕的《南风窗》
高级记者的工作，从上海回到火山村，这算是主动选择的"人生转弯"。

2013年6月，我亲自到北京有机农夫市集摆摊卖火山村荔枝。

第一天，500份荔枝摆出来不到半个钟头，就被抢光了。一
盒4斤160元，都没人还价，抢不到的人还埋怨你为什么带这么
少来。和天乐商量后，现场预订，准备第二天再空运来的500份，
现场直接就被订光了。

第二天，有位漂亮妈妈带着帅儿子一起来领荔枝，她订了4份，领到荔枝后，非常认真地向我致谢："我们家孩子暑假后就去哈佛读书了，他这么优秀，都是因为吃了你们的生态产品啊。"我被谢得有点不好意思，但是把这位漂亮妈妈的谢谢当一回事了：把生态荔枝继续做下去，不能辜负了消费者的厚爱。

后来，我正式提出"转型自然农法"的概念，鼓励火山村荔枝农以零农残、零除草剂、零化肥为目标，迈上艰难的"转型自然农法"之路。

当时，我们看到了荔枝产销的乱象：种植时，大量使用农药、化肥、除草剂、膨大剂、激素、甜蜜素等化工产品，危害消费者的身体健康；采摘时，荔枝还是绿皮的时候就摘了，口感很涩，半生不熟；配送时，为了保鲜，泡保鲜剂，二次加害消费者。

于是，我们再加了两条原则：树上自然熟，不泡保鲜剂。

起初，说服荔枝农接受"转型自然农法"时，第一个站出来反对我的人，不是旁人，就是我爸爸。等苦口婆心说服他行动了，没想到种出来的荔枝王规格过小，又被我们拒收，气得他当场摔烂手机。起步的时候，我们一年才卖一万多斤荔枝王，量少得很，一户荔枝农的产量都卖不掉。荔枝农很激动，跑到村口破口大骂，说返乡大学生回来放大炮骗农民。

不过，从2016年起，我们销售量就超过30万斤了。可是，全球气候变暖却年年制造负面影响。2016年遭遇了厄尔尼诺现象，暴晒与暴雨轮番上演，荔枝王不是被晒伤，就是吸水裂果，荔枝农损失惨重；2017年是暖冬，导致荔枝王开花挂果率不足

20%，村里3家荔枝大户几乎绝收；2018年是大丰收年，产量达到历史新高，却在上市时刮台风，荔枝王整整8天不能出货。2019年又是暖冬，这回荔枝王几乎不开花，绝收！农业有风险，入行需谨慎，一点也不夸张。

好不容易坚持了3年，到2017年，荔枝不开花，满园子杂草丛生。荔枝农动摇了，三分之二的荔枝农不再愿意手工除草，又改用除草剂。幸亏，荔枝还开花的几户荔枝农愿意坚持手工除草，延续了转型自然农法的命脉。2018年，荔枝大丰收年，我们又鼓励"走回头路"的荔枝农再转型自然农法，可是有的荔枝农泄气了，提不起信心去应对气候的冲击。

好在从2017年开始，我们与另外一个专门种妃子笑荔枝的火山村合作，并一下子把妃子笑荔枝卖出量来，取代荔枝王成为主导品种。妃子笑这个品种不仅早熟（所以也不会受台风影响），而且受暖冬的影响也不像荔枝王那么大。2019年，整个海南岛荔枝王几乎绝收，但妃子笑开花率还是超过50%。幸运的是，我们合作的荔枝园开花坐果率很好，依然是个丰收年。

2018年，我们还投资20多万元在妃子笑荔枝园里，建了冷库和分拣车间。如果像一开始那样单卖荔枝王，那2019年我们就没有买卖可做了。令我欣慰的是，种植妃子笑的荔枝农信念非常坚定，发自内心愿意实践转型自然农法。其中一位荔枝农叫王桥，他是一位80后，2个孩子的父亲。他的逻辑很简单——我种的荔枝，首先给我的小孩吃，我必须对自己的孩子负责任。

广东卫视《社会纵横》栏目邀请我和3位种植妃子笑荔枝的

荔枝农代表去广州录节目，王桥也去了。主持人问他为什么愿意种植生态荔枝，他就是这样说的，赢得现场观众热烈的掌声。我去日本访问，得知日本消费者最关心的，也是生产者敢不敢把产品给自己的孩子吃，这比有机认证更容易获得消费者的信任。

总之，与荔枝农合作，有风雨，也有彩虹，伤感有时，欢喜有时。

加价收购却毁誉参半

2017年2月，日本NHK摄制组来火山村拍摄时，我们登上本村第一高楼，一栋5层高的新楼房，整个火山村尽收眼底。看到这几年来荔枝农修的新房一栋又一栋冒出来，导演让我一一跟他们解说：这一栋新房是哪一户荔枝农盖的，那一栋又是哪一家荔枝农盖的，包括他们每年卖荔枝的具体收入。这时我才发现，自己返乡这几年，还是干了点实事的。让村民看见财富，再造魅力新故乡——这是我的返乡理想，我看到了它落地的可能。

火山村，其实是地理名词，而不是具体村名。

海南岛北部火山地区散落着35座保存完好的火山口，遍地都是火山石，难于耕种，荔枝根浅叶茂的特性成就了近5万亩"火山岩上生荔枝"的奇迹。而且，保留的野生和半野生荔枝种类达一万多种，被称作"世界荔枝种质资源基因库"（种质是指生物体亲代传递给子代的遗传物质）。火山土壤富含矿物质，尤其富硒，再加上火山岩天然矿泉水的滋养，所以能孕育出高品质的火山村荔枝。

关于荔枝，我小时候的记忆，就是一个"盼"字。年头的时候，盼荔枝开花；开花之后，就盼雨水，如果那一年干旱，就会等来一场空，一个家庭的主要收入来源就没了。没有水利灌溉的条件，火山村的人们只能看天吃饭，过着贫苦的生活。

2009年，我返乡干的第一件事是，给海口市委书记陈辞写信，请他给村里批一口机井。书记批了，半年后一口深水井就挖好了，高高的水塔屹立在村口。从此，勤劳的荔枝农开始迎来丰收年。可是，荔枝大丰收也不是好事，荔枝农在市场上没有定价权，荔枝王开市时30多元一斤，没过几天就跌到几块钱一斤，最低的时候跌到2.5元一斤。

如此剧烈的价格波动，结果是荔枝农"丰产不丰收"。

所以，我创立火山村荔枝品牌，确立"让荔枝农优先获利"的理念。我们和荔枝农共同讨论了一个定价方法——"3天内最高价再加3元"。比如2天前荔枝地头价是一斤30元，今天降到了一斤10元，但是我们的采购价是"30元+3元=33元"，为什么定这么奇葩的算法呢？

"3天内最高价"要解决的是，让农民不要着急卖，不要因为眼前价格高，不管荔枝熟不熟都摘去卖了，这就让荔枝农的利益与我们"树上自然熟"的理念契合在一起。"再加3元"，这是激励机制，他们那么辛苦手工除草，我们加钱鼓励。这个采购定价法，我们一直坚持到现在，算下来我们的平均采购价是市场采购价的2倍左右。

　　我问荔枝农，辛苦值不值？他们很肯定地告诉我：值！

　　这下子，咱该办场庆功酒了吧？非也！村里马上又有一种声音出来了。有些还没有跟我们合作的荔枝农患了"红眼病"，开始散播一种声音，说我们这种出高价收好果的做法，给外界造成了一种印象，即这个村子最好的荔枝都被我收购了，剩下的都是残次品，别的收购商不愿意来收了，弄得他们卖不出好价钱。

　　这种杂音，一方面动摇了已经走上转型自然农法之路的荔枝农那颗脆弱的心——这怎么变成一件讨人厌的事啊，心理防线抵挡不了这些口水冲击的一些荔枝农选择了放弃；另一方面它也污染了一个村庄里人与人之间的关系，让合作农户与非合作农户对立起来。这时，我才无比深刻地理解了邓小平同志讲"让一部分人先富起来"的勇气与担当。我们真的需要学习小平同志的勇气，无惧风凉话，大胆往前走。

他人的口水淹死你，这是熟人社会里的一个社会弊病。后来，我们决定，不能局限于只跟本村荔枝农合作，要跟更多火山村的荔枝农合作，打破熟人社会因"红眼病"所带来的冲击与干扰。"外来的和尚好念经"，正是如此。我们去别的火山村合作，好价好货，不伤和气，皆大欢喜。

虽然加价收购荔枝在村里毁誉参半，被一些人"羡慕嫉妒恨"，但是我一点也不后悔。"让荔枝农优先获利"的理念我们继续坚持了下去。原因无他，如果没有"加钱鼓励"，荔枝农是没有动力坚持转型自然农法的。到头来，我们也无法对消费者交代。其实，加价收购荔枝，最终埋单的人是消费者，是消费者为了吃到安全健康的荔枝，愿意付出更高的价格来购买火山村荔枝。"让荔枝农优先获利"与"对消费者负责"，是一枚硬币的两面。

你知道吗？一棵荔枝树周边的杂草，喷除草剂的话，不用1分钟，人工除草至少10分钟，而且两个礼拜后草又长出来了，又要再拔。这些年回家，我老被我妈唠叨，她常说，你们这些小孩太狠心了，怎么不让人打除草剂，搞得她一年到头都在荔枝园除草。我听了，既高兴又不忍心，高兴的是妈妈对我们的支持，不忍心的是妈妈真的太辛苦了。

海南岛的盛夏，最高温度40℃左右，一想到妈妈和其他荔枝农顶着烈日拔草的场景，我就"浑身发热"。可是，我们也要对消费者的健康负责啊，孰轻孰重，答案不言自明。对消费者演讲时，我常常提一个观念，说大家要一起来为荔枝农"加钱鼓励"，投出手中神圣的消费选票（人民币），让消费者郑重告诉荔枝农：我们愿意买贵，只要你们愿意种出生态荔枝。

只要越来越多的消费者有这份心，荔枝农们的辛苦就值得。

迈向六次产业

从2016年起，我开始思考荔枝的产业化问题。

我们通过品牌提升荔枝附加值的做法，并不受生鲜电商平台的欢迎，更别说传统渠道了。虽然他们也口口声声喊品牌农业，但真实的情况是他们要"最好的品质，最低的价格"，搞性价比、打价格战依然是生鲜市场的主流手法。唯有一些内容电商愿意以优质优价卖点品牌农产品，但他们是市场上的少数派，撼动不了"性价比"的江山。

以2018年荔枝季为例。海口火山荔枝还没开摘，几个有代表性的平台如天猫、云集、顺丰优选，就已经给海口火山荔枝的"妃子笑"定了价，价格是5斤装59.9元或69.9元，而且是宅配价。如果每一单荔枝从海南用顺丰速递发出去，单单都是亏本的。所以，他们把荔枝用冷链车运出海南岛，再用落地配，才能把微薄的利润"做"出来。对于他们来说，如果有人喊"做出荔枝的附加价值"，这个人一定是个危险的"异议分子"。压低荔枝地头价，他们才有利润。

这与我们"产地直发，优质优价"的目标是矛盾的。

我苦苦思索，怎样才能绕开这片红海市场呢？从2016起，我

连续三年去日本，考察了20多个日本六次产业的成功案例后，我决定拥抱"农业六次产业化"。

1990年代起，日本从"一村一品"运动向农业六次产业化升级。六次产业的公式是"1×2×3=6"，即生产、加工、销售体验一条龙作业。在中国，有一句话对六次产业的说明很到位，叫一、二、三产业融合发展。日本政府通过公共财政补贴和评定"六次产业优良案例"等形式，大力推动六次产业发展，诞生了许多成功的六次产业案例。

其中有家名为"Aqua Ignis（汤之山温泉）"的六次产业案例（有人翻译为"水与火温泉度假村"）。度假村内，一栋栋的大型清水模建筑分立其中，有精品住宿；有曾获得世界杯甜点大赛优胜奖的辻口博启旗下的甜点店；有面包铺，提供超级美味的意大利面包；有日式餐厅；有冬天也可以体验的草莓采摘。一年到访游客100万人，年营业额突破100亿日元（约6亿元人民币），客单价1万日元（约600多元人民币）。

农业从规模化、标准化、品牌化的"一村一品"运动，转型向精致、休闲及体验的六次产业化，这是使农业附加价值实现最大化的一条路径。

日本建筑大师隈研吾有这样一个观点：在工业化社会之后的第三次产业革命时代，并不是针对"物"和"商品"的时代，而是购买服务，即信息交流的时代。在这个注重信息交流的时代，是"场所"再次获得意义的时代。这是因为人类具有以"场所"为媒介，与自身周围的世界进行交流的本能。"物"的价值是由其能带给我们什么样的信息所决定的。

也就是说，打造乡村消费场景，作为吸引消费者到访乡村的"理由"，是六次产业格局中非常重要的一环，而且是创造农产品价值的充分必要条件。

就火山村荔枝的六次产业化，我形成了以下设想：

第一产业，将火山村荔枝打造成"全国荔枝第一精品品牌"。

坚持转型自然农法，追求"0除草剂、0化肥、0农药残留"，为消费者提供高品质的妃子笑和荔枝王，倡导"健康、安全、美味"的理念。通过精品化和品牌化，把荔枝的附加价值挖掘出来，继续走优质优价的道路。

第二产业，在火山村创办荔枝深加工观光工厂。

打造小而美、可参观、可体验的小加工坊，譬如荔枝精酿啤酒小工厂、荔枝干面包坊、荔枝冰激凌加工坊等，打造一个荔枝主题小观光工厂综合体。

第三产业，营造荔枝主题产品直销中心、荔枝主题民宿、荔枝啤酒餐厅等乡村体验式消费场景。

这几年，荔枝农富裕起来后，在荔枝园里盖了不少"荔枝楼"，我们村有10多栋。这些现成的建筑物，都可以以"场景革命"的思维，将其打造成一栋栋"荔枝楼民宿"或荔枝园餐厅，以荔枝入菜，打造具有火山地区特色的生态蔬果餐厅。

2018年，火山村荔枝六次产业迈出了第一步，我们通过对外合作，生产出了火山村荔枝冰激凌和火山村荔枝啤酒，并且通过线上线下渠道开始销售。因受资金限制，我们无法一步到位在火山村建设加工厂，但我们还是坚持往六次产业的方向转型升级。日本六次产业的成功经验激励着我们，这是我们对抗"性价比"，挖掘火山村荔枝附加价值的最佳选择。

后来，我还给海口市市长丁晖写了一封信，向他报告我们实践火山村荔枝六次产业化的思路。我向市长阐述，唯有走六次产业化的道路，我们才有机会整体提升海口火山荔枝的价值，让荔枝农拥有更高的收入和更有尊严的生活。市长收到信后，立即作了批示。海口市农业局也在第一时间行动，首先支持返乡青年启动了一个荔枝干加工项目。后来，又有海口市龙华区区长等干部当面跟我说，他们支持六次产业。其实，六次产业特别适合海南这种旅游业发达的地方。

那么，就让我们来带头实践火山村荔枝六次产业化吧。

"花梨之家"民宿来时路

2011年，我在火山村盖"花梨之家"民宿时，很多人都以为我是一个疯子。

火山村不仅不是旅游景区，而且条件还非常落后。起初我盖民宿的地方，没有路，没有水，没有电，这些都是后来才一一解决的。只有我自己清楚，这栋海南岛上的第一栋民宿，它的试验和示范价值，比赚钱更重要。

老有人问我，你不是经营火山村荔枝品牌嘛，为什么民宿不叫"荔枝之家"，而叫"花梨之家"呢？实话说，盖民宿的时候，我还不晓得自己后来会变成一个"卖荔郎"。就是因为我们家有黄花梨树，尤其是我爸在院子里种了很多黄花梨盆景，于是想到了"花梨之家"这个名字。这个名字用海南话念，是很动听的。

"花梨之家"是2011年12月20日开张的，当时的永兴镇党委书记张祖平特地前来揭牌，饭都不吃就继续下一个行程。白天，我们与海口市自行车运动协会一起办了农民自行车趣味赛；晚上，与海南新闻广播《百草园》节目一起办了乡村音乐会。我邀请火山村各家各户一起来欢庆，一下子摆席20多桌，很像农村里的一场婚事，还特别安排了本地"婚宴神菜"——炒海南粉。

现在回想，那一天是我返乡创业过程中最开心的一天。民宿经营从0到1，迎来了起步。在海南岛上第一个吃民宿这口饭的人是我的二弟陈统夸，把民宿盖起来并经营到了今天。在无米下锅的日子，我除了从上海汇款给他吃饭，还要帮他这个心理学专业毕业的大学生进行心理建设，告诉他，有碗饭吃，就顶下去，民宿才会有出头日。

想想，如果没有一点点浪漫主义，怎么会干这种事呢？

一家人的集体智慧

现在回忆2011年起步做民宿的经历，我脑海里跳出的第一个场景是：阿夸和我爸的冲突。

我爸是个木匠，脑子灵活，动作勤快。相反，他的二儿子陈统夸，脑子慢半拍，动作慢吞吞。他们的冲突，一度无法调和，紧张到互不理睬。

为了锻炼大学毕业就返乡的阿夸，我向我爸"宣布"：民宿由阿夸掌事。可是，这个掌事官，一是不会统筹安排事务，二是自己做起事来拖拖拉拉。我爸看在眼里，一百个不愿意"被领导"。有一天，他怒气冲冲给我打电话，质问我民宿的事到底谁说了算，威胁我说，他不干了。我知道，这对父子处在磨合期，我只能当"调和人"了。

你们知道我爸最不能容忍的事情是什么吗？他是农民，遵循"农民时间"，早上6点就起床了，等"掌事官"安排一天的事务；阿夸呢，他遵循"大学生时间"，8点起床算早了。偏偏海南岛艳阳毒辣，行事非按农民时间不可，否则等太阳升高了，还没干活就汗流浃背了。偏偏阿夸老是忘记提前一晚跟老爸把事务安排好。可是，我跟老爸深入谈心后，发现提前安排好也不行，他认为当老板的儿子在睡懒觉，他才不愿意为这样的儿子卖命呢。

到了2016年，阿夸开始种火龙果后，我惊奇地发现，他也是每天6点多就起床下地干活了，没有任何人逼他，因为他知道做农活必须遵循"农民时间"，否则太阳晒的是他自己。可是，当初盖民宿的时候，他为什么就是不愿意早起呢？应该说是"新手上路"吧，不晓得谋生这件事的辛苦。几年经营民宿的风风雨雨，多少苦头他都经历了，再迟钝的脑子也开窍了。

虽说父子冲突一度让人头疼，但盖民宿却体现了我们一家的集体智慧，我则充当了那位"智慧管理者"。说要盖一栋民宿的时候，我自己口袋里只有1万多现金，不仅没有足够的资金，连施工预算都没有，只有一张南京工业大学的本科生帮忙设计的效果图，动工第一天就被我爸大骂——学生画的尺寸对不上当地的瓦片尺寸，怎么盖得出瓦房呢？最后不得不按照瓦片尺寸进行调整。

我当初只有一个浪漫的设想，我要盖海南岛第一栋民宿。钱不够？边盖边筹集。我爸说，1989年他给我们盖婚房时，沙子是开卡车的舅舅赠送的，我于是弱弱地问，还能请舅舅帮忙拉沙子吗？结果，舅舅又把沙子拉来了，怎么说也不肯要钱。我爸说，他高中同学在镇上开水泥店，我于是弱弱地问，您这位同学能不能先把水泥赊给我们盖房，一年后再付账，我爸又轻松搞定了。然后，我通过信用贷款，轻松贷到了16万元，把砖石给买了。

接下来，就是请建筑队、木工队、上瓦队等施工队来建房。从一开始，我就跟我爸说，必须与施工队培养感情，让他们允许我们晚点付工钱。我爸问，多晚算晚？那时我还是《南风窗》记者，一年薪水也有10多万元，只要给个一年时间什么都好说。结果，我爸就认真与施工队培养感情，真的很认真。那一年，我们家荔枝丰收，他干脆不卖，专请施工队吃，我爸百分百领会了我的精神。农村社会真的有人情在啊，最后施工队真的宽限了我们。

阿夸也慢慢上手，配合施工队采购物料配件，当地买不到的他就上淘宝买。大学时阿夸开过淘宝店，这对他来说是小菜一碟。也就花了半年时间，一间厨房，一间办公房和八间客房共4栋房子就拔地而起了，但没钱装修，此时距离预定的开张日子只有3个月时间，全家人都愁眉苦脸。我爸的私房钱近20万元已经被我们"榨干"，问村里一些大户借的20多万元也花完了。我爸和阿夸急如热锅上的蚂蚁，我爸大呼上当，自己的钱被儿子忽悠光也就算了，如果变成半拉子工程，在农村那种口舌社会，脸都不知道往哪里搁。

我绞尽脑汁地想啊，最后得出一个结论，这事不好跟同学朋友借，弄不好会伤人情。那时微博上"微公益"活动方兴未艾，我决定搞"微博众筹"，写了这么一条微博——

　　在海南岛盖"花梨之家"民宿，缺装修款，现公开招募"半农半 X 的生活者"一起出发，每人提供 1 万元借款给我，连续 10 年每年免费享受一间民宿一周，并享受年息 8% 的保值，款项 2 年后返还。冬天的海南岛，温暖如春，你希望过来享受农耕式生活吗？让我们一起打造"半农半 X 的生活"！微博一试，英雄辈出否？

　　神奇啊，这条微博当天被大量转发，仅仅半天时间，就筹集了15万元，当晚我就愉快地删除了这条微博，好像什么事也没发生过一样。

没过多久，我又获得了海航集团和21世纪经济报道联合主办的社会创新创投竞赛2011年度二等奖，获得了5万元现金奖励。就用这20万，把民宿简单地装修了，没法跟精品民宿比，但已经是火山村最精致的房子了。2012年，清华大学社区营造研究中心主任罗家德教授入住我们的民宿，做了一周的社区营造田野调查，临走时，他这样评价：恰到好处，如果搞得过于豪华，就脱离火山村实际了，反而不好，不利于社区营造。

民宿开张前几天，我才从上海飞回来，跟着我爸一起组装原木床。我非常感恩，有一个"木匠爹"，有一个"撸起袖子加油干"的弟弟阿夸，我们三个人六手联弹，盖了海南岛第一栋民宿。钱重要还是人重要？答案是人。第一，我是乡村造梦师，我敢做梦，口袋里只有1万多元就启动建设一栋最后耗资了近100万元的民宿；第二，阿夸敢返乡；第三，我爸不仅支持我们做梦，还不折不扣贯彻了我的指导思想——先负债把民宿盖起来，再慢慢还钱。

我们都是小人物，但有一家人的集体智慧就能成事。

先成为更好的人

从客人的角度来说，"旅行的动机有很多种，追求暂时跳脱平日框架的新奇当然是一种，但是能在一个完全陌生的地方，仍然觉得亲切、熟悉、被接纳，甚至有归属感，这又是另一种让旅人念念不忘的理由"。这是台湾老爷酒店集团 CEO 沈方正的观点，对我有启发。

民宿当然要成为一个有温度的服务旅人的地方。

我常听台湾民宿主人分享说，经营民宿要有人情味，要提供一种生活风格，硬件设备也是为了体现这两个中心思想而服务的，否则比设计、比奢华就不是民宿了。有人问我，为什么莫干山、大理这些地方出现了一些设计感超酷却闻不到主人味道的民宿呢？答案是这些算不上真正意义上的民宿，而只是精品酒店，他们以为"民宿"两个字好做生意而挂羊头卖狗肉罢了。

真正做民宿的人，一定晓得，民宿不是赚大钱的行业，只是主人选择的一种生活方式，可以自由自在地生活，同时结交一群天南地北的朋友。民宿是一种串联生活，你的生活走进我的生活，你的故事走进我的故事，然后彼此共鸣。也就是说，经营好一家民宿，主人的特质，主人的灵魂，就是吸引力，你一定会找到一群支持你的人。喜欢你的人，他自然会来；不喜欢你的人，你也不用在乎他。这就是民宿主人应有的心境。

当然，民宿主人也不是天生就是民宿主人，他们需要自我成长，需要变成一个更好的人。民宿主人能否变得更加敞开心怀，是真正打动旅人的关键所在。就像电影的套路一样，我们看到主角通过经历一系列的冒险，从而解决他们自身心理或情感上存在的问题，这种变化最打动观众。民宿主人就像在演一出生活真人秀的戏，自编自导自演，类似电影里的"角色转折"：角色随着剧情的展开，必须发展、成长、学习或者改变，在影片结束时，

角色的状况也跟着发生改变。

为什么住过民宿的人都对民宿主人的故事津津乐道呢？因为他们阅读了民宿主人的生活戏。你呈现的生活方式，你呈现的温暖人情，让他们产生了共鸣，从而产生"归属感"，好像回到自己另外一个家的感觉。如果，你还克服了风风雨雨，或者经历了一般人不敢经历的坎坷，那种勇气和梦想的力量，更会打动民宿客人。2016年5月，"倪老腌"创始人倪向明来到"花梨之家"民宿，他当着很多客人的面说："以火山村目前这种落后现状，你们敢回来经营民宿，这种胆量一般人没有。"他发自内心的敬佩。

倪向明道破了一个"天机"，在海口乡下那么一个偏僻角落里，"花梨之家"民宿能经营下来，其吸引力的秘密是——在这个时代，只要想去，即使路途遥远也不是问题，只要有充满魅力的食物或人物，人们就会前往探访，不论它在何处。我自己就是这个理论的实践者，一会儿跑日本京都去认识盐见直纪，一会儿跑台湾宜兰去认识赖青松，后来干脆组团一起去游学。跟我一起游学的人发现，这个团有一个特点，每到一站必有主人接待，必有主人开分享会，好像我开的是"故事俱乐部"。

"花梨之家"民宿的主人，我的二弟陈统夸，他在火山村这些年的坚持与成长，连我也被感动了。阿夸接受媒体采访时，说他是被我"拐骗"回来了，说他哥（就是我）跟他说你先回去，有一天哥哥一定会回来的，咱兄弟搭档干活不落单，结果他从2011年"物理返乡"，到2019年，他哥还只是"非物理返乡者"，老是在上海"遥控指挥"。最初的日子，阿夸说自己很孤单，只有阿猫阿狗做伴，所以他会弹吉他，唱很多忧伤的歌，听众也只有阿猫阿狗。直到2014年的一天，有一位民宿的女客人留下来不走了，孤单的日子才开始变成喧喧闹闹的日子。

2015年6月11日，Farmer 4第三场千人演唱会在深圳电视台演播大厅举行，我演讲时讲了阿夸有女朋友的故事。我说，她女朋友也是一名大学毕业生，从小是一名留守儿童，她爸妈为了追求美好生活离开四川农村来深圳打工，他们的女儿王越也是为了追求美好生活选择了阿夸选择了火山村，结果起了"城乡冲突"，女儿一度不敢告诉父母这段恋情。我在现场对王越的爸爸妈妈"喊话"：你们当初的选择是正确的，你们女儿今天的选择也是正确的。结果，那个掌声啊，鼓得特别热烈。岂料，这对冤家2016年领结婚证都没第一时间跟我讲！

我当初为什么会把阿夸"拐骗"回来呢？2010年，他从北京吉利大学（李书福办的私立大学，现改名为北京吉利学院）毕业后，先去了北京一家 IT 公司上班。可是，上班一个月，几乎没有一天能完成工作，屡次被主管批评。他打电话给我，很委屈：为什么公司安排的工作其他同事都能完成，只有他完成不了，一定是老板"有问题"。我立马明白这是怎么一回事——阿夸是个"天生慢弟"，我鼓励他辞职。

我先安排他去了苏州一位朋友开的咖啡店工作，本来计划干个半年学到基本手艺再撤，结果3个月不到，他还是适应不了咖啡馆的工作节奏，被我朋友劝退了。于是，我正式跟他谈话，告诉他有一样慢活可以一辈子慢慢干，叫"经营民宿"。就这样，2011年初，阿夸回到了火山村。那一年阿夸一边盖民宿，我还鼓励他一边参加友成基金会"小鹰计划"（旨在发现和支持具有远大志向和天下襟怀的青年）培训项目，并且安排他到台湾桃米生态村参加社区营造见习营。在桃米，他住了10天民宿，听了民宿主人现身说法，晓得什么叫民宿了。

今天来"花梨之家"民宿，你会发现，阿夸是个超人。

民宿的庭院，没花钱请过工人，一草一木都是他种的。阿夸还会下厨，他炒的菜是非常地道的农家风味，水平比他哥（就是我）强多了。阿夸还会开"乡村音乐会"，一人一吉他，舞台可以是星空下的庭院，水平又比开过4场Farmer 4千人演唱会的他哥高多了，绝对不会慢半拍。客人走了，收洗被子和打扫房间的苦累活还是他干。是的，这个过程不轻松，蛮辛苦的，可是"天生慢弟"在民宿这个小舞台上，舞出了自己的优势，成为一个更好的人。

《海南日报》登阿夸的故事，竟然占了头版四分之一的篇幅。

半农半民宿的生活

2017年1月，上海《生活周刊》刊登了记者冷梅写的深度报道，题目叫"石头缝里蹦出的鲜果，是最好的年华"，我先摘录两段——

干了几年，阿夸也很迷茫，海南岛上的客人集中在冬天，平时便是淡季。"这个时候，我突然想到台湾，旺季接待客人，淡季种植百香果等水果，可以实现在地采摘。我们火山村，到处都是宝，石头、火山岩，矿物质很丰富，很适合种植火龙果。"这个想法促成了阿夸后来的"半农半民宿"生活。"也可以说，是家庭农场。通过种植火龙果，或者一些适合采摘的水果，来做海南当地的在地小旅行。海口地区的市民，开车二三十分钟就可以来到花梨之家，进行采摘之旅，体验富有人情味的特色民宿。"

　　火山村属于万年前火山喷发的熔岩地貌。这里大部分土地都不适合耕种。阿夸找到的一块地，有20亩，因为石头太多，很难耕种，荒废了快一百年。这里地形高低不平，脚底石头松动，摔下来就倒在植物的根刺上。"搬火山石，垒墙，可能你转身，石头就倒了。很容易砸到脚。"没有人对这块儿荒地寄予厚望，只有阿夸闷声进行着自己的尝试。

2016年起，阿夸成为火龙果农。

冷梅写道："但是这一回，阿夸不想再依赖哥哥，从筹集资金到耕种，全部自己担当。"其中最根本的区别是，我不再做"金主"，而是鼓励阿夸自己创业，自己筹集资金，自己承担风险。光筹钱这个过程，对于阿夸来说，就是不小的考验。一开始，他和王越两个人问了很多同学和朋友，才借到2万元，非常沮丧。申请银行创业贷款，则卡在担保人上。火龙果苗拿回来，却因为没有足够的资金买有机肥和滴管设施，多少天仰望天空，一声声叹息，想钱都想疯了。

我虽然不出钱，但关键时刻我出了个主意：在微信朋友圈众筹。

于是，阿夸写了一份《让萤火虫回家》认养计划：阿夸转型自然农法种植火龙果，营造萤火虫的家园，在海南岛火山村如火如荼进行中，邀你来支持"半农半民宿"生活——每份2000元，5%分红，还有一份5斤装火龙果福利，以及价值960元的"花梨之家"民宿两天一晚体验游。

结果，仅仅三天，阿夸就众筹到了13万元，后面还不停地有人申请，但钱够了，阿夸就没再要。

这些参与众筹的人是谁呢？

除了几位阿夸的大学同学或朋友，绝大多数都是住过民宿的客人。这次众筹就像是一次测验，阿夸考了100分的优异成绩。事实在说话，阿夸通过经营民宿，有了自己的铁杆粉丝。当初盖民宿时，我发起微博众筹，参与者其实也是我的粉丝。民宿，可以说是"粉丝经济学"的产物，说实话，我们民宿的硬件很一般，但是我和阿夸都很真诚，喜欢交朋友，交到一批理解和支持我们返乡创业的朋友。

阿夸有一块火龙果园，只有一条羊肠小路通进去，火龙果苗、椰糠、有机肥，全部需要通过人力挑进去。走到地里一看，有一个深10多米的火山坑。原来火山爆发后的乱石被阿夸垒成石墙，一条一条，形成火龙果的爬墙，很有气势。在凹凸不平的火山岩地走路都困难，来过的人都问阿夸：你怎么搬那么重的石头在上面行走呢？

阿夸是挺辛苦的。2016年我回到民宿，发现阿夸都是早上6点多就起床下地了，穿上破了洞的运动鞋（被石头割破了），早饭都不吃就先下地砌石头墙。夏天的时候，汗水湿透了衣背，身上长满了痱子，他紧张地问我，会不会生了皮肤病啊。我叫他休息几天再干，可是他又不停，像着了魔一样。我知道，阿夸对种火龙果是真爱。我说民宿主人要"成为一个更好的人"就是这个意思，就是这种真实的改变。

爸爸陈召连

阿夸向所有民宿客人开放火龙果园，邀请客人一起下地种火龙果。因为"让萤火虫回家"计划，民宿的经营方式也起了一些变化。之前，我们民宿不接待"食客"，就是那种把民宿当农家乐来吃顿饭就走的客人。但是，阿夸非常乐意接待支持他种火龙果的客人，于是设计成"周末一日农夫体验"，公开征集海口都市一族，2016年有近300名客人参加。说实话，海南本地人对住民宿兴趣不大，但是对体验种植火龙果还蛮来劲的。

我们民宿的客人主要是内地来的，尤其是雾霾深重的北方城市，2016年，出现了为了躲避雾霾天，河北一批家长带孩子来民宿复习功课的奇特现象。我老婆感慨地说："这些家长好有钱啊。你看，雾霾一过去，他们又马上带孩子飞回家去了，坐飞机就像坐公交车一样。"是的，他们不是来度假的，是海南岛火山村的蓝天白云和富氧空气吸引他们来的。不过，既然来了，阿夸便邀请这些小朋友去种火龙果，让他们体验不一样的童年。结果，在火龙果园里，他们的父母玩得比孩子还起劲，仿佛火龙果园里装了时光机似的，这些大人一个个露出童真的笑脸。

冷梅这样夸阿夸——

阿夸充满了勇气，宁可当第一个吃螃蟹的人，也不要成为没有任何想法的追随者。现在，火山石堆里的火龙果苗一天天长起了个子，你可以看到蟋蟀、各种各样的小虫子、青蛙都在田地里蹦蹦跳跳。也许，在其他农民那里，看到虫子特别心烦，就会赶紧去想各种方式驱虫，为达目的，不择手段。但是阿夸却不这样认为，萤火虫回家，蟋蟀、昆虫遍地，正说明火龙果园子里良好的生态。为此，阿夸看到一些小虫子，非但不驱赶，还认为它是好事，感到洋洋得意。

这样说来，我"拐骗"阿夸返乡创业，拐骗对了嘛。

我跟阿夸算了一笔账，火龙果先种一万棵，管理好了，一年收入30万，利润15万左右。再把民宿经营好点，一年收入从目前的10多万提高到20多万。达到这个收入，除了买辆车，还可以带老婆周游世界，人生如此，何其幸福。

"半农半民宿"的生活，不富不贵，却可以自由自在，欢喜一生。

韩国艺术家驻村创作记

~~~~~~~~~~~~~~~~

2012年9月，留学韩国归来的海南姑娘方星星博士从微博上联系到我，说韩国釜山有个艺术家团体想找一个村子做驻村创作，问我有没有兴趣合作。

当然有啦！

一个多月后，10月29日晚上11点，经历迷路的波折，韩国艺术家们才顺着尚未收尾的海南中线高速公路来到博学生态村。村民们开着电动车来接应，帮忙运送行李。夜黯星稀，我打着手电筒领路，向黑暗深处的"花梨之家"民宿行进，韩国艺术家们显得很激动。

两周后，村民们一起来民宿欢送韩国艺术家的场景更感人，很多村民都流下了不舍的泪水。方星星在微博上写道："艺术家与村民在这个活动中无国界，无阶层，无障碍，最后一天，大家都变成真正的兄弟姐妹！"

是的，艺术可以凝聚社区，把人与人的关系变得如此美好。

艺术改变社区

这支韩国艺术家团体由韩国当代著名艺术家秦荣燮领队，团队中有陶艺家、画家、装置艺术家、艺术类学者等。

我很好奇，韩国艺术家为什么会来海南岛驻村创作呢？

原来，韩国政府提出"设计振兴韩国"的战略，从中央到地方，纷纷出政策出资金支持艺术家成长。2009年，韩国文化体育观光部推出了"2009村庄艺术项目"，面向全国征集方案。李明姬教授作为策划人，白永济教授作为美术指导，秦荣燮作为艺术家召集人，申请拿下了一笔"艺术下乡"资金。

秦荣燮团队选择了釜山甘川两洞太极道村驻村创作。1950年，韩国的太极道教徒为了躲避战争，从全国八道涌来太极道村，4000多名太极道教徒建了800多间屋子，形成了一个以太极道为信仰的村落。这个村子以其错落有致、五颜六色的房屋及四通八达的巷子闻名。当村庄笼罩在一片暮光霞色之中时，红色的霞光与五颜六色的房屋形成了一种色彩上的盛宴，美轮美奂。

然而，如今的甘川两洞落入了空心化的尴尬境地，居民每年都在减少，而且越来越老龄化，位于村口的坎井初中，每年都会减少一个班的学生。

秦荣燮团队带领村民提出了"甘川文化村"的愿景，通过创作公共装置艺术，改造村子公共空间，结合观光产业，加入了游客参与的设计理念，利用空屋进行设计再改造，使之成为居民和游客能同时使用的公共空间。

以展示咨询馆为例，顶层被设计成一个展望台，通过旁边的楼梯走上去，村子的景色一览无遗，还可以眺望到两边远处的甘川港和釜山港。此处如今是游客最流连忘返的地方，也是甘川居民闲时最爱来的地方。展示咨询馆左侧还有两个房间，被命名为"作家室"，亦被当作民宿公开给客人使用。

2011年，艺术家们又实践了一个更时尚的创意。釜山是韩国的电影之城，在釜山市的支援下，釜山地区文化产业研究中心和东西大学主持的"电影之家"项目便是以电影拍摄旧址为中心。选择一些饭店、咖啡店等电影的取景地给予"电影之家"的认证，通过电影的影响力去促进地方经济发展。甘川两洞曾被多部电影取过景，东西大学教授李明姬便把"电影之家"项目带到了甘川两洞，授予甘川艺术商品店"电影之家"三号店的称号。

艺术家们还设计了如本子、包装袋、商品袋、明信片、名片、图章等一系列周边产品，出版《甘川文化村的故事》一书，让"甘川文化村"声名鹊起。

名声打响后，游客越来越多，政府也更加重视甘川文化村的保护与再生，加大支持力度，三年下来获得政府资助的100亿韩元。"一开始政府也不相信，艺术家们能闹出什么动静来，慢慢看到艺术家们真的能再造一个社区，从地方政府到中央政府都全力支持。"秦荣燮教授告诉我。

甘川文化村展现了一种艺术家联合当地居民与政府，以艺术来改变社区的社区营造方式。以艺术为切入点，带动居民参与，开展文化旅游，引起政府重视并进行资金支援，带动艺术活动的发展和居民生活环境的改善，形成了一种良性循环的可持续性发展模式。秦荣燮教授说，一旦居民走向自营自创自治，居民本身就能成为"艺术家"，自主带动社区的持续性发展。

第一次来火山村踩点时，秦荣燮教授跟我讲了甘川文化村的故事。他也听我讲了一名《南风窗》记者返乡做社区营造的经历。而且见面前不久，我刚刚辞去记者职务，全力投入返乡创业。秦荣燮教授非常高兴地对我说："我找到了一位好伙伴。"在一边做翻译的方星星补充说，秦教授也是投身到甘川文化村的建设之后，辞去了大学教授的职位。

原来如此！那一天，我和秦荣燮教授紧紧地握手，相见恨晚。

社会总动员

这次，秦荣燮团队能够走出韩国，来到中国海南岛火山村，得益于韩国釜山文化财团的资助。这是釜山市政府为支援文化艺术活动而设立的下属部门。

2012年，韩国釜山文化财团首次专项拨款，发起驻村派遣活动，支持釜山的艺术家们前往亚洲各国驻村创作，培养艺术家的国际视野。

韩国艺术家团队来到海口第一天的欢迎晚宴上，同桌的海南艺术家不解地问他们：艺术家驻村干吗呢，农民会欣赏艺术吗？他们这样答复：乡村社区的草根气息能给艺术增加张力，艺术家也有责任去发掘社区居民的艺术潜质，并通过艺术去凝聚社区力量，推动社区发展。

我在旁边听到海南艺术家们感慨："还是不太听得懂。"

方星星跟我说，韩国艺术家驻村创作，不单单是外国艺术家过来借你的地盘进行他的创作，更是试图通过艺术去凝聚所有的人，包括艺术家、政府官员、村民、学生、市民等等，让所有的人怀抱乡村振兴的目的参与到艺术创作、参与到社区营造的过程中。通过参与达到一种归属感与责任感，从而促进社区的可持续发展。

秦荣燮教授请我起草一份说明书，向各级政府、媒体、合作大学等合作机构发送，把"艺术改变社区"的价值主动传播给政府官员和社会大众。我心想，这些韩国人要玩的是"社会总动员"，竟然号召地方社会力量来支持他们的驻村创作计划。后来，我们邀请到海南省文体厅作为活动主办机构，海南省艺术家协会和海口市文联作为活动承办机构，规格如此之高，整合资源就方便了。

秦荣燮教授还非常看重媒体的报道。他认为媒体的作用很大，媒体对这个村子的好评甚至比艺术家们驻村创作还重要。因为媒体的报道可以吸引越来越多的外来游客，村民就会更积极推动村庄建设。那一年我去台湾参访一个基金会时，总干事说了这样一句话："我们会有一些活动是做给媒体看的。"

刚巧，那时有一位香港记者准备来采访火山村社区营造的故事，我便把韩国艺术家驻村创作计划跟她讲了，结果她干脆来驻村采访，后来写了深度报道发表在香港的旅游杂志上。我还专门请《海南日报》摄影记者张杰来记录，后来变成两个整版的报道。

以下是《海南日报》记者张杰的报道实录——

树荫下，村民王才英、陈同介、陈同开等几个人，正在忙着给去皮后的椰壳涂上红黄蓝绿等颜色。涂完椰壳，他们接着给一截截木头间隔上色。身边的韩国艺术家金锭珉，放下手里的工具，给村民们示范，告诉他们下一步如何将彩色木头与上色的椰壳相连。这彩色椰壳再画上眼睛嘴巴，是蜜蜂可爱的大头，而间隔上色的木头化身为蜜蜂的小蛮腰，接着在"蜜蜂大头"上用吸管当蜜蜂触角，再在"小蛮腰"上插上铁丝弯成的"翅膀"，一只卡通蜜蜂"诞生"了。"蜜蜂"做成后，大家用绳子将它们挂到树枝上，让它们在微风中不停地"飞"。艺术家们还教村民们将废弃鸡笼涂上色彩，做成彩色的蜜蜂窝，挂到树上，周围"飞翔"着诸多蜜蜂。一只、两只……一窝、两窝……这些彩色卡通蜜蜂，成了这个以灰色为基调的村子的一道独特风景。

我们村是个养蜂专业村，秦荣爕教授知道后，决定塑造"蜜蜂共和国"这个主题。金属工艺雕塑家文炳卓用废铁焊接出两只巨大的蜜蜂，其中一只傲立村口火山石墙上，另外一只则被焊在一张红色铁椅上。这两只大蜜蜂，再加上飞舞在树上的数百只"蜜蜂"，一下子营造出"蜜蜂共和国"的感觉。

方星星跟我说，这张椅子就是一件可体验的装置艺术，当游客来到这里，看到这么好玩的一张大蜜蜂椅子，一定乐意坐一坐，甚至留个影纪念。

1000只"蜜蜂"，两个星期内制作完毕，这可是不小的工作量。秦荣燮教授很感动："这里的村民勤劳、纯朴，尽管大家语言不通，但是一个眼神一个动作都可以心领神会。大家所看到的眼前这个蜜蜂小王国就是我们共同打造出来的。我们给村民们带来了灵感和自信，希望他们能把这种热情一直延续下去，通过参与获得一种归属感与责任感，从而促进社区的可持续性发展。"

秦荣燮教授特别告诉来访的记者："艺术家出创意点子并带头做，而实际上大部分都是村民完成，并且是独立完成的。"

艺术家驻村创作不是一个单纯的艺术活动，是想给人们呈现村民们一起做成一件事的自豪感与自信感，调动村民参与社区营造的积极性，把村民们的心凝聚起来，使大家产生一种不管什么事情只要一起做都可以成功的自信。

"我希望那么多中国艺术家，可以回自己的家乡或者去自己喜欢的村子，让全中国都能开展这种社区或村庄艺术运动。"秦荣燮教授说。

艺术家们还带领村民们做了很多标语牌，其中有一块的内容是这样的——"中韩艺术家、村民、公务员共同营造创意社区"，我看后连连点赞，写得太好了，尤其是把"公务员"写进去，与"艺术家""村民"并列。这次韩国艺术家驻村创作活动很有趣，官方"主办不主导"，交给方星星和我来运作，各级领导则分批下来视察和鼓励。

这就是社会总动员式的社区营造的魅力。

也是一次社区营造

记得，韩国艺术家驻村创作这个想法拿到全村会议上讨论时，村民王才奇大声质疑："做这个活动我们村能得利吗？如果不得利就不要做了。"

我回应说，这件事做不做，首先要考虑的是"人情"，"人家一个女博士牵线一个韩国艺术家代表团，不是选择自己的村庄，而是选择我们这个陌生的村庄，我们能不感动吗？这份人情要领。我们这个村庄被外界尊重并大力支持的一个原因，正因为我们是一个懂人情的地方"。

我这么一讲，村民们听进去了。

创作第一天，王才奇在村口碰到我，他当天要赶去稻田抢割水稻，没有时间把自己家的木料拉到创作现场，特意停下车来跟我说，他捐出自家庭院里的几块大木料，请我们理事会（博学生态村发展理事会）安排人手去拿。后面的创作，他更是积极参与。

最后一天，欢送韩国艺术家的现场，王才奇也来了。他人高马大，非常积极地帮艺术家们把行李装上车。大家看到王才奇这个变化，都感到很惊讶。我得出的结论是，做社区营造，只有把道理说到农民心坎上，他们听得进去，就会用实际行动来支持你的。这就是村民的质朴与可敬之处。

社区营造经验里，有一条是这样说的，对一个社会力分散的乡村社区来说，得从社群营造做起，先让一些有心的社区人在理念的指引下操作，取得力所能及的小成就，再引发吸磁效应，进而吸引更多社区居民参与，逐渐引发社区的结构性改变。就是说，要有一群人率先"起而行"。

村民大会同意理事会的动议后，我召开第二次理事会，目的是分工，我们制定了值班表，每个理事值班一天。副理事长陈良荫提议，每天必须再配套5户村民，形成"1+5模式"，将配合艺术家创作固定化。于是，我们召开第二次村民大会，将60多户人家一一分组，保证每天至少有6户村民出工。

有了这个安排，我再把"花梨之家"民宿的专职志愿者、友成基金会小鹰计划的学员盛洋安排做秘书长，每天由她事先打电话给值班理事，并由值班理事通知好当班村民。活动的成功，盛洋也是一大功臣。

如此组织安排，每天有一小群人带头参与，"万有引力效应"就发生了。早上，大多数农民都下地务农，午饭后大家就集中到创作现场，全员参与到艺术创作当中，与艺术家们配合得非常愉快。一开始，村民加入创作队伍时，还有点小别扭，我就发明了一句动员令——"要个镜头嘛"（意思是拍张照片留念）。这句话就像病毒一样迅速传播，上至百岁老人，下至几岁小孩，他们都乐呵呵地参与进来。我就拿着相机拍照，故意不停地说："这个镜头漂亮啊！"

盛洋的日记里记录了村民从被动到主动的经历——

创作首日，主动加入的村民并不算多，因着语言沟通不便，村民们也还是有些怯生生。最开始的工作是给椰壳上色，村民们对涂漆很拿手，但涂椰壳大概也是头一回。每当我去邀请村民一起加入时，他们总是摆摆手告诉我他们不懂艺术，偶尔才有勉为其难一起参与的村民。然而，韩国艺术家金度衡老师不断地边竖拇指边说着"good"，憨厚的笑容让村民开始放心大胆地去做。

又一日，听闻妇女体操队要去参加演出，当晚艺术家们就专程赶去镇上为其加油助威。次日创作过程中，梁玹准老师就向一位大姐学做体操，吸引了很多村民的注意，欢笑声中结束了"体操学习课"，更多的大姐留下来帮忙一起给木板上色。看到艺术家们为自己的村庄这样卖力付出，本就淳朴友善的村民们也愈发尽己所能。

除了共同创作，拉近艺术家与村民距离的还有一次"与民同乐"的安排。有一晚，海南一批艺术家下来参与创作，在民宿内烧烤、放烟花，引起了部分村民情绪上的不快：辛苦活我们一起干，好吃好喝怎么我们没有份呢？

我立即跟盛洋和方星星沟通，告诉他们这是社区营造的大忌。于是，过两天，海南美术家协会和韩国艺术家们特意买了两个大蛋糕和糖果，拿到村口邀请全村人出来分享，集体观看烟花，消除了之前的不快。

高潮是欢送宴，村民们拿出黑山羊火锅款待，这是火山村最高的礼遇。韩国艺术家们很激动，带领村民们一起跳《江南Style》骑马舞，几位韩国艺术家甚至激动地脱下上衣，把村民们逗得合不拢嘴。村民们向韩国艺术家们敬酒时，一个比一个激动。盛洋说，她被这样的场面感动了。

艺术是一股柔软的力量，它能增加村民的自豪感和自信心，同时团结人心，形成"集体前进"的力量。社区营造，最重要的就是"大家一起来"，韩国艺术家驻村创作，为村民们提供了"大家一起来"的机会。看到村民们与韩国艺术家配合得如此默契，并在短短两个多礼拜里结下如此深厚的情谊，我心大喜。

真期待韩国艺术家能再来火山村驻村创作。

新故乡动员令
——从办全国返乡论坛说起

〰〰〰〰〰〰〰〰〰〰

2012年的时候，台湾企业家严长寿在花莲和台东（简称花东）两县辅导青年返乡创业的公益行动引起了我的关注。

严长寿当过圆山饭店总经理，也当过亚都大饭店总裁。2009年他发起成立"财团法人公益平台文化基金会"，从产业辅导和民宿培训做起，为他们打造舞台，让他们可以涵养成为最佳的歌手、作曲家、雕刻家、艺术家、生活美学家、部落文化导览员、自然美食家、民宿主人……由这些花东青年来再造新故乡。

"营造花东，是一场与开发赛跑的竞赛，至今绝大多数时间，开发都领先在前，现在是我们逆转形势的关键时刻。"严长寿对花东之所忧，正如我对故乡海南岛之所忧。

返乡论坛的缘起

2008年，我还是《南风窗》杂志的一名记者。

故乡海南向国务院申办"国际旅游岛"。我请海南省委宣传部外宣办协助，进行了为期一个月的环岛采访，采访了多名省市县领导和企业家，最后得出一个吓我一跳的结论：海南搞了20年的旅游开发，但岛上居民受益的并不多。

那时官方公布的上岛旅游人数是2500万人次一年，到2017年已经公布为6700万人次一年了，这已经是海南人口的7倍多。

当年一位副县长跟我说，地方政府被房地产开发商忽悠了，搞什么养老房地产，低价卖房，让外来的老年人当"候鸟老人"。结果他们住下来，消费力远不如预期，而公共资源是有限的，这就造成了当地居民的很多不满。

2010年1月，国务院批准国际旅游岛建设，"炒房客"如千军万马涌来，短短一个月房价暴涨40%左右，个别楼盘甚至暴涨数

倍。囊中羞涩的本地居民目瞪口呆暗自伤神。客之阔，主之窘，形成强烈的心理冲击，有些人怨气冲天："'国际旅游岛'变成了'国际房地产岛'！"海南省政府紧急下令暂停商业性开发土地出让，暂停审批新的房地产开发项目。

这场风波，对我们本地居民的心理刺激蛮大的。

那时三亚市副市长李柏青直率地对我说，国际旅游岛开发必须服务于自身的发展目标和需求，不能成为别人的掘金地。国际旅游岛获批前，全国政协副主席孙家正率领15个部委官员组成"海南国际旅游岛建设专题调研考察团"来琼，亦明确指出建设国际旅游岛的根本目的是"造福全岛人民，泽被子孙"。

2010年的时候，我曾经给省委书记卫留成写信，控诉一家房地产开发商谋求拆迁我们博学村，搞旅游房地产项目，可是村民还被蒙在鼓里。卫书记作了批示，这个项目立即被叫停。否则，今天我就是一个没有故乡的人了。

当年6月，海南省政府台湾事务办公室出面，帮我们主持了博学生态村与台湾桃米生态村缔结两岸第一例姊妹村的仪式。《海南日报》记者杨春虹报道："在国际旅游岛的建设中，这种自下而上的，来自草根的力量所散发出来的社会意义，或许远远大于一座五星级豪华酒店的建设。"

有了"两岸第一姊妹村"的招牌，政府开始支持博学生态村建设，区政府安排一位副区长（后来升任区长）亲自挂点领导帮扶工作，陆续拨款支持修路、修文化室、修运动场、修电网、加设太阳能路灯等基础设施建设。其中最让村民高兴的是，海南中线高速公路还给我们开了一个上下口，从美安互通到村口不到一公里。不过，我觉得最给力的是挖机井，政府先后拨款挖了两套机井。有了水的灌溉，火山村的人又那么勤劳，简直是用跑步的速度脱贫致富。

2012年春节，我约海南广播电视台的编导哈图在海口喝茶，他问我："博学村获得了政府和社会很多支持，你有没有想过怎么回报社会？"

哈图认真地跟我说，海南非常需要青年返乡创业，你必须号召更多人一起行动才更有价值。"那办个论坛？"我弱弱地问。"好，那就办论坛。""可是，我没有钱耶。""你起来号召，钱不就来了嘛。"哈图既像鞭策又像忽悠，我也就点头了。那时我还是记者，但是我也是那种说干就干的人。

2012年8月6日，首届全国返乡论坛在海口市大致坡镇龙泉乡园举行。时任省委副书记的李宪生批示，要求共青团海南省委支持我们返乡青年办论坛，岛内诸如海航集团、龙泉集团、海汽集团等大企业都慷慨赞助，吸引了全国300多名返乡青年参会，包括"分享收获"创办人石嫣博士、北京有机农夫市集负责人常天乐、上海崇明岛返乡青年贾瑞明等人都来了。尤其是友成企业家扶贫基金会理事长王平女士的出席，更得到了时任省委书记罗保铭的接见。

全国返乡论坛从2012年起连续在海口办了5届，刚好踩上了全国返乡潮的鼓点，顺势成为这股浪潮的号角之一。我还坚持每年邀请台湾地区优秀返乡青年前来交流，廖嘉展、赖青松等人都来过，这个两岸返乡青年交流的平台，鼓舞并激励、影响了一批青年勇敢返乡创业。

从2008年的环岛采访受到震撼，到2012年发起主办全国返乡论坛，剧情这么展开，说实话，我自己都始料不及！而且，发起举办全国返乡论坛，也成为我离开《南风窗》杂志的导火索，杂志社领导对我如此折腾很不满。办完首届返乡论坛两个月后，我主动辞职，从此踏上返乡创业这条"不归路"。

再造魅力新故乡

我为全国返乡论坛写过一句广告语：汇智返乡大学生，再造魅力新故乡。

我非常执迷"再造新故乡"这个论述。这是受了两个人的影响，一个是日本城乡营造泰斗、东京大学教授西村幸夫，他的《再造魅力故乡》一书给了我启蒙；另一个是台湾新故乡文教基金会董事长，他曾语重心长地当面跟我谈"再造新故乡"的必要性："因为时代的变迁与个人的机遇，许多人有回不去的故乡，要么是故乡被破坏太严重已经不是小时候的故乡；要么是心灵上已经回不去故乡。对于这些人，需要鼓励他们再造新故乡，拥抱新故乡。

再造新故乡，主体既包含故乡人，即鼓励了本地青年返乡；也包含新故乡人，即鼓励异乡青年来这里，日久他乡是故乡。廖嘉展特别跟我推演了一下路径：把异乡人包容进来，与故乡人一起努力，把故乡变成新故乡，这就需要有一个社群营造的过程，从"共同努力"开始，再来提升"合作能力"，从而形成"社群协力"，把多个社群资源整合进来，大家一起来再造新故乡。

全国返乡论坛就是一个具备社群营造功能的平台。

2012年，我们在首届返乡论坛发布了一个倡议，鼓励海南返乡青年从222个乡镇的再造做起。那份倡议书是我起草的，摘录一些关键内容——

> 我们呼吁岛内居民对本土的重视与关怀，邀请大家一起来寻找乡镇前进的力量。我们同时希望岛内居民能认识自己生长的地方，进而产生自豪与自尊，增加自信。我们会自搭平台，自找资源，支持返乡大学生回到故乡，开民宿，开咖啡店，搞有机农业，搞社区营造，等等，进行各式各样的创业……最后汇成一股力量，成为支持海南乡镇崛起的新兴力量。海南真正的魅力在每一个乡镇的山、水、树、木之中，在每一个乡镇的人与人之间。这个新故乡新在哪里呢？友善、干净、特色、品味、幸福感，这些关键词就是我们的答案。

这几年来，返乡青年群体的身影越来越凸显，以海南为例，已经可以看见不少于100位返乡青年在海南搞起了生态农场、共享农庄、创意市集和民宿。返乡论坛发起人胡诗泽亦从上海辞职回到海南，一方面进行故乡定安县次滩村社区的营造，一方面发起成立定安县电子商务协会，带领一群返乡青年一起卖故乡特产。返乡论坛秘书长张婷婷则团结一批文创青年，在海口创办"颠岛市集"，曾经创下3天吸引20万人流的"新传奇"。

有一个概念叫"资源的诅咒"，意思是说当一个地方存在丰富资源的时候，这个地方的居民就会陷入万劫不复的境地。我们设计的返乡论坛标识是一个海南岛地图，中间竖着一个大拇指，意思是为故乡海南点赞加油。我号召大家一起来，避免海南遭遇"资源的诅咒"。

返乡论坛核心成员、松鼠学堂创始人高高2015年写过一篇公开信《要走你走，我要再造新故乡！》。她写道："很多事情的进展，是需要政府与公众共同推动的。推，或许也推不动，但是不推是一定不会动的。很多事，还是事在人为的。"

读了高高的信，我立马动笔写了一篇公开信《省长，我们回来》。我在信里向时任省长刘赐贵（现任海南省委书记）报告了返乡青年办全国返乡论坛的事迹，还写了一个小故事——

2014年6月，在台湾广告大佬郑松茂先生的指导下，我们联合天涯社区在上海淮海路香港广场举办了一场"海南岛火山村荔枝节"，邀请了企业家、消费者、明星等200多名代表参与。当时我想邀请一位故乡的政府官员到上海出席活动。结果，我得到的答复是，这是我一个人的生意，政府不方便参与。我听了很纳闷，我不单单是一个"卖荔郎"，我更是在为整个海口火山荔枝代言。

我在信中说：我们返乡创业，遇到的最大挑战是"观念冲突"。

省长第一时间读到了我的公开信，第二天就把我的信批转给厅级以上干部阅读，他批了一句很到位的话："当前经济已步入转型阶段，需要千千万万创业者去创新实践，政府全体公务员应适应和服务于这种转型，为创业者鼓劲，海南需要创业者再造新故乡。"

从省长的笔下写出"再造新故乡"5个字，我们很是欣慰。

2017年湖南卫视《天天向上》节目把我返乡创业的故事拍成纪录片，想标题的时候，编导想定为"再造故乡"，但又害怕这是从日本舶来的概念，会不会敏感，于是我把领导的批示亮给编导看，他乐了："既然领导都批示了，那就没问题了。"

于是，这部纪录片的名字就叫"再造故乡"。

不想说再见

2016年，我又给刘赐贵省长写了一封公开信《省长，点亮海南的是人》。

这回，省长用行动来回应，读完信的第二天直接来火山小镇开座谈会，指示地方政府要想方设法支持返乡创业者。因为这两封信，岛内开始有人议论我，有的说我这是找省长拿资源，有的说我这是一种自我行销。

其实，到今天为止，我并没有因为与领导互动而拿任何好处。我第一次给省长写信，谈返乡论坛，本质上是"社会倡导"，让领导知道已经有一群返乡青年在故乡创业。我第二次给省长写信，是因为我看到实践中有些方向性偏差，不吐不快，我在信中提到一个反例，信的原文是这样写的——

大年初三，在石山互联网农业小镇运营中心，我看到，这里没有人服务，也许因为刚刚启用，没有志愿者，也没有正式工作人员，门前广场变成了停车场，我们自由自在地逛了一圈。旁边的火山口公园则是人满为患，车子都停得好远好远。从石山互联网农业小镇运营中心走出来时，我更坚定地认为：对的事情，需要对的人，来把它做对。

结果，省长读信后，第二天直接来石山互联网农业小镇运营中心开座谈会。省长来，除了鼓励与鞭策，一点也没有问责的意思。不过，很多人跟我讲，你不应该写信跟省长这么说，搞得下面一帮官员很被动。不过，省长这次来视察与开座谈会，火山村民坚韧不拔的谋生精神给他留下了深刻印象。2018年，已经升任海南省委书记的他，特别邀请习近平总书记来火山村视察。我想，这是在向总书记传达海南人民艰苦奋斗的精神吧。

在第二封信里，我又提了返乡青年与再造故乡的关系："一个返乡青年回到一个地方，经营起一栋精品民宿，他就可以把一个地方点亮。满天星在太空是被太阳点亮的，而在人间，它们需要有心人来点亮。日月同辉满天星，国际旅游岛的蛋糕要想让平民百姓普遍地分享到，民宿是一个很好的切入点。"后来，我欣喜地看到，从省委书记到省长，再到市委书记、区委书记，都讲话鼓励发展民宿产业，官方的重视程度在全国排在第一位。

我是海南岛第一家民宿"花梨之家"的创办人，也是海口市秀英区民宿协会创会会长。2011年在火山村投资兴建民宿之后，我就一直利用各种场合倡导发展民宿产业，包括利用全国返乡论坛进行倡导，第四届全国返乡论坛的主题是"返乡元年，民宿崛起"，我们邀请了10位台湾民宿主人来分享经验。海口市秀英区民宿协会的揭牌仪式，我特别安排在全国返乡论坛现场举行。

如今，返乡青年已经在海南岛经营起10多家民宿，虽然与莫干山等地比起来，这个数量少得可怜，但是短短几年之内，民宿产业就在海南起步，而且是由返乡青年带头做出来了，我们还是蛮有成就感的。客观地说，全国返乡论坛起到了推进作用，通过邀请全国各地民宿主人（包括台湾地区）来海南现身说法，启蒙了一代海南返乡青年，推动民宿产业在海南开了花并结了果。

我们是这样定位全国返乡论坛的：这是一个返乡青年理念与实践的交流平台，为返乡青年成长传递最有价值的声音。作为国家乡村振兴战略的"执行者"，我们倡导、陪伴和培养了一批返乡青年领袖，为国家战略的落实提供最后一公里的战术演练，让返乡青年推动中国社会进步。

作为全国返乡论坛的组织者，近水楼台先得月，每次我都会邀请主要分享嘉宾到"花梨之家"民宿住一住，因此结交了全国各地的返乡精英。他们则把我们办全国返乡论坛的故事传播到各地，对全国各地返乡青年起到了一定鼓舞作用。于是，我常常被邀请去演讲，好像成了一名返乡创业的布道者。2014年3月底，我还被哈佛大学肯尼迪学院与商学院联合邀请去哈佛大学演讲，亦是办全国返乡论坛带来的福报。

不过，2017年办完第5届全国返乡论坛后，我叫了暂停。

原因无他，就是募款难。5届论坛，我们花了近100万元，这钱不算多，但每一分都是返乡青年们募集来的，非常辛苦。而且，我们发现，中国的公益基金会资助基本上都是一次性的，没有一家连续资助过我们两年，这是返乡论坛可持续募款面临的最大挑战。年年找钱，越找越难，而且我个人还垫付了6万多元，返乡论坛处于"负债"状态，那就暂停吧。

如果有人资助，我们当然愿意全国返乡论坛年复一年在海南举办下去。在海南，对返乡青年来说，这种专业务实的论坛仅此一例。而且，全国返乡论坛也是我实践"从乡村出发，从世界回来"理念的好舞台。我很想通过全国返乡论坛，邀请世界各国的返乡精英来到海南演讲，用世界经验来启发中国返乡青年，让大家在家门口就能领略"从世界回来"的魅力与价值。

毕竟，返乡青年多数缺钱，游学世界哪有那么容易。

Farmer4: 既是演唱会，也是演"倡"会

2015年大年初二，在老婆的老家福建漳州乡下走亲戚。

看着邻居家房子新，走进去串门拜年。

哎，我左脚刚跨过门槛，一名90后女生笑盈盈地问："对不起，大哥，你是F4吗?"我愣得一下子不知道怎么答话。她马上补话："我在湖南卫视《天天向上》听你们唱过歌。"哎，早说嘛。没想到，Farmer 4的影响力这么大。

我的个人微信号，也是上《天天向上》后，一下子被2000多人关注，一激动全部"通过验证"，被加满了。Farmer 4因为简称"F4"，与电视剧《流星花园》中的F4同名，而有了娱乐性，成为新农人圈的一个笑谈。

2016年12月17日晚，杭州，第四场Farmer 4千人演唱会现场，我在舞台上说了一句这样的话："是的，今天我们还土里土气，因为我们'从乡村出发'，我们的梦想恰恰是把土里土气变成扬眉吐气。"

那天，我穿着设计师麦子专门设计的麻质服装，背着一个

"农用"书包上场，一改平时土里土气的模样，引起台下一阵会意的笑声。

办了四场千人演唱会

从2014年到2016年，Farmer 4一共办了四场千人演唱会。

第三场，2015年6月18日，我们在能容纳1000人的深圳电视台一号演播大厅举行，深圳电视台录播，奥斯卡最佳纪录短片获得者杨紫烨团队也派出四台大银幕摄影机现场记录。专业的摄制，专业的舞台，专业的灯光，提供给非专业的Farmer 4演唱会。后来看电视播出时，我都脸红了，Farmer 4主题歌《故乡》四人合唱部分，我们4个人竟然4个节奏，唱得一塌糊涂。

可是，现场，却是一浪高过一浪的掌声与欢呼声，这是怎么回事呢？

观众其实不是来听歌的，他们是来倾听一种主张。

4个80后新农人把貌似苦兮兮的农业演绎成了娱乐事件，我们呼唤再造故乡，呼吁大家一起来关心阳光、空气、雨水和泥土，一起关心食品安全和幸福生活。Farmer 4演唱会有演唱，有演讲，甚至还有T台走秀。

张君豪，台湾太平洋森活集团执行长，我请他来了深圳演唱会现场。演唱会结束，他走上舞台来跟我们握手，伏在我耳边说了一句悄悄话："我感动得差点哭出来，你们玩出了台湾农夫没有玩出的高度和境界。"

　　2014年8月，《南都周刊》听闻我们正在筹备Farmer 4演唱会，第一时间派记者跟踪采访，并在我们第一场演唱会举办前刊出封面报道《再造故乡》，影响很大。这本杂志还把它评选的该年度温度人物奖颁发给Farmer 4，其中一位评委是公益圈大佬徐永光。徐永光给《中国慈善家》写了文章，回顾2014年中国公益"十大事件"，Farmer4名列第一，原文摘录如下——

　　"Farmer4—农青F4"登上《南都周刊》封面人物。自称四农夫的四个年轻男人——维吉达尼创始人刘敬文、火山村荔枝创始人陈统奎、乡土乡亲创始人赵翼和新农堂创始人钟文彬，分别来自深圳、上海、北京和杭州。他们回归乡村创业，希望重塑农民的职业荣耀，努力用经济力量消弭城乡裂痕，拯救沦陷的故乡。

《南都周刊》这个奖，被我们自嘲为"年度暖男奖"。

记得，在颁奖现场，徐永光鼓励我们四个人说，农业是最大气磅礴的扶贫工程，也是最有风险的创业领域，他向我们的冒险精神致敬，我们都算"社会创业家"。这种头衔，他们三个人不太喜欢，而我却自诩为"半农半社会企业家"。我从来不隐藏返乡创业背后的社会价值，归成一句话就是"再造故乡"。

我们办 Farmer4 演唱会，就是号召大家一起来再造故乡。

第二场演唱会是 2014 年 12 月 12 日在全国政协礼堂举办的，主持人是杨锦麟。开场前，杨老师看着满满 1000 多人坐到这个礼堂，他有点摸不着头脑，在后台问我："他们真的都是你们的粉丝？"等我们说说唱唱到半场，一会讲友善耕种可以改变中国农业，一会讲消费选票可以改变农业，老杨招手把我叫到跟前，跟我说他读懂了 Farmer4 走红的逻辑了，"你们这是在搞运动"。

我们开玩笑说，这是"再造故乡粉丝运动会"。

巧合的是，之前我们在湖南卫视录制的《天天向上》节目，也在这一晚播出。

《南都周刊》说我们是"努力用经济力量消弭城乡裂痕，拯救沦陷的故乡"，"他们都来自乡村，却反对传统化学农业。他们强调农产品的健康安全，也懂得利用人际关系和社交网络推广理念和产品"。

来过北京演唱会的粉丝们应该还记得，那天离开礼堂的时候，志愿者在门口给每人发了一个暖手的烤红薯。在全国政协礼堂发放烤红薯，这种暖心创意，估计在 Farmer4 之前，没有人干过吧！那天离开的时候，我也领了一个红薯吃，那天北京很冷，吃进去真的暖洋洋的。

而且，这些红薯都是无农药、无化肥、无除草剂的红薯。

桃园结义的来龙去脉

常常被人家问，你们4个人是怎么认识的？

2012年夏天，赵翼的助理通过微博私信跟我联系，说赵总想认识你。

刚巧我要去北京拜会民进中央副主席兼秘书长朱永新先生，我和赵翼就约在民进中央附近的一家咖啡馆见面，听赵翼讲述做无农药安心好茶的梦想。他还送了一盒包装精致的茶叶给我，里面有一本牛皮纸小册子，不厌其烦地讲述这款茶的种植者故事和 SGS 检测报告。

那年冬天，时任深圳《晶报》公益版主编的刘敬文来上海参加一个公益论坛，通过微博私信约我见面。见面地点是我在上海大学路经营的壁虎餐厅。

敬文告诉我，他之前以"深圳援疆干部"身份被派驻喀什一年，在疆期间他助人为乐，通过微博帮维吾尔族老人叫卖喀什干果，引发老榕、李亚鹏、姚晨等微博大 V 的转发，一下子就火了。

回到深圳以后，刘敬文和老婆一商量，决定创业卖新疆干果。

我跟敬文说，咱们的理想不能仅仅停留在做"二道贩子"的贸易商，而是必须通过消费者运动倒逼生产端变革，向无毒农业转型。敬文说，他创建的品牌"维吉达尼"是个维吾尔语词汇，翻译成汉语是"良心"的意思，我听了特欣赏。

我于是把赵翼的故事讲给刘敬文听。

敬文于是请我担任维吉达尼农民合作社顾问。2013年"五一"黄金周，他盛情邀请我去喀什参加合作社挂牌仪式。老榕也来了，他夸下海口说要把维吾尔族乡亲们的良心干果卖到全世界。去之前，敬文跟我说，他们在喀什市区租了一栋别墅办公和住宿。到那一看，就是一栋普通的小水泥砖瓦房。住宿条件很差，晚上我和老榕等男人帮挤挤睡一个炕上。

我很佩服敬文的勇气。他们团队还有4个80后小伙伴，有男有女，组成一个迷你电商团队。其中有一位当地维吾尔族青年，叫阿穆，大学英语系毕业后在喀什海关工作，天天盖章很无聊，就来给刘敬文做志愿者，后来发现"电子商务能救家乡"，不顾父母反对，辞职加入维吉达尼团队。

2013年8月，我邀请敬文来海南，在第二届全国返乡论坛上演讲。

这么一来二去，关系就铁了。与此同时，我和赵翼的关系也越走越近。先是2013年上半年，他在全国发起城市茶会市场活动，找我提供壁虎餐厅的场地办了一场。结果，我就认识了这场茶会的茶师冯娟。过了几个月，我在上海浦东万科2049社区开始经营友人家茶文化馆，于是把冯娟请来当驻场茶师，也进赵翼的茶来卖。不久，赵翼带老婆一起来友人家会面，友谊更上一层楼。

2013年底，刘敬文要我把赵翼介绍给他。

我半开玩笑跟敬文说，赵翼讲话非常直率，不讲人情，我帮他卖茶都必须一手交钱一手拿货，不给我账期的，这种朋友不交也罢。敬文不理会我的建议。

钟文彬，是我在2013年底于北京农禾之家办的年会上认识的，杨团老师请我们做演讲嘉宾，我和文彬被安排坐在一起。在此之前，我都不知道"新农堂"为何物，但好朋友江小婧跟我提过几次，说我很有必要认识钟文彬。

时间来到2014年4月，我认识了台湾广告大佬郑松茂，他给我们送来了"革命主义"。郑松茂说："你们新农人的声音很弱小，一个个新农人的独立创业就像一个个孤岛，散落在四方，孤立无援，应该联合起来发声。"我第一时间把"革命主义"传播给了刘敬文，他电话里直接点名可以拉上赵翼、钟文彬一起做点事。

敬文真去做"革命动员"了。刚好那年的6月12日，钟文彬在北京办新农堂培训班，他干脆邀请我们3个人做分享嘉宾，白天演讲晚上结义，一举两得。

我们先在海淀西大街雕刻时光咖啡馆聊到人家关门，又转到3W咖啡，最后落脚24小时营业的麦当劳，一晚上都在头脑风暴。这次Farmer4会议，最伟大的成果是赵翼提出Farmer4的名称被采纳。起名字很重要啊，简称F4，笑点就有了。Farmer4能红，名字至少占了一半的功劳。其次，我提出办千人演唱会的建议也被采纳，可乐一干，就定了。为了成功打响第一炮，我主动请缨，第一场演唱会在上海办，我来主办。

那一晚，我们4个人根本不会料到，日后 Farmer4 那么快就红了。

一起"倡"响"再造故乡"

为什么赵翼能提出 Farmer4 这么好的名字呢？

直到2016年底我才知道，他是一个"注册商标瘾君子"，譬如"一代宗师"等名字，都被他注册了。他梦想着有一天出现类似"Ipad 事件"（美国苹果公司侵犯一家深圳企业 Ipad 商标权，被罚6000万美金），好发大财。那晚，我们是在讨论了诸如"新农人四口组""农青4人组合"等一堆拗口名称之后，赵翼来了一句，中文不好说，直接用英文 Farmer（农夫）好了。

就这样，Farmer4 诞生了。

为什么我会提出办千人演唱会的创意呢？

是郑松茂老师给了我灵感。郑老师送了一张台湾出版的《中国时报》给我，叫我看一篇"新故乡动员令"的系列专题报道，标题是"用音乐链接土地，回乡吧！——王继维组'台青蕉'乐团唱在地的歌"。一群在高雄旗山出生的返乡青年，本不会乐器，在电影《海角七号》风行时，受启发组了个摇滚乐团"台青蕉"（全称台湾青年爱香蕉），和电影里的当地小乐队一样，唱出对故乡的情怀。"年轻一代没进过蕉园，不曾和蕉农互动，对故乡疏离感很强。"团长叫王继维，带领大家用音乐重塑故乡香蕉产业的历史和故事，"让音乐链接土地，让产业成为音乐和生活元素"。

我读完拍案叫绝。于是在 Farmer4 会议上大胆提出了办千人演唱会的建议。为了搞懂"台青蕉"的逻辑，会议后我马上去高雄旗山，专程拜会了王继维。奇葩的是，当我去台湾见王继维的时候，刘敬文却和钟文彬通了一个电话，说统奎的想法过于天真和大胆，估计演唱会办不起来，建议不要办了。我真怒了，在微信群里"威胁"他们说，打仗不允许将军出征了，大臣在朝廷喊停的，否则咱们绝交。赵翼又立了一功，他说必须办，但怎么办，建议开会讨论。

《南都周刊》的记者做了现场报道——

讨论进行到售票问题时，四人发生分歧。钟文彬担心票销路不好，建议借助新农堂的品牌力量，把这场真人秀作为新农堂的第五期活动。陈、赵两人强烈反对，认为 F4 象征着一种精神，要超越自身品牌。"再造故乡纯粹是情怀，说法很重要。"赵翼说，"卖票不是关键，关键是把 F4 作为符号推出去"。钟文彬显得比他们保守，他反驳说："我觉得你们过度自信了。我想的，是如何让新农堂利用现有的影响力为 F4 输血。第一场仗干得不好，F4 就是一场笑话。"

吵归吵，会议最伟大的成果是确定"再造故乡"为 Farmer4 的主题，确定"从乡村出发，从世界回来"为广告语。开完会，我还请专门给明星拍照的专业摄影师给我们四个人拍了电影海报级照片，一本正经混入"娱乐圈"。《南都周刊》的摄影记者不要我们提供的照片，亲自陪我们去买新服装新鞋子，另租摄影棚，为了一张封面照认真拍了一个下午。

为什么主题定为"再造故乡"呢?

2014年夏天，我开始认真打造"火山村荔枝"品牌的时候，天涯社区副总裁马娜对我说，叫响"再造故乡"四个字就够了，理由是这个四个字用户会有感情的，故乡是每个人心中最温暖的所在。讨论的时候，文彬还曾经质疑，这会不会是"空喊口号"?

后来，《南都周刊》的封面报道，大标题就是"再造故乡"。《南都周刊》的阐述非常到位："故乡的味道让人回味无穷。它代表着人和人、人和食物、人和土地间的美好关系。重建这些美好的愿望，让四个人站在了一起。Farmer4 承载着这样的期望：成为一个文化符号，联结更多的农业从事者，恢复乡土的尊严。"

Farmer4 千人演唱会，前三场，我们对举办地的要求非常高，必须达到"制造话题"的高标准。第一场，我选择了浦东喜马拉雅中心的大观舞台，这是东方卫视拍《中国达人秀》的舞台，非常贵，一晚开价近30万元。我找阿拉善生态协会首任秘书长杨鹏帮忙找戴志康打招呼，才打了5折。

其实，2014年，我们4个人都创业不久，正是囊中羞涩的时候。但是，舞台选对了，架势拉对了，影响力就出来了。赵翼问我，如果没拉到赞助，票也没人买，最少的预算是多少? 我说20万。他说最坏的结果就是我们每人兜底5万元，这个风险很小，不用惊慌，大干快上便是。

于是，我们大张旗鼓筹备起来。

演唱会还没开，就已经有《南都周刊》《东方早报》《生活周刊》等媒体的深度报道，而且还有社交媒体的病毒式传播。我们编的一条自黑段子广为流传："赵翼肄业，文彬公安大学退学，统奎大学没拿到学位证，刘敬文数学没及格过，这四朵奇葩去搞真人秀，让学霸们去买票观看，这不是开玩笑吗？"

10天左右，赵翼就成功拉到豆果美食的赞助，刘敬文也拉到赞助，两个品牌承诺赞助4场演唱会共70万元。我们再通过卖票获得收入，办演唱会的钱已经不是问题了。到第四场，文彬更升级为"A20农业盛典"，创下单场收入近100万元的新高。在向来不被看好的农业圈，这真的是"神话故事"了。

有了四场成功的千人演唱会，我们在2016年底做了一个决定，从Farmer4扩大到Farmer100，用我们的力量，支持和带动100名新农人共同崛起，把产品卖好，把品牌经营好，更要把每一个人的故乡再造好。载体就是"A20农业盛典"，新农堂团队把它发展成一个新农人盛会，论坛与展览会一起办。

本质上，Farmer4千人演唱会是一场演"倡"会，成功倡导了"再造故乡"这个理念。我一辈子都不会忘记，2010年9月10日，Farmer4千人演唱会在上海浦东喜马拉雅中心首唱的场景。

记得，当大观舞台那面巨大的银幕缓缓拉起，我们四个人一动也不动，勾肩搭背摆出姿势，然后现场乐队音乐响起，我们却一言不发，现场1000多名观众激动地爆发出热烈而持久的掌声，持续了近1分钟。我们感动得双腿发抖。谁能料到，4个新农人办演唱会，会如此成功！

与明月共舞，看见操盘手

〜〜〜〜〜

2016年12月中旬，我和明月村的操盘手陈奇一起在武汉演讲，一见如故。12月31日，明月村在北京798办文创展，陈奇邀我去演讲。第二年3月，陈奇再邀我去明月村演讲，主题是"用六次产业再造故乡"。

2017年11月，陈奇带我去见了明月村的"幕后操盘手"徐耘先生。

明月村位于成都市蒲江县，距机场约90千米，是一个依然保留着小聚落形态的传统农村，村子占地约6.78平方千米，原有村民727户，2218人，以种植茶叶和竹笋为主，近年兴起种植猕猴桃和丑柑。原先是一个市级贫困村。

巨变是从2012年开始的，一位叫李敏的女青年，找到时任蒲江县政协主席的徐耘，提出修复被汶川地震震裂的明月窑，打造"国际陶艺村"。

一般政协主席是不管这种事的，但徐耘操盘过成都的安仁古镇、新场古镇和天台山景区，也了解李敏，于是站出来支持李敏。从此，拉开了明月村乡村振兴大戏的帷幕。

从善意出发

见到徐耘时，他已经从蒲江县卸任，调回自己的故乡邛崃市，抓邛窑大遗址产业园区建设。蒲江与邛崃都是成都市下辖的县市，徐耘当过邛崃市的公安局局长、市委秘书长、常务副市长。我们约在邛窑大遗址见面，他一点也没有官架子，像一个大学老师，气质儒雅。

我问他，一个政协主席怎么会去关注一个明月村呢？徐耘笑着回答，李敏提出的"乡村＋文创"方案不错，县领导点将后，他出于一份善意，顺水推舟，成人之美。蒲江县政府正式立项并指派徐耘作为负责人，牵头组织开展具体工作。

徐耘用"独舞—领舞—共舞"三个阶段来描绘明月村的发展路径。

2012年，策划人兼制陶人李敏提出一份《关于规划与建设邛窑陶瓷文化创意产业区的构想》：一是搞博物馆复兴邛窑；二是发展陶艺工作坊振兴邛窑产业；三是搞国际交流扩大邛窑影响；四是搞邛窑旅游。李敏是个行动派，她先后四次带中国轻工业陶瓷研究所御瓷坊的总经理过小明，台北故宫博物院的陶瓷专家、台湾著名陶艺家刘钦莹等人来明月村考察。

李敏提出了打造明月窑观光区、体验区、展陈销售区和艺术家院落的综合体构想，并向蒲江县政府提出30~50亩用地的需求。一个弱女子敢到一个贫困村开天辟地，徐耘被李敏打动了，他专门向县委书记报告并获得支持。2012年底，李敏团队与蒲江县政府签约，开始在明月村翩翩起舞。

2013年4月开始修补明月窑，2014年5月对外开放。

不过，李敏舞了一半就走人了，2014年2月14日，便剃度出家了，"明月国际陶艺村项目"因此搁浅。徐耘有三点省思：一是资金不足；二是招商乏力；三是缺乏对乡村振兴的系统研究。"仅仅有想法，有'诗和远方'是不够的。"徐耘说。后来，徐耘酝酿出"操盘手＋返乡创客＋旅游合作社"的解决方案。

被他请来当"操盘手"的人就是陈奇。

从2014年10月至2016年10月，两年间，徐耘与陈奇四手联弹，一个当"幕后操盘手"，一个当"台前操盘手"，"领舞"明月村。

这个阶段，政府积极作为。徐耘积极协调各部门参与，包括县委宣传部、县委组织部、县政协、县文体旅游局和农口部门，都来当明月村发展的"一传手"，主攻手当然是徐耘本人。

这个"领舞"阶段，明月村以人为本，从生活出发，用乡村创业激活产业，建设新老村民共创共享的新乡村。2015年上半年，徐耘与操盘团队一起讨论后，将明月村定位为"以陶为主的手工创意聚集区"，并完成了明月村的功能规划，分别划分了文化中心、文创区、明月窑区和生态保护区。

乡村怎样才能真正振兴呢？

徐耘的解决方案是：第一，乡村＋人才，迎入陶艺家、诗人、设计师等返乡创客群体，用文创来激活产业；第二，把农民组织起来，成立旅游合作社，共创共享；第三，做社区营造，实现"生态＋生活、生产、生意"的愿景，"不做旅游村，也不做文化村，而是打造以村民为主体的，有强有力产业支撑的生态村"。

"首先要出于一份善意和公心；其次事情是干出来的，既然做了就要果敢地把事情做好。"这是徐耘操盘明月村的心得。

明月村的规划是一个"自下而上，由农民和设计师完成的村庄规划"：一是划定农民创业区，徐耘的原话是"凡是农民能做的，新村民就不要动，保护农民利益"；二是规划环村路两边的艺术家院落；三是规划返乡创客聚集区。其中，最值得点赞的是，县政府提供了187亩国有建设土地指标。

有人说，明月村有今天，那是因为有土地指标嘛。如果我们有，我们也能整起来。他们不知道，明月村是"以老院子为突破口"的，引进新村民，改造老房子，有的改成"草木染工坊"，有的改成餐厅，有的改成民宿。"这是以'存量换增量'，以'空间换时间'的生动实践。"徐耘说，农民出租老院子还增加了收入，房子改造好，产权还是农民的。

对于国有建设用地指标，徐耘给明月村定了两条规矩：1. 点状布局，不是开发商想多大就要多大；2. 政府不拿土地赚钱，用政府允许的最低价向新村民拍卖转让。"明月村至今没有一个项目是因为单纯的经济收益进来的。"徐主席很自豪地对我说。明月村没有采取大企业开发的模式，而是把187亩建设用地拆成一块块小地块，目前单一项目拿到最大的地块是15亩。

政府"领舞"阶段，徐耘还定了三条底线：权力不任性、资本不任性、农民不任性。2016年10月，徐耘离任政协主席，调回老家邛崃市。这一次，明月村没有因为他的离开而再次搁浅，而是顺利地走向"共舞"阶段。

操盘手陈奇

在"共舞"阶段，陈奇是其中最耀眼的一位舞者。

陈奇是蒲江县人，但不是明月村人。她是四川大学文化产业运作与管理专业毕业的研究生，一名才女，随手拈来就是诗。2017年8月她来我们海南岛火山村玩了两天，走的时候写了一首诗，说火山石"散发蓝色的光泽"和"祖母绿宝石般的颜色"，让我见识了她的文采。

陈奇原来在成都文旅集团（成都宽窄巷子的开发公司）工作过，后来又参与过西来古镇的策划、运营及西岭雪山项目的策划。徐耕把她挖过来，组织上是按人才引进原则给安排的，给她蒲江县城市建设有限公司副总经理的身份和待遇，为她提供生活保障，但她的实际工作是明月村的"操盘手"。

陈奇被人们戴了一顶"荣誉村长"的帽子，大家都直呼她"奇村长"。说实话，如果没有此前政府"领舞"阶段打底，一个村里新冒出一位叫"奇村长"的操盘手，一定会跟村里既有的权力格局产生冲突，并被扫地出门。我很敬佩徐耕的"顶层设计"，他给陈奇在村里正式的身份虽然只是"明月村项目推进工作组组长"，但这个组长直接向县委常委汇报工作。

后来，陈奇又牵头成立了明月乡村研究社，并担任社长。

给操盘手基本生活保障，给操盘手授权，给操盘手经费，这是赋能。徐耘要求操盘手是一名具备独立人格、坚韧精神和坚定意志的执行者。在徐耘的"顶层设计"中，操盘手是"目标制定者、组织者、执行者、利益协调者、要素保障者、后勤服务者、节点控制者"。

明月村操盘团队的经验是：一、物色合适的操盘手；二、在政府机关内部抽调工作人员，组建驻村工作团队；三、县政府提供晋升通道及发展机会，还支持团队成员在明月村创业，让驻村工作人员有事业有奔头。

徐耘跟我讲了一件事，陈奇一上任就自己花钱在村里租房住下来，他被陈奇的认真与投入所感动，特别跟县委书记做了报告。后来，徐耘又鼓励并支持陈奇一家在明月村经营民宿。这家民宿

名叫"画月"，由陈奇的老公经营，他是一名油画家。民宿也是他们一家三口在明月村的家，做到了安居乐业。

台湾社区营造有一条"长期陪伴"的成功经验。就是说，徐耘支持陈奇及其他操盘团队成员在明月村创业与安家，其实已经在为项目组5年工作期限到期之后做安排了，这是一种落地生根式的"长期陪伴"。

整套"共舞"机制是这样设计的：以县政府为主搭台，县里设"项目领导小组办公室"，负责综合协调和日常工作；驻村项目组负责项目定位策划、规划设计、项目引进，村民业态品质把控以及品牌建设与推广；镇委镇政府负责协调项目建设、基础设施建设、项目运营管理、组织农业生产方式转型和党建工作。村委会负责协调项目用地，协调村民关系，对环境、社会秩序的管理维护和农业生产方式转型的实施；旅游合作社负责旅游接待、产品开发销售、村民业态经营指导。

　　这套机制的妙处在于，通过设立驻村项目组，安排一位体制外的"操盘手"来专业运作，把县、镇、村三级行政资源调动与整合起来，激活一个村庄。徐耄说，组建一支操作团队，找人很重要，找到"操盘手"更重要。"操盘手"起着统筹协调，连接政府、文化创客、投资人、本地村民、资本等利益相关方的重要作用。

　　"操盘手"是杂家、跨界者和行动者，关键是实践者。他是目标的组织者和执行人；他的权力由政府授予，具有独立人格；他有方法，懂边界，无野心。这是徐耄对"操盘手"的定义。具体而言，陈奇能协调县、镇、村三级行政资源，那是县政府授予的权力。至于独立人格，徐耄则给陈奇一个叮咛："领导来视察下指示，要等几天再判断怎么执行。独立人格这个要素一定要提出来，'操盘手'独立于政府，独立于资本，独立于村民，但又要出于公心，没有私利，不让领导为难。"

陈奇在明月村做了5年操盘手工作，成功引进100多位"新村民"和40多个创业项目，让明月村真正走向"共舞"阶段。

以新村民为引擎

"新村民"，这是陈奇在明月村使用的一个新词汇。

在陈奇看来，新村民是人力资本，新村民的文创产品是创意资本，新村民的文创产品客户圈层是产业资本，三种新资本助推明月村形成一个多元文化生态的文创产业圈。每一个新村民都是一个自带流量的IP，每个IP背后都有自己的粉丝群，这些IP聚集在明月村，意味着他们的粉丝群也会聚集到明月村，明月村也就变成了一个大IP。

这就是"AKB48效应"。

诞生于2005年的AKB48组合，是比中国"超级女声"还成功的新兴偶像团体，它发行的唱片总销量超过3000万张，带动超1500亿日元的经济效益。AKB48里面没有类似王菲这种"超级IP"，但是它制造了几百个IP（新歌手），通过聚集这些IP所有粉丝团的力量，将AKB48打造成一个"超级IP"，拥有超过王菲这种"天后"的巨大能量。

我们来看看陈奇是怎么在明月村实践"AKB48效应"的。

主角是"新村民"，他们有陶艺家、作家、画家、诗人、书法家、服装设计师、建筑设计师等。2015年1月是新村民进村的"历史节点"，得过金话筒奖的四川电视台原女主播宁远女士签约明月村，将一套老房子改造成"远远的阳光房"草木染工坊。宁远是徐耘亲自登门拜访，请过来"举旗"的。

明月村新村民侯新渠写了一篇《蒲江明月村乡村建设纪实》，对宁远进村如是记述：

> 宁远现在是作家和服装设计师，新浪微博粉丝24万，有一定的知名度和影响力。由其个人创立的服饰品牌"远远的阳光房"因材质天然，穿着舒适，深受文艺青年喜爱。陈奇就是宁远的粉丝之一。2015年1月，她们第一次在明月村相见，两人惊讶地发现对方和自己一样穿着同款阳光房出品的鞋子。在愉快地"撞衫合影"之后，宁远加入了明月村，租下村里罗大爷的院子，进行改造。

随后，四川省工艺美术大师、陶艺家李清签约明月村，修建"蜀山窑工坊"和"蜀山小筑"陶瓷艺术博物馆。接着，李清的师弟李清泉签约明月村。他多年来潜心研究邛窑，来明月村实现"清泉烧"。明月窑的前身"张碗厂"的老陶艺人张崇明大爷的孙子张学勇也返乡开办张家陶艺体验点，他是一名书法家。

接着，廖天浪也被明月村吸引来了。廖天浪原来在福州烧柴窑，他来明月村改造一栋老房子，建一个"火痕柴窑工坊"。我问他为什么来，他说来明月村可以从工匠变身为"IP"，他认为明月村一定会诞生一批小而美的精品品牌。2016年10月，"火痕柴窑工坊"点火之时，明月村的陶艺相关项目已经有8个，其他文创项目30多个，培育起一个超过100人的新村民社群。

2015年，i20青年发展平台的联合发起人陈瑶来明月村，陈瑶又把i20的创始人、北京奥运会水立方中方总设计师赵小钧带来明月村。他一来就爱上了明月村，拿了3块地，搞乡村精品酒店、剧场和精品生活小聚落。2016年的中秋节，明月村办了一场新老村民联谊晚会，赵小钧和老村民罗喻溪同台演唱"生活不止眼前的苟且，还有诗和远方的田野"。

明月村设计了两套新村民进村方案：一是改造老院落，租期15~20年，政府对租金进行调控，同时保护农户与新村民利益，信息对称，公开透明，由村委会去和农户谈判；新村民改造老院落时，政府提供一定数额的改造补贴，最高30万。二是自建房屋，即提供187亩国有建设用地，分为17个地块，规划为40年产权的商业用地，让新村民通过合法的土地招拍拍得。

明月村对自建房屋的容积率仅为0.4，这是非常低的建筑密度。"在乡村发展，就不要整成商业区这种建筑面积密集的样子，我们要完好保留原有的松林和茶田，我们还划定了松林茶田的保护区，划定了生态红线严格保护。"陈奇说。

我问徐耘，明月村为什么能拿到国有建设用地指标。

他反问我，为什么高尔夫球场、房地产项目能拿到，乡村建设就拿不到？徐耘说，问题不在于拿不拿得到，而是政府决定把建设指标给谁，这只是一道选择题。明月村是幸运的，因为它的实际操盘手是一位县政协主席。

再透露一个数字，宁远的朋友一共拍到了6块地，宁远自己拍了13亩地，她计划建造一个手工艺文创聚落，一个以女性成长为主题的空间——远家。宁远作为"举旗人"的角色，名副其实。

以新村民为引擎，这个策略在明月村大获成功。

老村民最大

"明月村最大的价值是用乡创激活一个村庄，开心生活，顺便有钱挣，新老村民有共同的归属感。"这是徐耘的原话。

明月村没有把任何一户老村民（本地居民）迁出去，而是让新居民和老村民共创共享。辅导并陪伴老村民跟上新发展的步伐，共享发展成果，徐耘做的"顶层设计"是办旅游合作社。

明月村旅游合作社执行"三个三分之一模式"，政府财政产业扶持资金出资占股三分之一但不分红，村委会出资占股三分之一，村民个体自愿认股出资占股三分之一。2015年3月，由25位社员自愿筹资共30万元，加上财政的30万元和村集体的30万元，启动资金总额90万元的成都明月乡村旅游专业合作社正式成立。然后，聘请CEO，由职业经理人进行专业运营。

徐耘跟我说，明月村旅游合作社最大的创新是请CEO，其实也是一名"操盘手"。中国多少农民专业合作社名存实亡，就是因为没有专业运营。被徐耘请来当合作社第一任CEO的人叫双丽，原来在北京创业。在双丽的运营下，合作社成员陆续开发了茶、竹、陶、印染等特色旅游产品，经营农夫集市、手工社、乡村工坊、自行车租赁及观光游览车经营等旅游配套项目。

宁远

　　此外，合作社还对老村民进行公益培训，包括导览培训、餐饮培训、民宿培训、陶艺培训、印染培训和篆刻培训等等，带动老村民做起了22个创业项目，开餐厅、开茶馆、搞自然农园……百花齐放。第一个村民创业项目是"豆花饭"餐厅，一位70多岁的老大爷带着家人创业，现在生意好得很。

　　旅游合作社的定位是服务型村民经济组织，自负盈亏，服务村民和游客。凡是村民能做的项目，旅游合作社不做，旅游合作社不开茶馆，不开客栈，也不开餐饮，就做服务接待和培训，另外就是做产品开发，至今已经开发了10余种旅游产品，自营项目6个。

　　"最重要的是旅游合作社的股东全部是当地的村民。"陈奇说。合作社第一年就有盈利并给股东分了红，虽然一户只有几百块钱，但这是真金白银的分红，第二年立刻吸引更多农户加入合作社，增加了12名村民社员，股民投入的股本现金增加到43万元。

明月村一共有727户人家，早期合作社的社员数（户数）是37户，参与进来的村民还是"少数派"，还是"让一部分人先富起来"的策略。毕竟，这是入股创业，村民是要拿出真金白银入股的。只要合作社经营得好，年年有分红，就会吸引越来越多的村民入股，最终实现"共同富裕"。

"一定要把合作社做好，把握住了才可持续下去。"这是徐耘的肺腑之言。

对新老村民进行培训的机制叫"明月夜校"和"明月讲堂"，邀请乡建和文创领域的专家、学者等到明月村分享，还有专家讲课后到村民的项目上去实地指导。徐耘也亲自当讲师给村民们上过课。

2017年3月，陈奇请我给村民们分享过一次，村委会一楼会议室被挤得满满的，连七八十岁的老大爷们都来了。上夜校已经成为明月村的生活方式。我讲的那次，明月村所在的甘溪镇党委书记把镇里的干部们都叫来了。我讲"再造故乡"的理念，讲完镇党委书记激情点评，博得村民们的热烈掌声。

还有一个可喜现象：明月村的返乡大学生已经超过10人。

我第一次来明月村时，陈奇就引荐我认识了其中一位代表，叫江维，本村人。我们一边在画月民宿吃他种的丑柑，一边听他讲述返乡创业的酸甜苦辣。他大学毕业后在成都做营销工作，如今回来做了一名新农人。起初，江维一度非常苦闷：既有外人的嘲笑，也有家人的不理解。不过，这位勇敢的80后还是挺过来了。他种地的规模也从15亩扩大到30亩，并且带动了两家农户，率先在明月村搞有机农业。此外，他还到旅游合作社当兼职观光车司机和讲解员，实干的精神最终打动了村民，2017年还被选举进了村委会。

陈奇说，明月村的愿景是做生态村，接下来最重要的一项工作，就是辅导老村民们转型做生态农业，这样才能发掘出农业的价值，真正让老村民们普遍提高收入，过上更美好的生活。明月村有7000亩雷竹笋，如何提升其附加值？我提供了"六次产业"逻辑，鼓励走一二三产业融合发展之路，把雷竹笋的深加工和体验消费场景做好。在明月村，可以吃到非常有特色的竹笋制品，而且竹笋经过深加工还可以做成精致的伴手礼，已经成了爆款。这样价值就被创造出来了。

陈奇从来不用"赚大钱"来诱惑村民，而是致力于打造一个新老村民共创共享的生活理想村。

我的小火山 你的"小革命"

——火山村荔枝精酿啤酒诞生记

2018年3月，我认识丁牧儿后，一件有意思的事情发生了。

7月28日，火山村荔枝原汁啤酒在安徽碧山村猪栏酒吧老油厂举行首发仪式。

火山爆发，岩浆四处漫流，这些网状的岩浆流最终形成了一颗荔枝的样子，这是这款精酿啤酒的酒标图案，牧儿给它起名为"火山荔"，非常形象。

它的诞生，有点偶然性

2018年3月，经别人介绍，我和丁牧儿互加了微信，说要去碧山聊聊精酿啤酒，最后却没去成。我们的友谊也就停留在"微信好友"阶段。

4月的一天，牧儿发来一条微信：我们一起来酿荔枝啤酒？我一开始没把牧儿的话当真。

5月1日，我从上海自驾去江苏昆山计家墩，在朱胜萱团队开的民宿里，居然看见了牧儿的碧山精酿，什么拖拉机皮尔森、天光小麦啤、落昏IPA、狗啤，一共4款作品，名字起得很有小资情调，酒标设计得很文艺范儿，吸引了我。

这是我第一次见到碧山精酿的真身。

我认真给牧儿回了微信：荔枝啤酒，酿吧！

可是，酿荔枝啤酒，荔枝投料比例是多少呢？

之前，我注意到台湾高雄市政府扶持青年酿荔枝啤酒，公布过两个配方：第一种是投放9%的荔枝原汁；第二种是由30%的荔枝原汁与70%的台湾生啤调制而成，不添加香精、色素及糖。第二种被高雄市政府说成是"荔枝啤酒配方的黄金比例"。

我也倾向于第二种方案，因为荔枝放得多才有荔枝味啊，这是我的朴素想法。

既然是酿荔枝啤酒，荔枝鲜甜的口感与香气是我最想呈现的。另外，我还希望荔枝的甜可以盖一盖啤酒花的苦，让女生喝起来不觉得苦，因为台湾的《中国时报》说，荔枝啤酒最适合闺蜜谈心时喝。

牧儿经过研发后，提出了第三种配方，即投入20%的荔枝原汁。牧儿希望让荔枝味与啤酒花的魅力同时呈现，口感上不那么甜，也不那么苦，否则太甜了就像水果饮料而不像啤酒了。

3月份的时候，我专程去台湾高雄考察了一家精酿啤酒工厂——益智发酒业股份有限公司，酿酒匠人巫永龙老板请我们喝了直接从酿酒桶里打出来的荔枝啤酒，口感甘甜滑润，荔枝味浓郁。

我发微信请教巫老板，他大方地告诉我，荔枝原汁投料比例在20%~30%之间是最佳的。

有了台湾匠人的建议，我自然对牧儿的方案说 yes 啦。

手工剥了25万颗荔枝

5月下旬，牧儿跟我说，首酿15吨吧。

按20%的投料比例算，需要3吨荔枝肉。

我们摘了近一万斤的火山村荔枝，请了近20名荔枝农，戴上手套和口套，一颗荔枝一颗荔枝开始剥。一斤荔枝大约25颗荔枝，一万斤即25万颗。荔枝农们整整剥了5天才收工，剥到最后，手指头都不太听使唤了。

我们幸福地喝荔枝啤酒的时候，千万别忘了感恩荔枝农那一双双勤劳的粗手啊。

2018年，我们投了20多万元在荔枝园盖了冻库和加工车间。荔枝肉3斤一小包，剥好一包就立即放入 -22℃的冷库速冻。

最后，雇了一辆冷冻车，从海南岛把荔枝肉拉往碧山精酿位于浙江嘉兴的代工厂。牧儿亲自带着10个工人，把荔枝肉榨成汁，榨汁机被冻坏了几回，不得不停下来修机器。结果，榨了整整一天！

7月3日那天，牧儿发了一条微信朋友圈："疯狂榨荔枝水中……"

就是这一天，荔枝原汁被投入酿酒桶，开始发酵。

工业啤酒，发酵时间是5天左右。精酿啤酒呢，至少发酵25天。

牧儿说，好啤酒，功夫和时间绝对省不得。

牧儿负责火山荔研发、酒标设计、物流箱设计等工作，我则负责文案写作、礼盒设计等工作。各项工作有条不紊地推进。写作文案的时候，我需要牧儿的个人介绍，他发来"上海市工商外国语学校"的学历，把我吓到了——怎的，就一个中专生啊！

从那一刻开始，我对牧儿肃然起敬。

2014年高考结束，牧儿和家人说，他想留在碧山开一家酒吧，让更多的年轻人来到这里，可以按照自己喜欢的方式生活。没想到，家人没有一丝犹豫就同意了。

不读大学，一个上海90后男生做出这个令人刮目相看的决定。本来计划好去美国留学的，但是牧儿突然发现在乡村创业更有人生意义。好吧，这可不是一般的"发现"！

说真的，听到他的故事，我内心的小火山都爆发了。

一名高中毕业生，竟然是轰动全国的碧山村狗窝酒吧的老板，碧山精酿酿造师。以前看"吴晓波频道"，知道中国冒出一批新匠人很厉害，没想到已经如此厉害！

"少年熟"，甘愿做笨蛋

7月11日，我和牧儿第一次见面。

约在上海徐家汇港汇广场5楼的鼎泰丰。

我先到的，面朝门口坐下来。不久一个秀气的、高个子的帅哥朝我走来——牧儿来了。近了看，脸蛋白白嫩嫩的，可是说起话来，又是那么成熟，绝对是"少年熟"。牧儿自称去碧山村"读大学"，在热爱的土地上做喜欢的事。

看来，乡村这所"大学"也是一个成长的熔炉嘛。

我问牧儿，怎么连面都还没见过，就敢合作酿荔枝啤酒？

他诚恳地回答："基于诚信。"

多么正直的孩子啊。

牧儿的母亲寒玉是一位诗人，是中国最早的一批乡建者，先后在皖南西递、碧山打造了三家"猪栏酒吧乡村客栈"。耳濡目染，牧儿不仅跟着妈妈学会了改造老屋，也跟着妈妈走上了乡建道路，而且非常笃定。

牧儿是2014年到碧山村开酒吧的。为什么开酒吧？他说国外的乡村有小酒吧，是一个村子最有人情味的地方。他想把酒吧文化引入中国乡村。可是马上有人告诉他，小心水土不服。实践证明，狗窝酒吧适应了本土化生存，连碧山村的小朋友都喜欢来喝饮料，吃炸鸡翅！

牧儿说，本质上，他为单调的乡村精神生活提供了一种新选择，让乡村的夜生活丰富起来，听听音乐，喝喝啤酒，聊聊天，没有什么不好。

后来，一位来过碧山村50多趟的美籍华人给牧儿建议，干吗不自己酿啤酒呢？牧儿一下子被点醒了：对啊，一个中国乡村酒吧，喝洋啤酒，味道不对啊！

国产工业啤酒味道千篇一律，没有任何的新鲜感和愉悦感。网上一搜，发现国内已经开始流行精酿啤酒风潮，牧儿于是立志要酿属于碧山的啤酒。

两年时间，经过不断研发，最终酿出第一代碧山精酿——"天光小麦啤"和"落昏IPA"。

如今总结经验，牧儿说："只要原料下得好，口感就会八九不离十。我们就是真材实料，笨拙但是扎实。"

"你的人生定位是什么？"我好像又变回了记者。

牧儿翻开微信个性签名，念给我听："在碧山酿啤酒 × 酒保 × 自由绘画者 × 猪栏小二。"

听说牧儿四岁开始习画，从未学过素描，也没进过美院。自由绘画，自成一派，不被传统和经验束缚。至今已经办过几回个人画展了。牧儿的爷爷是上海滩知名的当代画家，爷爷就是他的绘画老师。

"匠人都是笨蛋。我就是以笨蛋的精神做啤酒的，哪怕只提升一点点品质。"牧儿说，"喜欢酿酒，当乐趣去做，只要大家喝了开心，我自己也就开心了。"

我们都是小"革命者"

牧儿说："我妈这一辈儿人对乡村是有情怀的，但我没有。我在上海出生长大，因为猪栏酒吧、乡村客栈、碧山书局、碧山工销社等内容而喜欢上乡村的，乡村要保持生命力，一定要有年轻人的加入。如今乡村不是落后了，而是失去了活力。乡间的年轻人越来越少，他们向往城市，而城里的年轻人还未下乡。那我们来做有意思的事情，吸引人来乡村或是返乡。"

听牧儿这么一讲，我马上想起几年前在台北买过的一本书——《我的小革命》，里面讲台湾的"小确幸们"从个人开始、从具体问题着手、从社会细微的部分进行"小革命"，在个人力所能及的范围内，具体而微地努力改变身边的世界，实现"生活理想"和"社会进步"。

你说，牧儿是不是在闹"小革命"呢？

碧山村口桥头的那个老屋，30年前是村民汪友利的婚房，20年前是一家卖包子的小铺，现在它叫"狗窝的酒吧"，牧儿就是它的老板。

《我的小革命》里说，"小革命"是一种生命的态度，一种光明正向的价值观，一种社会进步的脚步声，无论是自建农舍、低

碳婚礼、手工创意农作、农民市集，乃至于帮助村民把产品精致化……这些"小革命"行动创造出了新的社会价值，让人看见社会向上提升的力量。

"跟许多口口声声大目标、大论述，却严重缺乏行动能力与实践决心者不同，这些'小革命'无疑更能拉近理想与现实的距离。"这种"小革命"思想，我很认同。

我何尝不是也在闹"小革命"？

2018年5月，我给海口市市长丁晖写了一封信，讲我在荔枝大丰收年对"果贱伤农"的担忧，希望政府鼓励我们探索火山村荔枝六次产业化的构想。市长第一时间作了批示。

火山村荔枝六次产业，即荔枝种植、加工、销售一条龙作业，这是被日本市场验证过的非常可行的农产品保值升值之路。火山村荔枝的未来，寄希望于荔枝六次产业化。

最难的是产品化，到底要把荔枝加工成什么产品才可以热卖呢？

2014年，我做荔枝酥，亏了100多万，中途叫停。

于是，2016年、2017年、2018年，我连着三年去日本考察六次产业成功的案例，眼界慢慢打开，最终形成了荔枝干面包、荔枝啤酒、荔枝冰淇凌三个产品方向。

就在这个节骨眼上，牧儿找过来了，提出合作开发荔枝啤酒，水到渠成。

我已经请了建筑设计师，接下来要在火山村打造一个火山村荔枝六次产业小综合体，包括啤酒餐厅、面包工坊、冰激凌屋、民宿等"零部件"。我的小梦想是，让大家一边泡着火山冷泉，一边喝冰镇荔枝啤酒，一边吃荔枝冰激凌，从此"冰火一重天"。

火山村是我的故乡，我也要再造新故乡：让故乡从传统乡村转型成结合生态保护、自然农法农业和休闲体验为一体的生态村。

牧儿他们在碧山村的理想是：保留乡村原本该有的面貌，不做过度的改造，让人们来体验这里原有的生活方式，农民干着他手头的农活，拖拉机穿梭于田野之间。但同样也不失品质，有像猪栏酒吧、乡村客栈一样好的民宿，有像碧山工销社一样好的展厅，有像碧山书局一样好的书店，也有狗窝酒吧这样的酒吧卖着碧山精酿。

再造新故乡，我们都是"小革命者"。

被梦想叫醒 被故乡唤回

——火山村荔枝冰淇淋诞生记

～～～～～～～

2016年，火山村荔枝决定走向六次产业化后，我们首先讨论出来的产品是冰品。

火山村在"火热"的海南岛，荔枝又被大家视为"火物"，那我们来制作荔枝冰淇淋，看看"冰火一重天"是一种什么境界！

我在微信朋友圈喊话，求推荐雪糕达人。一会儿工夫，就有好几个人说：找王海达。

可是，王海达是谁啊？他在"一席"上演讲过啊。我笑了。马上搜他的演讲视频来看，题目叫"傲娇的雪糕"，从爸妈在深圳创办雪糕工厂讲到自己从香港辞掉金融工作回来创办雪糕品牌，很打动人。

我也是"一席"讲者。于是，很快加上王海达的微信。

不久，我飞到深圳。海达叫车直接把我从机场接到雪糕工厂。

新匠人革命

　　海达开着一辆厢型车来，他把最后一排座位卸掉，方便运输冰淇淋。那天，海达亲自当货车司机，从工厂拉一批冰淇淋补货到市中心的仓库。

　　海达说，父母留给他最大的精神财富是吃苦耐劳，他继承得很好嘛，一点也没有"富二代"的傲娇。

　　海达亲自领着我参观雪糕工厂的全貌。印象最深的是，我们进入生产车间时，不仅要换鞋，换衣服，戴帽，还要洗手，并用消毒液消毒，每一个步骤他都认真地辅导我们做到位，才放我们进入。

　　这是迄今为止，我走访的十多家食品工厂中，管理最严格的一家。

　　海达说，工厂是在政府严格督导下，一步步做到这个层级的，一切为了食品安全。

　　"如果我们家的工厂随随便便进出，我们生产的冰淇淋，你会放心吃吗？"海达反问我。我自然摇头。

　　我还注意到一个细节，装箱包装车间与生产车间是隔离的，生产好的冰棒或冰淇淋通过传送带，从一个小窗口输送出去。

　　后来，我考察其他的冰品工厂，他们直接打开门让我们进去参观，生产车间和包装车间混在一起，场面有点乱。我什么话都没说，扭头就走，不敢合作。

　　海达非常认真地解说，每个流程，每台设备，他都讲得头头是道，非常专业。

看得最过瘾的是冰棒制作流水线，大约10秒钟工夫，从液体状态到固体状态，全自动生产，效率非常高。

他们家的工厂从1997年创办至今，已经发展成为年产能1.5万吨的专业冰淇淋生厂商，这么大规模的冰淇淋工厂，深圳本地仅此一家。

看完工厂，海达带我回市中心，看他创业的起点：一栋现代大厦的地下车库。乔布斯就是从地下车库出发，缔造了苹果公司这个世界奇迹的。海达的地下车库里，最重要的东西是几台专业的大冰柜，这就是他的"宅配中心"了。

起初，他们连办公室都在这个地下车库里。

现在，办公室已经搬到这栋大厦的地面以上。

办公室里有一个小实验室，置办了一套小型冰淇淋研发生产设备，这就是"研发中心"了。"冰淇淋二代"王海达当仁不让的是"首席研发官"，比较时髦的说法是"新匠人"。

2016年初，微信公众号"吴晓波频道"发起过一个"奇葩匠人"的评选活动，出乎预料的是，一千多个报名者中，更多的是年轻的80后、90后创业者，吴晓波把他们称为"新匠人"。

吴晓波说，他认识的新匠人专注于产品本身，尊重制造的基本规律，产品是他们的人格投射，是专业精神的一次物质性呈现。

吴晓波对新匠人最经典的一句评语是：他们能够重新定义一个商品。

没错，王海达拥有这样的抱负：做中国乃至全球最好的冰淇淋。

他正在颠覆父辈们对冰淇淋的定义，把冰淇淋从几块钱一杯卖到二十几块钱一杯，变化的不止是价格，否则那就是戏弄消费者了，他是从原材料到终端服务，系统地"转换想法"，本质上是一种具有"革命"性质的转变。

海达说，也许要花上30年，"革命"才能成功。

跟冰淇淋较真儿

那天在办公室里，海达请我吃冰淇淋。吃下第一口，我有点吃惊：生姜口味！出品生姜冰淇淋，海达还有点小得意呢。

此前做推广时，有很多女性朋友跟他说"不方便吃"。他谦虚地问她们："吃什么啊这几天？"她们答："生姜红糖啊。"他得到灵感，立马开发生姜红糖冰淇淋，结果还成了畅销款。

个性化的需求，呼唤个性化的制造。这不就是工业4.0理念嘛。

你说，那一杯"傲娇的雪糕"，最值得骄傲的地方在哪里？

海达从四个方面下了硬功夫：

1. 将冰淇淋甜度降低50%，低糖，更健康；

2. 真材实料，以水果冰淇淋为例，果肉含量高达30%以上（国家标准是2.5%）；

3. 以丹麦爱氏晨曦牛奶替代纯净水；

4. 不添加香精和色素。

在做水果冰棍时，海达说他自己把自己感动了，几十公斤几十公斤的蓝莓、蔓越莓、树莓等水果倒到混料缸里面，那个场景非常震撼内心——"整个中国估计都没有人会这么干"。这才是他要的亚历山达"水果冰棒"，而不是那种加香精的"水果味冰棒"（主要成分是水）。

这些水果冰棒，都是用果肉和果汁混合搅拌做的，一滴水都不加。每一根冰棍，都是凝固的鲜果，往杯子里一放，融化了，可以还原成水果原汁。亚历山达的冰淇淋更多体现的是"自然造物"，而不是"工业造物"。

"在产品研发上面是不能够妥协的。"海达说。在选材料上，一个最重要的标准就是"只买贵的"，价廉物美是一个伪命题，没有东西是既便宜又好的。

第一次见面之后不久，海达让我供给他一批海南岛用自然农法生产出的火龙果，他让我们按市场价供（至少比一般火龙果贵一倍），一分钱也没还。

"买贵"这个标准，海达还真不是嘴上说说而已。

海达的信念，与我可谓高度一致。

我对火山村荔枝六次产业的定义很简单：用真材实料做真实美味。

在荔枝的种植上，我们转型自然农法耕种，以无农药残留为目标；深加工，我们要求产品的颜色和口味来自物产自身，让原味本色出演。

我们看到，消费在升级，中国开始出现一批消费者，他们不再仅仅满足于产品的性价比，而开始寻找更高品质、更有美学韵

味的产品，这个产品不仅仅是"物品"，还是"精神产品"，以满足他们对心灵品质生活的追求。

现在，全球的潮流都是走向与自然共生的永续生活方式。我们相信，当人们心灵富足的时候，就会孕育高品质的产品。而一杯讲究质感的冰淇淋，应该是高品质与高感性的。

日本的"匠人精神"，最典型的体现是"一刀入魂"。海达这位"新匠人"，他最打动我的也是他的信念，我说他是一个"被梦想叫醒，跟冰淇淋较真儿"的人。

这位85后的简历是这样的：

小时候，在自家工厂插棒签，包装雪糕，到天桥底下卖冰淇淋，辛苦且开心的童年；长大后，去香港念大学，在中环金融机构工作，却不快乐；工作三年后（2013年），被"梦想的闹钟"叫醒，回深圳创立冰淇淋品牌，被老爸嘲笑"你是有多走投无路啊"；然而，他 make a difference（创新），怀揣"中国质造"之心，对传统冰淇淋行业进行改革，掀起水果冰淇淋"真实秀"的"小革命"。

海达说："制造业并不是一个暴利的行业，实际上我不是要大富大贵，赚多少钱，而是我们有可能改变一点点事情，然后一点一点一点地改变。"

所以，我觉得那杯"傲娇的雪糕"，最引以为傲的地方，不是那四点硬功夫，而是王海达的"革命理想"，深深地打动了我。

冰火一重天

一位是被梦想叫醒的新匠人，一位是被故乡唤回的新农人。梦想的力量，让我们走到一起。

当然，"一席"是媒人，这一点我们念念不忘。

相识之前，海达团队就已经推出一个"吃不胖系列"，主打低热量的冰淇淋和水果冰棒。

海达说，即便是正在减肥或是健身的人也能够毫无顾忌的吃上一杯冰淇淋或一根水果冰棒。

我们的火山村荔枝，从火山岩上生出来，富硒、富含火山矿物质，荔枝味浓郁且有层次感，甜而不腻，我写了一句搞笑的广告语叫"多汁多肉多么红"。

再加上转型自然农法耕种，经过欧盟标准的SGS273项检测为"无农残"，市场售价1斤35元以上，挺符合海达"买贵买好"标准的。

亚历山达与火山村荔枝双品牌合作，出品火山村荔枝冰淇淋，我们见了一面就敲定了，一拍即合。

不料，2017年，碰上荔枝小年中的小年，火山村荔枝供不应求，无法启动合作。2018年，则是荔枝大年中的大年，而且是火山村史上最丰产的一年。我们直接在荔枝地头投资兴建了初级加工车间，包括-25℃的专业冻库。

我们决定只生产1万杯，"限量版"，收集消费者的意见后迭代进步，来年再加量生产。

我已经请建筑设计师设计了一个火山村荔枝冰淇淋屋，计划2019年盖出来，以后消费者来到海南岛火山村，可以一边泡着火山村冷泉，一边吃火山村荔枝冰淇淋。

这种"冰火一重天"的场景，是不是很有诱惑力？

巧了，2018年4月，我去日本伊豆半岛参访一家拥有400多年创业历史的精品温泉酒店，名叫伊豆东府屋水疗度假村(Tofuya Resort & Spa - Izu)，露天的"足汤咖啡馆"非常新潮时尚，客人一边泡着山泉水，一边享受冰淇淋、咖喱面包、精酿啤酒等美食，新潮感爆棚。

体验设计的思路如此巧合，真神！

在我的六次产业梦想中，打造独一无二的"体验场景"，融入人的触感与情感，是非常关键的一个步骤。

我坦诚地告诉大家，"一边泡火山冷泉一边吃冰淇淋"这样一个奇思妙想我想不出来，是我的品牌顾问、台湾设计师罗玮先生出的点子。他是万豪酒店全球签约设计师，设计过微热山丘上海外滩旗舰店。

罗玮先生几次来火山村，被火山村的粗犷气势所吸引。

但是，他告诉我，光有粗犷不够，那是火山爆发后的原始状态，那是自然的美好，还要经由设计，提供给消费者舒适美好的体验场景。

真实美好的体验场景，真材实料的火山美味，这是我们与消费者谈恋爱的"杀手锏"。

在罗玮先生的指导下，我们提炼出了"粗犷扎实"的品牌调性。

海达跟我说，粗犷的确很好哦，为什么又扎实呢？

我说，这是火山岩的本质，粗犷又扎实。

扎实表达的是我们对"真品"的认真追求；扎实也要求我们要扎扎实实去提高荔枝农的收入；其实，扎实也是我这个曾经的调查记者被要求具备的基本功。

词典的解释中，扎实有"认真、踏实"之意。我想，作为返乡创业者，没有这个基本功，何谈理想与抱负？

海达还给我出主意，冰淇淋屋里要置办一套小型冰淇淋生产设备，让消费者自己动手生产冰淇淋，感受一颗颗荔枝变成一杯杯冰淇淋的过程，这种亲历式体验很刺激的。我表示严重同意。

2019年我给自己下了硬任务，不管遇到多大的困难，必须着手建设火山村荔枝六次产业小综合体，好让消费者早日来火山村体验"冰火一重天"的境界。

下篇 —— 从世界回来

廖嘉展：再造魅力新故乡

廖嘉展，我们喜欢甜甜地叫他"廖董"。他的头衔是台湾新故乡文教基金会董事长。

2013年8月，我请廖董来海南岛出席第二届全国返乡论坛。那年台湾《中国时报》出版了一套《新故乡动员令》书籍，廖董协助营造桃米生态村的故事也收录其中。他送书给我，在扉页上题写了一句气吞山河的话：无惧，往相反的方向去。

廖嘉展

　　返乡在时代的洪流里，并非主流。桃米生态村，其实不是廖董的故乡，而是他的新故乡。从放弃台北生活算起，廖董返乡已经超过20个年头，如今安家落户在南投县埔里镇，一对儿女也长大成人，各自创业了。对他来说，日久他乡是故乡。

　　"太多人在流浪，社会就安定不下来。当前中国大陆几亿人离开故乡，这些人不仅身体在流浪，心灵也在流浪，他们需要身心的照顾。流浪在外的人，故乡情怀需要疏解；生活在新的地方，也得有价值，有尊严。这就需要提倡一种包容异乡人的新文化，这样社会才能转化出一种新的力量，让每一个地方都是新故乡，也都是心故乡。故乡是故乡人的故乡，也是故乡人和异乡人的新故乡。"这是廖董很认真地跟我讲的一段话。

社区营造并非易事

2009年，第一次到桃米生态村认识廖董后，我们成了忘年交。

桃米生态村从传统乡村转变成乡村休闲明星村，民宿开了30多家，廖董的新故乡团队经营的纸教堂园区，平均一年接待游客40万人，整个村子旅游年营收2亿多台币，很光鲜亮丽。我因为与廖董深交，才知道他一路走来并不简单，在廖董的自述文字里，我甚至读到了"兵荒马乱"这种用语，干一场社区营造就像从战场归来一样。

社区营造是非常考验心智的，没有视死如归的超人心理素质，建议不要去碰社区营造，这是一个非常复杂的社区治理过程。你不仅要有情商、智商，更重要的是还要有政治智慧。

在桃米社区营造过程中，最大的冲突是，部分居民觉得发展生态旅游的经济效益被少数人获得，一般民众若未加入导览、解说、民宿、餐饮等行业，则无实质获益。因此，起步时，廖董就引导社区居民搞"社区公积金"，解说、民宿或餐饮等，初期皆抽5%作为公基金（后调整解说、民宿收入为10%，餐饮、DIY为5%），社区公积金运用在社区，共建共享。

但是，还是没能挡住村民的"红眼病"，而且曾经引起极大的内部冲突。

关于"利益共享"，廖董是这样看的：此利益不仅只有经济利益，更重要的是在重建过程中，建立人对土地的信心，恢复人与人之间的关系，让人在自己生长的地方有尊严地活着。

2005年至2008年，新故乡团队陷入资金困境，被迫由公募基金会转型向社会企业借贷，举债近1000万台币营造纸教堂社区、见学园区。

资金最紧张的日子，廖董夜不能眠，把自己蒙在被子里，在黑暗中想啊想，想想还有谁可以借款帮他渡过难关。在这种火烧眉头的时刻，却有部分居民质疑纸教堂园区的兴建是跟当地居民"抢饭碗"。最紧张的一次沟通会，廖董派出助理向居民声明：如果实在不欢迎，纸教堂园区可以撤到别处兴建。最后，还是识大体的多数派把纸教堂园区挽留了下来。

"直到2008年9月21日见学园区开园前和开园后，'新故乡'密切地与居民沟通、说明，'新故乡'不是在分食这块饼，而是创造更大的饼让更多人可以共享，让桃米生态旅游相关业者能安心、放心，继而产生信心。"廖董回忆道。

实践证明，纸教堂、见学园区成了桃米生态村的"引擎"。纸教堂作为日本著名建筑师坂茂的作品，以及社区营造见学园区的概念，都成为吸引中高端客人的亮点。来自世界各国的专业考察团亦源源不断，包括中国大陆省部级领导带队的官方考察团。

廖董原先是一名记者，在台湾备受尊敬但现已停刊的《人间》杂志干过，后来也在《天下》杂志干过。《人间》岁月埋下了他对社会改造的看法，较早思考如何着手做一些具体而微的事情来改变社会。1989年离开台北，落脚南投县埔里镇。后来，大名鼎鼎的云门舞集创办人林怀民邀请他出任新港文教基金会执行长，廖董从此走进社区营造的新世界。

1997年，廖董返回埔里成立"展颜文化事业工作房"，投入埔里的文史与社区营造工作。1999年，廖董成立新故乡文教基金会，当年发生"9·21"大地震，他带领团队第一时间进驻桃米，开启了一段再造新故乡的奇妙旅程，至今仍在路上。

廖董说，"9·21"地震是个偶然，进入桃米是个偶然，纸教堂来台更是个偶然："长期以来，随着感觉走，随着机缘走，坚定地走，潇洒地走。当现实与理想融合时，当找到方向时，就无畏地向前走。"2000年的时候，有政要到桃米来访，当谈到重建的未来效益时，该政要摇摇头："桃米的产值太小！"廖董的观点是，社区营造不能因为产值太小而放弃！

"对新故乡来说，营利不是我们最终的目的，社会与社区的良性发展，才是我们的使命。"听到廖董这句话，我终于明白他为什么给我题字"无惧，往相反的方向去"了。

纸教堂的吸引力

2005年的时候，廖董就看见了即将到来的危机。

从2006年起，政府对地震灾区重建将不再投入资源。此外，地震过去了7年，新故乡文教基金会也不可能再以灾后重建的名义继续募款。

他做出了转向"社会企业（用商业手段解决社会问题）"的决定。至今基金会的财源，90%以上来自纸教堂园区的营收，其余10%才是政府资金和公众捐款。新故乡文教基金会成功转型。其实，以基金会的平台办社会企业，在全球范围内成功案例不少。

问题是，做一家社会企业，要经营什么呢？廖董提出了"社区营造见学中心"的策略——

1. 打造震灾地区社区重建的经验交流平台；

2. 做台湾社区营造的交流中心；

3. 塑造生活创意产业。

这种策略思维，确实是社会企业式的。不过，第三点，却是非常超前的商业智慧。生活创意产业，生活美学产业，生活提案，这是最近几年日本和台湾才兴起的新消费潮流，可是廖董在2005年就看准了这个潮流。纸教堂园区的兴建，就是在这种策略性思考的前提下诞生的产物。不过，从"社区营造见学中心"这个抽象概念具体落实为"纸教堂园区"，这是一个因缘际会的结果。

  2005年1月，廖董以台湾"9·21"地震重建区代表团团长的身份，带团前往日本参访阪神地震10周年纪念活动。廖董拜会神户市长田区野田北部的鹰取教会时，被58根纸柱建构而成的一座纸教堂吸引。可是，他在现场听说这座纸教堂很快会被拆除，原地将重建一个永久性的教堂。那一刻，他"不假思索"，当场询问能不能把纸教堂迁移到台湾重建。

  廖董的"突发奇想"震撼了在场所有人。日方3天后才认真地答复他，同意将纸教堂送给台湾，而且日方负责拆卸及免费船运到台湾。

  这个纸教堂是日本大牌建筑师坂茂设计的，坂茂是2014年普利兹克建筑奖获得者。1995年阪神大地震爆发后，坂茂从东京来到神户，设计了这栋建材轻巧、组装迅速的纸教堂，并亲自奔走募款，号召300多名志愿者参与，不到2个月就完成了纸教堂的兴建。

"纸教堂是阪神地震极具象征性的建筑物，拥有社区集会所和教堂双重功能，是灾后重建过程中人与人之间的桥梁，这里被称为是社区营造、交朋友的地方。"廖董从纸教堂在日本的故事中，更加确认了在台湾做"社区营造见学中心"的价值。

然而，纸教堂从日本移到台湾重建，牵涉到庞大的财务与经营问题，为了筹集上千万台币的兴建资金，廖董被迫四处举债，包括跟家族里的长辈们借款。后来还闹出笑话，政府部门核查基金会财务时，为了确认这些钱的来源是家族长辈的借款，提出让老人们重写借款证明的要求，被老人们骂不懂乡村人情礼节。老人们说，他们借款给晚辈不需要借条！

我问廖董，如果纸教堂园区经营不成功，结局是什么？

廖董说，只能把基金会关掉。如果新故乡文教基金会无以为继，桃米生态村也肯定没有今日这般辉煌。园区刚起步时，廖董使了一招策略，效果立竿见影，"采取100元（台币）门票费用可全数抵消费"策略，提供入园的诱因。结果第一年园区到访游客就超过了50万，相当于一个热门旅游景区的流量呢。

纸教堂园区做五个方面的买卖——

1. 纸铺：销售埔里特殊纸相关文化产品为主，比如纸做的计算机包、手提袋、纸帽、窗帘、地毯、文具用品等纸类产品以及妈妈手工艺品；

2. 轻食区：提供具当地特色的轻食饮料，包括依时令推出特制的新鲜果汁、自制的蛋糕、松饼和甜点、披萨等；

3. 生活馆：特色文化产品、农特产伴手礼、书籍、音乐CD等；

4. 生态共和餐房：提供下午茶、正餐、咖啡饮料等；

5. 河滨小栈：卖冰淇淋和地瓜酥。

经营到第三年的时候，一年营业额已经接近1000万人民币。园区与近50家当地厂家合作，商品品项100多项，占总营收的36%。此外，开发自有品牌商品，如纸教堂的米香、纸教堂纪念笔、纸教堂自然好茶、纸教堂纸系列产品等，其中2009年与设计师合作开发"碗若新生—'9·21'地震10周年纪念碗"，成为爆款产品。这个碗，2009我第一次来纸教堂园区时，碰上首发，也买了一个珍藏。

从2013年起，我每年组织台湾游学团，有企业家代表团，有

廖嘉展的展颜山居民宿

社会企业代表团，有新农人代表团，每团必到纸教堂。每次，我们的团员在纸教堂都疯狂购物，尤其是纸教堂自有品牌纸系列产品，譬如笔筒、收纳筒、茶席，买来提升自家的生活美学。这些产品制作精美，再加上这几年人民币升值，我们买起来毫不手软，觉得物美价廉。

2015年11月再访纸教堂时，廖董跟我说了一个数据，日进园人数已经从高峰期的4000人上下，下降到2000人上下，但是客单价提高了，园区营业额不降反升。纸教堂又在开发爆款产品——地瓜酥，目前在纸教堂园区卖得非常畅销。埔里镇上有一家18℃巧克力工坊，它就一个门店，一年卖6000多万人民币，廖董一个这么大的纸教堂园区（200多亩），总营业额不到2000万人民币，还有很大的提升空间。

廖董说地瓜酥每天下午茶时间就卖光了，产能还跟不上。

地瓜酥的问世，代表着廖董从文创产品到农创产品的探索。做好了，一块地瓜酥引发的产业规模可以达千万元人民币，像微热山丘凤梨酥一样创造超2亿元人民币年营业额。不过，以"新故乡"社会企业的体质，要做出这么大的业绩很难。

纸教堂园区由台湾建筑师邱文杰设计，获得了2011年度台湾杰出建筑师奖。园区的产品与服务品质获得97%的客户满意度好评，餐饮获得90%的客户满意度好评。

廖总说，纸教堂园区是非典型的商业经营模式。

我告诉他，不是的，它的成功恰恰是因为合乎商业逻辑。

再造新故乡，不停歇

我们问桃米生态村绿屋民宿主人邱富添，经营民宿的成功秘诀是什么？

他的答案，吓了所有人一跳：设定议题，引领风骚。

好吧，作为传媒人出身的我，对这个答案表示佩服得五体投地。

桃米生态村成功地塑造了"青蛙共和国"这个主题。这是传播学上的"议程设置"理论，但这样被应用到社区营造实践中，进而成功打造一个社区的品牌，挺让人佩服的。

从2010年起，廖董又串联埔里方方面面，提出"再现埔里蝴蝶王国"的新议题：希望借由"蝴蝶王国"，唤起更多居民对埔里迈向生态城镇的想象与憧憬。

从一个村的社区营造，跨步到一个镇的营造，廖董真是消停不下来。

地方政府很难去支持长期有理想的工作，要想实现生态城镇的目标，离不开民间自下而上的社区营造运动，同时透过政策的支持，让官民协作起来，才能形成足够的改变力量。

埔里有205种蝴蝶，占台湾蝴蝶种类49%。1960年代至1970年代，埔里曾经是享誉世界的"蝴蝶镇"，老一辈对"扑蝶的童年"有着独特的记忆。埔里每年加工蝴蝶超过两千万只，卖到全世界，后来环保观念提高，市场才被东南亚国家取代。

廖董等人发起"再现埔里蝴蝶王国"倡议，复育的不仅是蝴蝶，还是埔里人的光荣与梦想。

黄斑蛱蝶

　　2012年我去桃米生态村时，刚好碰到廖董的夫人、新故乡文教基金会执行长颜新珠，她正在纸教堂园区补种蝴蝶所爱的蜜源植物。当天，她还开车带我在桃米生态村巡查，她到各家民宿都关心地问，蝴蝶蜜源植物种了没有？廖家公子喜欢艺术创作，创作了很多彩色的蝴蝶蛹雕塑展示在纸教堂园区，成为游人争相合影的对象。

　　然而，一镇之人心的动员与感化，绝对不是开开会动动员就能搞定的。这一回，廖董想出的策略，你听了估计不太敢相信：

在埔里成立一个蝴蝶青少年交响乐团。对，在埔里，一个山中城镇，搞一个交响乐团。廖董亲任团长，交响乐团的名字就用蝴蝶的英文 butterfly。2013年8月廖董夫妇来过上海，我在他们赶去机场的半路上把他们截下来，在延安中路请他们吃午餐。他们告诉我，第二天要举办 Butterfly 交响乐团的成立仪式。

廖董选择位于埔里镇的台湾地理中心碑广场举办成立仪式。廖董后来很开心地告诉我，发布会当场感动了一位捐款者，当场捐了50万台币。2016年8月再见面时，廖董说这一年度的募款额度是500万元台币，为了实现目标，他从每一张纸教堂园区的门

桃米之美

票中捐出10元，按日均2000人入园则有130万元台币，但差距还是不小。"募款很辛苦。"廖董坦言。

这是台湾唯一由乡镇居民捐款支持的交响乐团。

善款支出的大项，其一是给孩子们买乐器，其二是给辅导老师们发补贴。用募款养一个交响乐团，廖董说这是"从不自量力的心出发"。这一场乐团组织运动的目的不在于培养音乐家，而是让弱势的孩子有机会接触音乐，从而改变他们的命运。

这支交响乐团的发起人，有民宿、咖啡馆、餐厅、香行、医院、药房等的老板和学校校长及音乐界人士。这是一次埔里各行各业的大串联，甚至包括庙宇香火钱，各行业共同促成此事。因为Butterfly交响乐团，所以串联，借由串联，整合力量，这就是"再现埔里蝴蝶王国"行进路径。廖董不愧是一名"策略才子"。

Butterfly交响乐团在纸教堂举行"921·蝴蝶风起"音乐会；廖董亲率Butterfly交响乐团去东京三得利音乐厅表演，为"3·11"大地震灾区募款；Butterfly交响乐团办年度音乐会……最近这几年，我每次带团去访问桃米生态村，廖董都自豪地播放Butterfly交响乐团的视频给我们看，讲述"让音乐翻转社会"的励志故事。翻转社会，就是让社会进步的意思。

近20所学校参与了"蛹之声音乐培力计划"，而且扩大到大埔里地区，音乐把埔里变成了一个大家庭，每月两回，近200位学生从仁爱、鱼池、国姓、埔里四乡镇，聚集在暨大附中进行联合团练。Butterfly交响乐团的成员多是偏乡、弱势家庭的孩子，跟着音乐成长起来的这一代新人，将来必定是再造新故乡的中流砥柱。

桃米生态村的老板是青蛙

1975年何塞·安东尼奥·阿布留创立了委内瑞拉国立青少年管弦乐团教育系统，他说："只要你将一把小提琴放在一个孩子手上，这个孩子便永远不会去碰枪支。"这个教育计划通过为贫民区孩子提供免费乐器和乐团训练，让孩子远离街头的毒品和枪战等犯罪，并在音乐中得到进步。这个案例是廖董做Butterfly交响乐团的灵感源头。

2018年的第一天，廖董在微信朋友圈发表新年献词——

从事社区工作这么多年来，看见的是，社区社会的变革，是缓慢的，也需有一定的机运与机制，才能促进良性的变革。因此，从社区到区域的共同发展，成为促进区域愿景实践的关键。可爱的人创造可爱的社会；未来，是属于这群可爱的人所创造的"集体英雄"的时代。在面对治理的困境下，透过可以合作的人群，贡献彼此可整合的资源，让彼此成就与共享，创造社会活力，实践社群经济发展的美好。路在我们的脚下，更在我们的心上。

2019年，廖董在桃米生态村新建的"展颜民宿"开张了。当年的"展颜文化事业工作房"换了个新面目"复出江湖"。他说，社区营造事业后继有人，包括"再现埔里蝴蝶王国"也已经有专业团队接棒，他终于可以松一口气了。

廖董问我，以后他就做民宿主人，为客人们讲社区营造的故事，如此定位好不好？

看来，再造新故乡这件事，廖董要干一辈子了。

经营民宿，只是换一种方式而已。

西村幸夫：打造观光城乡

2008年，我在北京大学东门附近的万圣书园，淘到一本叫《再造魅力故乡——日本传统街区重生故事》的书，西村幸夫是这本书的作者。这本书在日本出版是1997年，原名《故乡魅力俱乐部》，而后马上在台湾出版，正赶上台湾社区营造运动早期，对台湾的社区营造事业产生了极大影响。

对我而言，这本书也是我再造故乡行动的启蒙。

2011年，我又买到西村老师另外一本书《大家一起来！打造观光城乡》，两本书共同构筑了我对社区营造的认识。2013年，我决定去日本拜访西村老师。西村老师的得意门生李璠（清华大学本科毕业后去东京大

西村幸夫

学读研究生，现在东京当建筑设计师）给我带路并担任翻译。

西村老师的办公室非常简朴，普普通通的办公桌、会议桌和书架，除此之外没有任何排场，也没有日本社区营造"泰斗"的架子。西村老师穿一件深蓝色休闲西装，白衬衫，没有戴眼镜，看上去非常儒雅。

除了我和李璠，我们一行还有3人，包括南方都市报评论员张天潘，时任上海财经大学副教授朱小斌、台湾点灯文化基金会董事长张光斗。

故乡魅力俱乐部

在《再造魅力故乡》的中文版序中，西村老师写道：日本的社区营造和历史保护运动，如龟行一般，一点一点向前行进。虽说缓慢，为达成共同愿望的不懈努力、人与人之间的信赖和诚意，最终还是给困境中的现实带来了变革。

我在网上查到一篇很棒的书评，摘要如下——

那个时代的日本，经济高速发展已近30年，人口与资源极端地集中于东京、大阪等大都会，更多的地方小城镇面临日趋没落的窘况。工业化和都市化席卷日本，驱使着年轻的一代必须到都市去，成为劳工来讨生活，年长的滞留在故乡的人们也因为农业无以为继，必须要贩卖土地以求生。西村老师这本书在日本风行了近10年，在全日本范围内引起了国民的热烈响应，给了很多人以希望，尤其是那些生活环境面临人口外流、不当开发等各种不同危机的小城镇居民。

在那些远离大都市的小城镇和乡村，一方面因为人口老化，另一方面又因为产业的单调化，无法吸引年青一代的经营。伴随着战后日本经济越来越高速的发展，即使那些生活在乡村、最热爱故乡的人们也悲观地认为，地方的衰落是必然的，没有什么力量能阻止故乡的凋零，包括熟悉的风景以及在其中生活的乐趣。但是，西村老师搜集的这些故事，却向人们展示了另一种景象，热爱故乡的人只要组织起来，就可以做很多的事情，让故乡再次变得有魅力，重新确立以历史、文化、自然为主轴的生活方式。

我来简述其中一个故事——

爱知县的足助町，距离"汽车之町"丰田市20公里，是一个人口只有1万多人的小城镇。

1975年，町内65个居民成立了"足助屋保存协会"，并创办会刊《街屋会报》，在创刊号上，他们这样阐述协会的宗旨："保存位于中马街道要冲之地——足助街屋的历史文化遗产，以便传承给下一代，是本会的宗旨。"

他们自己筹集资金，将町内很多废旧的即将被拆迁的建筑都买了下来，然后重新整修。从1980年起的5年里，一共完成了42项整修工程，包括废旧的银行、金库等等。他们希望让足助变得美丽起来，吸引大批的观光客。但是，后来，由于资金以及与居民的协调不断出现问题，他们的行动越来越难。1983年协会会刊明确地修正了宗旨：街屋运动的理念要从过去单纯的保存，转变为如何创造出舒适的环境来。

随着这样的想法（的产生），过去希望吸引观光客到町内来，坐着牛车去欣赏红叶，这种单纯观光走向的想法渐渐消失了。足助的建设应该是给居住在那里的人们带来舒适，首先让他们感受到自己居所的魅力，其次才是观光的考虑。

那之后，足助才慢慢变成了一个闻名全日本的美丽之城。

西村老师鼓励再造故乡的人们，组织起来，成立俱乐部，创造有魅力的生活方式。

《大家一起来！打造观光城乡》一书则剖析社区营造和发展观光相互结合的各种可能性，列出各地社区如何采取振兴观光策略，唤醒社区居民，善用地方资源，行销当地人文、自然特色，招揽游客，带动地方发展，让居民、游客以及创业者三赢。

我非常喜欢"大家一起来"这个提法，非常通俗地点亮了社区营造的中心思想。

以下，是我们和西村老师的对话实录——

东川町

社区营造是自下而上的

陈统奎：我作为中国社区营造运动的倡导者和实践者，在实践当中碰到很多尴尬，从概念到实践都碰到很多问题，比如有人质疑，说社区这个概念是国外的，可能在中国不适合，更不用谈什么社区营造了。所以想请教老师，结合日本经验，我们如何理解社区？如何进行社区营造？

西村幸夫：社区这个概念放在不同的环境当中，定义也是不同的。关于社区的概念，在日本来说，最早是20世纪60年代，就是大家要维护自己住的环境的时候创造的词汇。当时在他们眼中，社区的概念就是他们居住的环境。现在经常见的社区概念，可能就不仅仅是我们住的街区，更多是一个不受地域限制的社区和组织。

可能由于主题不同，社区有很多的概念，但是它们之间有一个共同点，都是自下而上的组织结构，是从居住的个人开始，也可能有横向的扩展，但总体来说都是从住的人开始，对自己住的地方有什么样的意见，要修改什么，然后出发往上推进。这跟原来行政机关从上至下的固有体制是相反的。然而这个时候，城市规划从上至下的体制，没有完全地达到它应该有的效应的时候，我们就会有意见。比如说政府总是关心事情推进的效率，很少倾听居民的声音。这个时候居民们就有话说了，我们不仅要反对，还要参加到决策推行的过程中来，所以居民才会有比较积极的行动，因为想要参加到决策的过程当中来。

其实你说的在日本实际上也存在过，反对政府施政的运动很多，只是反对的过程，基本上到20世纪80年代为止。从1990年往后，双方的意识都发生了改变。从政府这边来说，行政的力量不够了，同时它的钱也不够，它需要有资本，需要人进来帮助他们做事。另一个方面说，居民们意识到光反对不行，这不是积极的方式，如果我们能得到行政的帮助，把这个事情往前推也是很好的。所以从20世纪90年代开始，双方开始想走到一起，开始推进官民合作。社区营造在日本经历了这样的变化过程。

朱小斌：我们发现社区营造的精英和地方的行政系统经常会发生冲突，就是所谓的村委会和镇政府的冲突，这种冲突，有的时候还是非常激烈的。在日本，有没有发生跟行政系统冲突的，怎么去解决？

西村幸夫：日本初期也很多，现在互相协力走的方向越来越多。这可能也是日本这20年来变化最大的地方。最开始反对，然后让外面的媒体知道，报道吸引大家的注意。我年轻时跟政府一起到地方上，当地人就很反对，一听是跟政府一起来的，就觉得为什么你要跟他们一起，就觉得很不信任。但现在这种事情就很少了。居民反对的时候，政府就会问你们想怎么样，这时候他们就把自己的提案拿出来，有了这样的东西，双方就可以开始对话了，所以最后走向了积极的方向。

朱小斌：从社区营造来讲的话，中国目前主要有两种模式，一种是由政府来主导的模式，一种是商业资本来主导的模式。这两种方式都有局限性。教授刚才说的，日本的政府资源也是有限的，而且不可持续，日本也遇到这样的问题，中国也会遇到这样的问题。商业资本的介入，我们觉得对文化的破坏性有一定的杀伤力。所以我们在倡导一种当地的居民和外来的资本合资成立一个社会企业来做社区营造的模式。

西村幸夫：从日本的社区营造来说，大企业参与的不是社区营造，它为自己的利益，不会关心怎么保护文化。在社区营造里面，企业参加比较多的例子，是我这个地方内部的企业参与进来，即本地的企业一起做社区营造比较多。大企业从外部过来的比较少。大企业从外部进来的时候，居民们会有"你会不会把我们的文化都弄没了"这种害怕的意识，所以反抗的比较多，大多数都是本地的企业，如酿酒等小型的企业参与进来的比较多。对于日本居民来说，他们认为外面的人不了解他们自己的地方，所以他们还是尽力自己来做。这个可能跟私有财产有关系，自己的财产不想让别人来插手。

回到故乡，更好地生活

陈统奎：您在《再造魅力故乡》这本书中提到返乡运动，很多商人，或者是一些精英，回到故乡做社区营造的案例。日本怎么形成这种运动的，这股运动，这么多年来对日本社区营造有多大的影响？

西村幸夫：首先日本有这样一个传统，一个家庭的长男大学毕业以后，一定要回去继承家里的家业。于是这些人在城市里面上完大学之后，回到他的故乡，他第一次有机会开始客观地看待自己的故乡，发现这些资源。他原来一直生长在那个环境，他可能不容易意识到他的故乡有什么好的东西。

返乡意识的觉醒不仅仅发生在精英层。当时人们开始想要返乡，主要有两个原因，第一个是日本在20世纪70年代的时候，大家都要离开自己的故乡去城市。十年二十年后，人们开始慢慢意识到在故乡、在农村也能过很好的生活，因为有很好的自然环境，这是一种。另外一种就是有了家庭，有了小孩以后，比起通过城市教育长大，他们更希望小孩在比较自然、自由的环境里长大，于是选择回去。这不仅仅局限于故乡，也有很多人没有回到故乡，而是到另外一个他觉得好的农村去，这样的做法也不少。

陈统奎：《再造魅力故乡》这本书我读完了，有一个观点我印象很深，就是强调社区营造不能是闭门造车，一定要跟外界互动。这样的观念我们很想理解，如何与外界构建互动和连接，需要什么样的平台来做？

西村幸夫：农村的人会说，我们自己努力把农村建设好有什么用？就在这个时候，因为日本人口也在减少，进入老龄化社会，农村环境变好以后，外面的人会来，这对他们是很大的一种鼓励。在大家意识到这点之前，在日本也一样，社区营造想极力地排除外部的影响，不想要外部的钱，因为想自己做决定。这样的结果是人口减少了，也没有持续性，因为做着做着就没有钱了，也不知道自己将来有什么样的结果。在这样的情况下就考虑到外部的力量。引入外部力量之后，他们也有机会得到外部的承认，也使他们对自己到底能做什么事有了比较清晰的认识。

作为观光地来说，日本比较典型的观光地，比如说温泉旅馆街，一家一家都是开旅馆。最开始大家都说只要我家这个旅馆好就好，旁边那个旅馆不好不关他的事。但后来发现，旁边的旅馆一开始空置之后，大家就不觉得这个地方好。日本国内消费也不低，去海外观光跟在日本国内观光花的钱差不多，大家就开始去海外。（国外游）竞争力越来越大以后，他们就意识到光我一家好不行，要整个地方好才能吸引大家的到来。大家意识到，要把观光这件事考虑到社区营造里面才是一个相对有前途的做法。

关于外面的人要通过什么平台进入乡村，在日本各种情况都有。比如说人和人之间的关系，关系好知道这个事就来做了。还有比如说很多艺术家，大家觉得这个地方很不错，就一起来了。比如说像东京的神乐坂是一个历史街区，他们通过各种渠道传播，如网络、电台采访等，让所有的人知道这个地方的美好，这样就使得外面源源不断的人进来，现在一间空的店铺都没有。总之，把一个地方的美好传播出去是很重要的。

农村保护依赖于住民文化自觉

张天潘：日本、中国大陆及中国台湾地区，现在发展起来的一些地方，往往具有自然或者人文方面的资源。但很多农村人文资源没有，甚至连自然资源都没有，又没有出现很有实力的、农村出来的精英怎么办？这种情况，农村的发展和保护怎么进行？只能没落吗？

西村幸夫：您提的这个问题，说什么都没有的农村，首先它是不是真的什么都没有，这是一个很关键的问题。日本的很多事例都是先找到资源以后再想怎么振兴起来。在我们给什么都没有、很穷破的农村下界定之前，可能先要努力地寻找一下它到底有没有资源。可能我们外部的人不是很了解，内部的人又没有跳出农村来看它，所以两方都没有办法了解到，到底什么是有价值的。比较好的做法是，内部的人能够客观地站出来，再发现故乡，这样外部的人才能真正了解它的价值。

张天潘：这几天在日本乡下考察，发现农村发展起来后，在生活方式上已经和城市没有什么区别了，农村已经现代化，在外来观光的影响下，很多传统文化的保护已经成为景观和表演了。保留下来的和后面新发展的是不是属于山村生态的文化呢？如果不是的话，怎么保留原汁原味的东西，如何不会被改造而变成景观和表演的形式？我就说中国的例子，比如说民俗表演，可能村民日常已经遗弃了，仅仅是为了游客而表演的。

西村幸夫：农村的东西成为观光资源也是最近的事情。之所以日本没有把农村的生活变成表演性质，关键点可能在于，原汁原味的生活持续了很长时间，不仅生活是富足的，它还有自己的文化，比如说神社，会根据各个不同的季节办神社的活动。相对来说，平时吃喝生活之上的文化部分，成了观光点。但人们不会为了展示而去改变自己的生活，把生活弄成展示的资源，而是把这个文化放在外面，大家来看这个文化而不是看他们本身，比如说让游客来看农村是什么样子的。

举一个例子，福井县的若狭町，本地居民对它的传统文化进行了大概十年的调查，然后总结成一本详细的书。若狭町是由很多个很小的村落组成的，把每个村落在每一年里都有什么样的活动，全部都调查出来。而且这是他们村里的人自己来做的，所以通过调查，像刚才我们说的什么都没有的农村，他们发现其实自己是有很多东西的。具体哪些东西是可以传播给外界让大家知道的，可能越是落后的地方，没准这些传统保持得越好。把若狭町不同的村落调查结果比较起来，人们发现新建的社区传统文化活动很少，越是老的，传统文化活动越多。所以，农村社区需要本地居民的自觉，从文化上进行自我认同与保护。

张光斗：这些也延伸出另外的问题，比如从外国学习到一些先进的理念，如何跟很难接受这种理念的农村居民达到一种平衡？另外我1982年到日本就发现，日本再小的地方都有自己的文化自信，后来台湾也慢慢有了。从日本看台湾地区，再看大陆，如何建立每个地方的自信？

西村幸夫：日本跟中国有一点很大的不同，对于日本的农民来说，他们的经济收入不低也是非常重要的。日本在20世纪五六十年代，就开始推行保护国产米的政策，国产米卖得很贵，但又不鼓励买进口米，只能买国产的。这些政策，使得城市和农村的收入差距不大，所以日本的农民钱的压力没有那么大，比中国的农民稍微容易接受一点。到70年代的时候，农村自家汽车的持有量跟城市差不多了。想进入这个地方来做社区营造的这些人，也会首先选择经济状况比较好的那些人，比较容易接受外部观念的那些人来合作。

在经济发展差别不大的阶段之前，日本也有很贫穷的一个阶段。从那个阶段的经验来说，如果想从外部参与农村建设的话，首先要参与农村最需要改善的部分。比如说首先带领大家提高产量，怎么让大家都能用上安全、卫生的水，能让他们切实看到这种变化，可能这是需要采取的第一步措施。更高文化上的措施，需要他们在基础改善好之后，才可能慢慢接受。

结　语

2020年出这本书，收录西村幸夫教授的对话录，重读之，我有了新的体会。

其中，体会最深的是他讲的最后一点。日本开始做社区营造时，城乡收入差距不大。而中国在2017年确立乡村振兴战略时，我们面对的是一个城乡收入差距巨大的现实。因此，我们提出"反哺乡村"，这跟西村老师提倡的理念是一致的。因此，我们也警惕"资本下乡"带来的种种弊端。就像日本，被当地居民接受的资本，真正能参与到社区营造中来的资本，是本地的"小资本"，而不是外来大资本。

2018年8月我去日本北海道的东川町访问。町长松冈市郎跟我们介绍"移居计划"，欢迎全世界的人移居到东川町。东川町还专门办了日语学校，目前有300多位外国留学生在东川町学习日语。因为"人口增长"是东川町可持续发展的"生命线"，最高峰的时候东川町有10500人，最低谷的时候降到6973人。虽然町政府提供高达30%（上限是1000万日元，约合60万人民币）的创业资金补贴，但截至2018年人口才恢复到8361人。应该说，他们"求人若渴"。但是，当我们提问，如果外地企业来投资开发，你们持什么态度？町长马上变了口气，说东川町对企业进入非常谨慎，比起企业，东川町更欢迎个人的到来。

日本的经验提醒我们，引人比引资更有益，吸引外来创业者比吸引外来企业对乡村更友好，也更受本地居民欢迎。点亮乡村的是人，我们千万别迷失了方向。

赖青松：台湾返乡 1 号人物

2015年12月，赖青松邀请我去宜兰，参加首届东亚慢岛生活圈小论坛。

我演讲时，问在座的台湾小农，有谁做农做到了年营业额1000万台币，结果摇头一大片，我说大陆有很多新农人做到了，

2005年的收获季

原因是大陆有一个庞大的市场。主持人是赖青松，等我讲完，他拿过麦克风，幽默地批评说，不允许这么"炫富"的，否则会把台湾小农"带坏的"。

赖青松在台湾是出境率最高的返乡青年。在齐柏林的纪录片《看见台湾》里，也有赖青松的镜头。我最初知道他，是因为他是台湾新农业运动"漂鸟计划"的代言人，被视为"台湾返乡1号人物"。

2014年8月，我曾经邀请青松来海南岛，在第三届全国返乡论坛上演讲，青松在我的"花梨之家"民宿小住。青松的演讲，深刻且幽默，气场很大，非一般人所能及。确实让人疑惑，这么优秀的青年，怎么就返乡种田了呢？

赖青松带我们参访不老部落

打开村子的返乡人

青松与日本返乡青年盐见直纪是好朋友，青松虽然返乡，却并不是埋头种田当农民，他也是"半农半 X"的生活实践者。他有两项特长：写作和演讲。

青松跟我说，返乡的青松，必须保证收入不低于台北上班族，才能让自己的腰杆硬起来："每一个人从都市人变成乡下人的时候，心里都有百般的恐惧，因为那是一个生活的全然转变，家人不一定会支持。我自己的生命过程中有两年是这种半农的阶段（一边种田一边写作和演讲），那是我生命中最愉快、到现在为止最值得回味的生活。"

青松是家中长子，生于台北。11 岁那年，父亲开工厂破产跑路，爷爷包了一辆车来把他们四兄弟姐妹接回台中乡下生活了一年。"给爷爷牵了一年的水牛，帮着养猪、挑大粪、割稻子，做所有乡下人会做的事情。"青松说，此后到国外留学、旅行，都没有那一年"乡下留学"带给他的"文化冲击"深刻。回顾自己的返乡路，他总把这一年当作起点。

青松念的中学是全台湾最好的男子高中——建国中学，大学他念成功大学环境工程系，一直是尖子生。大学毕业服完兵役后，他到宜兰森林小学干环保教育，后到"台湾生态研究中心"担任研究助理，而后进入主妇联盟生活消费合作社，干了两年半，升至副总经理。其间两次前往日本短期学习，后来干脆去日本冈山大学拿下环境法硕士，成绩是"优"，读书的成绩，他总是名列前茅。

日本留学归来，在台北屁股还没坐热，青松就举家迁回他老婆的故乡——台湾东北角的宜兰县冬山乡深沟村种田。可是他不像一般人那样种田，而是发起了"谷东俱乐部"计划，请台北的消费者出资当"谷东"，雇佣他当"田间管理员"，用咱们大陆这边的话来说是"100% 订单农业"。

主妇联盟生活消费合作社的社员，即台湾最早支持有机农业的消费者社群，是"谷东俱乐部"最早的"谷东"。在"谷东"们100% 预付款的支持下，2004年，戴着眼镜的赖青松留着披肩长发，赤足走进田间泥巴。从此，他和妻子、女儿、儿子一家四口租地7公顷种水稻，过务农生活。

2011年，我第一次来深沟村拜访青松时，他们一家住在自盖的大木头房子里，精致的日式生活空间令人眼前一亮。青松对我说，从来没有想过一把锄头可以带他走这么远，竟然还有能力把房子盖起来，安居乐业。

返乡这件事，青松自己做得毅然决然，可是他的父母亲一开始却很难接受。听说，他母亲担心得三天没合眼，父亲气得跟他断绝关系，指着儿子的鼻子说了一句非常非常重的话："我如果有一天不在了，你可以不用回来了。"

一个留日硕士，回乡种田，哪家父母能想得通？青松顶着很大的压力一路走来。幸运的是，"谷东俱乐部"的创意很快被媒体发现并报道，然后各种演讲邀请函纷至沓来，出版社也来约稿写书，青松很快就成了"明星人物"。还有银行请他拍公益广告，

深沟村

出场费不低，但他却大方捐给了公益机构。那时候正是青松最需要钱的时候，但他对钱却看得如此轻，认为"善款"就应该善用，也是蛮讲原则的。

2015年12月，青松邀我来宜兰演讲，安排我住在宜兰县城的民宿里。晚上一家四口来跟我见面。女儿和儿子，都长大了，都是中学生了。爸爸办论坛，他们出来当志愿者，谈吐落落大方。在宜兰大学论坛现场，两个孩子协助妈妈准备嘉宾午餐，忙前忙后，非常干练。2018年，我又见到青松的女儿，得知她已经在台湾新竹的清华大学读书，马上要去日本京都大学做半年交换生。青松家两个小孩的表现给我信心的是，新农人自己带孩子在乡村读书，也挺好的嘛，这些历练更是他们一生的财富。

首届东亚慢岛生活圈小论坛，青松邀请了日本九州岛，中国香港岛、海南岛，马来西亚槟岛等地返乡青年，来与台湾岛的100多名返乡青年对话。青松亲自为小论坛写了发起文："相对于无垠大地，苍茫大海上的星罗诸岛，显得渺小而有限，却因此孕育出极为多样的生命样貌；看似各自独立的海角营生，却因海海相连而始终交流不绝。我们因而看见，一个让岛屿生活慢下脚步，让山海村落开启门户，让有志于农者得以落地生根的新时代正在来临……"

他为小论坛拟了"慢岛、开村、志愿农"这个主题。

青松倡导"开村"，欢迎新农人来深沟村当新村民，实践新生活，关键词是"慢活"。这已经不是异想天开，在发达国家或地区已经是一股新潮流。2016年7月，我访问日本四国岛时，高知县农业振兴部部长味元毅跟我们介绍了很多政府政策，比如补助修复乡村老房子，以便"志愿农"来了有房子租住；比如发放生活补贴，以便"志愿农"弃业（辞掉城里的工作）度过从农早期的磨难期；比如提供农耕培训，以便"志愿农"早日成为"熟农"。

请允许我再抄一段青松写在发起文里的文字——

21世纪是人类史上首次经历的网络时代，资本的流动与市场的规模达到空前的记录，跨国企业与资本成为凌驾于国家之上的决策重心，贫富差距与阶层停滞成为这个时代的特征，为了寻求更好的生活与爬升的机会，越来越多的人从乡镇迁往大都会，乡村的萧条、农业的衰颓成为举世共通的问

题。然而，值此人口不断流入都市的同时，却有一群人做出相反的决定。这些人被称为"返乡"或"归农"的一代，在日本也有人称之为"半农"。

在青松看来，返乡是对美好生活的追求，而不是逃离城市。

再造乡土的新农人

从"谷东俱乐部"到"有机梦想村"，青松和其他100多位后来的新农人，一起在深沟村走出了一条"友善耕作"的新路子。

所谓"友善耕作"，青松解释为不使用化肥、农药等化学品，对自然环境友善的耕作方式。这场自下而上的有机农业运动，最终影响了政府决策。2012年，宜兰县环保局开始禁止县内公共场所使用除草剂。新农人影响政府迈出了"关键一步"。

友善耕作在宜兰有两股推动力量：一是政府的辅导，二是新农人的投入。前者具备庞大的行政资源，但缺乏制度弹性吸收民间社会归农的梦想与能量；后者具备热情与理想，不过因为外来的新农人缺乏与当地人的联系，要进入农村务农并不容易。两股力量的缺点都阻碍了友善耕作的推广。

后来，改变这个局面的人，正是赖青松。

10多年来，支持青松的近400户"谷东"中，已经有十几位开始效法他——放弃城市的工作，来到宜兰种地。"谷东"杨文全是2012年底来到深沟村的，在赖青松的支持下，他发起了"两百甲"计划，目标是在20年内培养100个小农开展友善耕种，"一人2甲地，就有两百甲了"。台湾的一甲地约等于大陆这边14.5亩。换句话说，一个新农人种29亩地。

赖青松和杨文全合作，先跟老农租地，然后积极游说可能参与耕作的朋友。有5位已移居宜兰，想找地耕作的第一批新农人加入了"两百甲"。新农人的到来，为深沟村重新注入活力，有机种植的面积在增加，新业态自然而然诞生。2014年1月，"两百甲"计划的新农人开的"小间书菜"开张。

赖、杨意识到，新农人是农业转型与农村再生的关键，于是把"两百甲"定位为"培育新农人的平台"。到2015年底，"两百甲"已经培育了30多位新农人，再到2018年这个数字已经超过100人。新农人们在深沟村陆续经营起小商店、食堂、谷仓、碾米厂等，一下子把一个没落的村子搞得生机勃勃的。

细数这些新农人的"前世"，有的是诚品书店的店员、有的是英国回来的留学生、有的是电视媒体人、有的是工程师、有的是台湾大学的女硕士……令青松惊讶的是，这些新农人中女性占了八成以上！青松特意为深沟村起了一个新名叫"半农新村"，意思是他们都是"半农半X"生活的实践者。

青松家的客厅，则成了"两百甲"的议事堂。

2015年，新上任的宜兰县县长林聪贤支持友善耕种，邀请赖青松出任县政府农业处处长。当处长，可以调动更多政府资源，这是一枚诱人的橄榄枝。可是，青松拒绝了，改为向县长推荐了杨文全，促成了新农人加入县政府执政团队的"宜兰新政"。上

任后的杨文全积极争取政府预算，支持青松办起首届东亚慢岛生活圈小论坛，官民一体，四手联弹，事情办得真漂亮。

杨文全对新农人的定义很有意思，他说"新农人就是生产自己敢吃，喜欢吃的农产品的农夫"。他有这样一个判断：在网络时代，农村与城市的关系有了改变的机会。农村不必然是城市的附庸，它也可以成为驱动城乡关系的行动主体。随着越来越多有自觉的新农人投入，农村也有机会建立起它的新价值，并引领当代资本主义工业化城市踏上永续发展的道路。

记得当年论坛结束后第二天，青松和杨文全处长一起陪演讲嘉宾到一间小咖啡馆后院搞野餐。大家围在一起烤火聊天，杨文全处长做"添柴人"，他笑着说，不管是做"两百甲"的发起人，还是做农业处处长，他的使命都是为新农人添柴加火。我被这种官民合一，协力推动农业转型的格局深深感动。眼前这位处长不仅一点架子没有，他还真的不停地添柴，而且一直不让我们插手。

那天，在小咖啡馆，新农人吴绍文还为大家介绍她参选台湾"立法委员"的主张，她的参选主轴就是"农民参选"。一位杨文全进入执政团队还不够，宜兰新农人还要推一位"农民代表"当"立法委员"。

青松跟我耳语：也不期待立马当选，重要的是把新农人的声音传递出去。

2018年青松写信给我，说这两年深沟村里发生不少事情，他慢慢确认，新农村是嫁接在老农村上生长起来的。只是在磨合的过程中，中间骨干要挺得住，关键原则更不能够忽视，只要接了地气，寻得活水源头，新的村子，只要假以时日，自能枝叶繁茂，长出丰美的果实。

青松说，100多位新农人已经成为再造深沟村的中坚力量。

"谷东塾"的诞生

有一年，青松的父亲建议他做有机认证，把生意做大一点，最好再弄个工厂。

青松这样奚落父亲："你的工厂发展主义思维又重新从后门进来了。"

青松说，吃一样产品，意思就是"吃人"，讲得清楚一点就是吃这个人的人格，很难单纯靠一个有机认证说明这是怎样一个人。所以他没有做有机认证。

青松曾经累倒。那是2007年，返乡种田第四年，那年酷暑，台湾热死了好几个农夫。那年田里杂草特别多，青松请不到帮手，只好自己除草，采用的还是传统的挲草方式，把杂草拔起用手脚踩进泥里，变作肥料。这一项活做完，他累到发烧，感觉天旋地转，好几天下不了床。

"怕了。"他说。

此前，"谷东俱乐部"的运行模式是，他是受雇者，为提前支付米钱的"谷东"们种田，美其名曰"田间管理员"。然而"田间管理员"这个责任他扛得很辛苦，整天都在田里奔忙，常怀着做不好对不住"谷东"的心理压力。妻子美虹想起那段日子就直摇头："以他的拼劲，真担心他'做死'。常常今晚才花了气力把田埂做好，隔天下一场大雨，一切重来。"

随着青松成为明星人物，"青松米"的名声也越来越响，有些"谷东"开始出谋划策，认为"谷东俱乐部"可以在竞争激烈的有机市场中，闯出一片天地，像别的有机品牌一样，送进百货公司、超市的货架上销售。周边的村民也来劝话，7公顷仅够一家四口温饱，想要赚钱，最好趁机扩大耕作面积。

然而，青松却说："只要扩大规模，我的生活形态、工作形态要改变，到最后我要穿起皮鞋穿起西装为我田地的稻米销售努力，甚至要购买更多农民的稻米才有可能维持一个扩展的方向。这不是我原先所想要的一个梦想，我拒绝了。"

青松说，他的初衷就只是想种田，而不是当一个老板。

2009年，青松取消了田间管理员职务，让"谷东"和他重新

回到消费者与生产者的关系，"谷东"仍可以预约订购，但青松控制在产量一半，从100%订单农业变成50%订单农业，而且从此"谷东"无须再担风险，青松自担风险。协调几百名"谷东"的意见，其实是一件非常累心的事情，青松承认，他怕了。有一段时间，青松最怕有人来拜访，最怕跟人说话，一说话就头痛。

妻子美虹则是一个农创工作者，她负责青松米的深加工开发。

东亚慢岛生活圈小论坛现场，她就带来了两款米果展销，红茶米果和抹茶米果，上面贴着一个标签"青松米食铺"，一袋售价230元台币，人民币50元左右，不便宜，深加工产品提升了附加值。换句话说，"青松米"不是通过扩大种植面积来提高营收，而是通过深加工产品来提高营收，经营一个小而美的品牌，让一家四口人过上尊严体面的生活。男耕女"加"，美满一家。

"田园生活不会成为主流，可是它里面有很多价值，很多技巧，很多智慧，很多文化，不会因为这个时代如何改变而失去它的价值。"青松说。

记得青松在全国返乡论坛上演讲时，讲到初到乡下，怎样把城市女婿的锋芒收敛起来，虚心向老农见学，然后融入农村，成为被接纳的一员。

现场有一名听众，名叫蒋翔，在海南岛的博鳌小镇开了一家餐酒吧——海的故事。那年，蒋翔正计划投资300万元回自己老家，搞一个"田园梦想"农庄，可是不知道如何解释自己的行动。青松的演讲，让蒋翔豁然开朗。蒋翔多次跟我讲，青松的演讲震撼了他的内心，让他明白原来自己也是一名返乡人。

遥想当年，在日本读完硕士，青松和美虹有一次关键对话——

青松："如果继续念博士可能有奖学金，如果不念的话，回台湾我想干农夫，你看怎么办？"

美虹："如果运气好，三年后拿到博士，你回台湾干啥？"

青松停了三秒，答："应该还是回去试着干农夫吧。"

美虹："那现在就赶快回去，三年后你不一定有体力拿起锄头了，想干马上干，有梦想就去追。"

有妻如此，青松福气满堂。

"我们选择了一条走得深刻却又显得孤独的道路，只不过，渐渐感觉头顶的乌云开了，偶尔有些微的阳光透下，或许柳暗花明的美景就在不远处……只有住在村里的人才明白，此时此刻，发生在城乡之间的巨变。有时想想，也得感谢生逢其时其地，才能在这个难得的时代里，扮演属于自己的角色！"青松在给我的信里写道。

2018年11月，我第三次来到台湾宜兰见赖青松。这次见面，青松很认真地跟我说：2019年是他返乡15周年，他想把自己15年的累积分享给更多人，大陆在搞乡村振兴，会不会有很多青年对"谷东俱乐部"和深沟村的经验有兴趣？我当场很认真地回应他：大陆青年非常地需要。

于是，他提出了办"谷东塾"的想法，提供三个阶梯的课程：①谷东塾台湾农创游学班，②谷东塾师徒班，③谷东塾个案辅导。

青松说，当年在日本，有一位日本老师以师徒方式带他在日本乡村做事一年，对他一生影响巨大，是决定他返乡务农的关键经历，他想把这种师徒传授方式发扬光大。因此，他办"谷东塾"的初心很简单，就是期待发现和陪伴一群大陆的返乡青年，看看能不能像他在深沟村做到的那样，培养出一批优秀的新农人。

2019年3月，"谷东塾"真的开班了，第一班吸引了12名大陆学员。

衷心祝福青松，桃李满天下。

用消费改变世界

我每次带大陆新农人代表团去台湾游学，一定安排参访一家机构，它叫台湾主妇联盟生活消费合作社（以下简称生活消费合作社）。原因是，它用实践证明：只要有消费者的积极持续参与，生产者就有动力持续做生态农业。

不管是叫绿色农业、自然农法或者叫有机农业，生产者都是为了向消费者提供安全健康的食材。生态农业的投入成本高于大量使用化肥、农药、除草剂的生产成本，光除草剂，用与不用，生产成本就差很多。可是如果拿到市场上去卖，还是卖低价格，生产者才不干呢。

20多年前，一群台北妈妈提出来，解决这个问题的责任在消费者。1993年，她们便组织"共同购买"，跟生产者签订契约，约定和监督生产者的生产标准，也提前约定购买数量和金额，即"契约耕种"。8年后，她们成立了生活消费合作社，这是2001年的事。

"1990年代之初，市面上黑心商品到处泛滥，妈妈们发现食

物有问题，内心非常矛盾，担心孩子吃少了长不大，多吃一口又怕中毒。当台北很多妈妈在一起讨论这个矛盾时，一个机缘诞生了，大家想一起来买好东西，一起来找好生产者，就此缔造台湾共同购买运动。"陈秀枝帮我"剧透"。

陈秀枝是生活消费合作社第三任理事长。

女性消费者的觉醒

最近几年，随着社交媒体的发达，大陆城市里也兴起了"社区团购"，大家也纷纷搞"产地直采"，与生产者建立起直接联系，虽然还没有上升到"契约耕种"这种合作模式，但也会组织产地考察，也会关心产品是怎么生产出来了。这已经是非常有组织的消费者集体购买行为。

认真观察，你会发现，参与社区团购最积极的正是妈妈们。

我们是借助于社交媒体—— 一个微信群就可以搞社区团购了。

台湾的共同购买运动起步早，她们还是用传统的社会组织方法来做，即成立合作社，与微信群比较起来，确实笨重得多了，但那却是台湾社会进步的产物。而且，社区团购与共同沟通也有着质的区别。

社区团购着眼于"大量""方便""买便宜"，也就是"以量制价"。共同购买的理念起源于日本，日文中，"共同购买"称作"提携"。日本人选用"提携"这两个汉字，其实是有意义的——消费者和生产者的相互提携。也就是说，共同购买并不强调方便与多量购买的折扣降价，而是主张透过与生产者的长期合作，请生产者持续生产安全，且对人、对环境都友好的食物。

"简单说，共同购买运动，就是找一群人'挺'一群人；以集结的消费力与合理价格，向生产者购买安心安全的产品。而在这个行动中，消费的一群人与生产的一群人，彼此之间，并非只是买与卖的关系，而是因为有着相同理念而结合的伙伴，是共存共荣的生命共同体。"这是生活消费合作社的论述。

1987年，在台湾刚解严的新鲜期，有一大群具有创意且敏捷的女性决定展开社会改革的行动。这群女性经多次沟通与协商，取了一个很具主体性的名字——"主妇联盟环境保护基金会"，选择在1989年国际妇女节当天成立。

这个基金会创立至今，在台湾积极扮演了监督环保及推动绿色消费的角色。这群女性投入环保、教育、妇女成长、消费质量、自然步道等多元化的社会参与。1991年，基金会成立消费质量委员会，正是这个委员会动员台北的妈妈们，率先发起"共同购买"。

消费质量委员会将行动起点选在社区，举办"妈妈读书会"等社区活动，带领社区妈妈们一起思考生活，讨论消费。她们得出的一个共识：主妇是强大的购买族群，主妇的购买力量可以改变世界。

1993年，谢丽芬、翁秀绫、陈秀惠及林碧霞等人，号召一百多个家庭，第一次以共同购买的方式，直接向农民购买米和葡萄。"以绿色消费方式，参与台湾土地的关怀"，这是她们当年写的宣传语。当年，台湾的有机种植尚未普及，于是先从无农药生产开始。她们合作的第一个稻米生产者，是在翻看她们账簿检查真的没有购买农药之后才确定合作的。

早期还闹了笑话。在当时有限的有机农业技术下，有机耕作的农户种出来的蔬菜常被虫咬到只剩一圈圈蕾丝花边。但是，参与共同购买的台湾主妇们包容了缺陷，不过，她们家里的男人就不一定买账了。林碧霞博士家里就发生了这样一幕——她买回来一颗又大又老的瓠仔，削开看黑了一大半，煮好上桌后，老公吃了几口，就把筷子丢了："以后共同购买这种东西，不要再买回来了。"

台湾主妇们不仅没有退缩，反而积极寻找农业专家，下乡指导生产者。"每次的农友大会听到专家指导农民，如何克服病虫害，如何预防灾害，这些专家默默地协助农友渡过难关、克服困难，不求名不求利，毫不藏私地奉献其所学专才，让我们农人有一种被尊重的感觉。"苗栗农民张木村回忆道。

"台湾有机农业刚开始时，那些像蕾丝花边的蔬菜，只有这些婆婆妈妈们体会到农友为了种植有机作物所付出的心血，包容的购买，也才有今天卖相较好的有机农产品。所以，可以说如果没有生活消费合作社，台湾的有机农业大概不会如此顺利的发展。"陈秀惠说。

台湾主妇们包容"蕾丝花边"，我想说，这不是笑话，这恰恰是非常令人尊敬的消费行为。请允许我向共同购买的理想致敬。

共同购买的来时路

回首"共同购买"所走过的路，我很佩服台湾主妇们的勇气。

1994年5月，成立台北县理货劳动合作社，当年12月发展成生活者公司，到第二年2月，沿革发展出绿主张公司。

1995年7月，成立台中绿色生活共同购买中心及"绿色生活小铺"。

1997年9月，成立台南绿的关怀协会，会员约150人。

2000年7月，整合全岛共同购买运动的生活消费合作社开始筹备工作，并以绿主张公司作为整合平台。

2001年6月16日，创立生活消费合作社。

1996年台北成立绿主张公司时，只有17位股东，每位入股6万台币，起步资金102万台币，后来增资两次。曾担任过绿主张公司董事长的黄利利回忆说，早期最常被问："你们会不会倒？"

2001年成立生活消费合作社时，社员人数1799人，出资额为978.81万台币。"我们是不小心长大的，社员们因为要买好东

台湾茶农

西所以踊跃加入。我们不是会经营的人，单凭一腔热血，但感动了大家。"陈秀枝概括。到2019年，会员数已经接近7万人，一年"消费额"超过12亿台币。

合作社的取名也有一段插曲。政府主管机关原本不许用"生活"二字。可是，她们强烈坚持一定要加上"生活"二字，创社理事长陈来红亲自找领导说明才获通过。她们看重的是，"我是生活者"这个价值理念。

在共同购买初期，陈来红、谢丽芬、林碧霞、赖青松等人，既要动用脑力又要做体力活，既要上山跑产地与生产者沟通，又要亲自开车送菜到社员家。

当年的赖青松写下一段珍贵的文字："在那个共同购买刚起步的阶段，丽芬姐是自己遇到的难得可以对话的伙伴。或许是学农出身的背景，或许是因为农业地带成长的经验，她始终关注这些在第一线打拼的农友们的需要，相信唯有与优质农友们保持坚定而稳固的合作关系，才是共同购买存在的意义，也是消费者最大的保障。而这份关系需要持续不断的关心与灌溉，用心的人们始终在这条联络彼此的道路上奔驰着，唯有在夕阳西下时来田边，看见辛勤工作的农人，汗如雨下的脸上带着腼腆却又骄傲的表情时，才知道一切的努力是为了什么。"

生活消费合作社定期举办"生产者之旅"，将社员们带到农田里。每年还举办农民大会和果农大会，为消费者和生产者创造"零距离接触"机会，让消费者可以亲眼看到生产者的脸："我认识你，有机会吃你种的菜，是我们的荣幸。"

生活消费合作社寻找合作农户的条件并非是"认证"证书，而是花时间去接触、了解，寻找理念契合的生产者，有的甚至花两年的时间观察并建立双方的信任感。一旦建立合作，就会长年合作，长期陪伴与鼓励，不会轻易中断。但是，一旦农民破坏了"契约"，合作社也会亮红牌。

在台湾，大多数农民都是小农，耕地面积不大，产量不多。共同购买直接打破了中间商的剥削与囤积，甚至是哄抬价格。台风来袭时菜价会大涨，但生活消费合作社的社员们却依旧享受"不涨价的菜"，这时要求入社的人就增多，而且，还跟生产者建立起深厚的情感。

陈来红不希望生活消费合作社走向盈利企业的方向，而背离了合作社成立的初衷，她们当初倡导的共同购买理念是：

1. 实践绿色消费（即友善环境）；

2. 把共同购买当作自己的事业；

3. 诚信正直、资讯透明；

4. 支持本土农业、小农、小厂；

5. 用集结的消费力来解决社会问题。

我多次访问"台湾主妇联盟生活消费合作社"，对主妇们的理想充满敬意。她们认为，共同购买的逻辑是集结消费力来改变现状。如果市面上没有她们想要的东西，她们就共同出钱，让生产者依照她们想要的标准生产好东西。

合作社的运作机制

早期，生活消费合作社的会员们共同确立了不做盈利企业的定位。

2019年3月，生活消费合作社的定位问题再一次陷入大讨论。

不做"盈利企业"这个大共识没有变，但是是做一家社会企业，还是继续做一家合作社呢？最近10年，社会企业理念在台湾广受欢迎，其用商业手段解决社会问题的办法，既有理想有情怀，又有高效率的企业化经营机制支撑，合作社与之比起来，治理结构和经营模式显得笨重而复杂。

几年前，陈秀枝对我进行过一场"合作社教育"。

陈秀枝原先在嘉义当父母成长协会总干事和理事长，邀请陈来红到嘉义演讲。陈来红带了一本书给她——《英国合作运动史》。让陈秀枝觉得好笑的是，这是一本很难读的书，"我读了两遍才看懂"，却从此迷上合作运动。不久，她就加入生活消费合作社，开始担任班长、社员代表和理事，着魔似的到处跟人推销合作社理念，2008年更被推选为理事长。

她首先跟我讲了一些生活消费合作社的理念。它是基于自助合作与终身学习的理念，以改善及提高社员的文化、经济与社会生活水平为宗旨，目的是"服务社员，集合社员共同需求，置办环保、自然、安全的物品"。"合作人"必须具备四大要素：诚实、公开、有社会责任感和关爱他人。

生活消费合作社与"企业"的差异：一、合作社由社员出资社员所有，企业由股东出资；二、合作社是社员共同利用，企业是顾客利用；三、合作社是社员共同经营，企业是雇用职员经营，顾客没有参与权；四、合作社不以营利为目的，而是提升社员的生活质量，企业则是追求利润的营利事业，盈余归股东。

在生活消费合作社，社员兼具出资者、利用者和参与者三种身份。陈秀枝说，作为消费者团体，买东西就是一种合作，不是纯粹的买卖关系。尽管社员出资额可以从2000新台币到50万新台币不等，但每人都是一票，共同决定，共同承担，大家都有发言的权利，落实经济平权和民主参与。

"不论出资金之多寡，不同于一般公司以出资金多寡决定表决权大小，此为合作社民主的珍贵。"第二任理事主席，2009年因病辞世的谢丽芬生前亦称，"民主的种子在我们合作社"。

她曾写道："没有社员的参与，合作社就会像一家公司，从绿主张公司转型为台湾主妇联盟生活消费合作社，最大的目的就是让经营权回归到所有社员手上，我们不只在推动环境运动，也要推动合作运动，更要推动民主运动。民主的种子要在合作社发芽成长，才会有民主的社会及国家。"

然而，合作社"一人一票"的民主决策机制，在运作过程中，总是引起各种治理危机。早期，陈来红、谢丽芬和陈秀枝这三任理事长都面对过煎熬的时刻，不断有人泼冷水："不要玩了，结束吧！"林碧霞博士鼓励大家：我们只要团结一致，一定能化不可能为可能——缔造一个清新、快乐与和谐的合作社。这些"元老"，都是理想主义者，她们能用"理想"来化解"煎熬"。

在生活消费合作社，每个社员都可以票选社员代表，其最高权力机构是社员代表大会——社员票选出来的社员代表，再选举出理事会和监事会，向全体社员负责。日常生活里，社员依然可以在班、站所和地区营运中实现"民主参与"。

在生活消费合作社的组织架构中，"班"是共同购买的基石，由"班"到"站所"再到"地区运营"。一个社区里有几个社员的话，就可以组班了，协助订货、配送到班、分菜发货，班员也可以自主讨论班的营运。通过组班来实现班员互助、交流、共同学习，甚至发起社区公益活动，"合作找幸福"。到2019年，社区配送班的数量已经接近400个。

"站所"就是实体门店。生活消费合作社经营着近50家"站所"，就像连锁门店一样，开在许多社区里，方便社员提货与采买。根据相关规定，合作社经营的这些门店，只能对社员销售，不能由社员销售。我多次参访这些"站所"，发现结账的时候，每个人都必须拿出社员证进行验证。而且，不能当场加入合作社，必须先参加"新生训练"，即入社说明会，了解"出资、购买、参与"的责任与权利，认同后，才能入社。

生活消费合作社运行10多年来，一路吵吵嚷嚷，"合作社是

台湾金针花田

人的组织，我们还像是在学走路的儿童而不是成年人"。核心难点是，如何维护合作社理念与落实经营绩效之间保持平衡的两难，以及如何解决"一人一票"与"经营管理"之间的冲突，所以最近才会提出把合作社改制为社会企业的动议。

我欣赏生活消费合作社的理念，却不喜欢它的治理机制。合作社在大陆也非常盛行，注册最多的是各种农民专业合作社，观察到他们的运作、治理危机也普遍存在，问题都出在"一人一票"。在涉及经营这种市场活动时，灵活决策、激励机制、运作效率等组织能力，还是不能被耽误的。所以，我是比较支持社会企业治理模式的。企业可以讲民主，但该领导者"单独裁示"的时候，就可以"裁示"，这样效率就出来了。

不管怎么说，台湾主妇们用消费改变世界的实践还是令人佩服的。

盐见直纪：半农半 X 的生活

2012 年，我在台北台湾大学校门口对面的诚品书店买到一本书，书名很新颖，叫《半农半 X 的生活》，作者盐见直纪。他创造了"半农半 X"这个汉字词组，用哲学的思考来升华自己的返乡工作与生活。

盐见直纪写道："一定有一种生活，可以不再被时间或金钱逼迫，回归人类本质；一定有一种人生，在做自己的同时，也能够贡献社会。"

我读出心跳的感觉，买书的当下，我就想有一天一定要见识一下盐见先生。2013 年 10 月，我从上海飞大阪，再进京都住一宿，隔

盐见直纪先生

天又驱车3个多小时，终于来到京都西北角的绫部，也就是盐见的故乡，见到了"偶像"。

这是一片美得如诗似画的山村，青山环绕，古厝完好，错落有致，没有任何一栋突兀的房子。柿子在枝头上红了，成熟的稻田黄了一片片。碧空万里，白云飘飘，天空真干净。盐见先生在他小时候读过书的村里小学等我们，现在它是"绫部里山交流大学"，专门接待城市人来山村体验"半农半X的生活"。绫部地区约有200个这样的村子。

见面之后，盐见先生二话不说，直接把我们带到教室去"上课"！

半农半X之父

一个当初可以坐40名学生的教室，这天迎来了我们4位特殊的中国"学生"，盐见先生真的走上讲台，认真地跟我们讲述自己怎样过"半农半X"的生活。

他很会讲笑话，先讲这么一个故事：《半农半X的生活》这本书出版以后，吸引了很多京都、大阪、东京等大城市的人跑来绫部，就像我们说的"逃离北上广"一样，这些日本都市青年把绫部当作世外桃源看待，来此寻找新生活，经营民宿、农场、乌冬面店……天不怕地不怕地追随盐见先生实践"半农半X"的生活。其中，来了一位京都美女，弄得方圆几公里的返乡男青年春心荡漾，群起而追之。岂料，美女适应不了乡居生活又回城了，帅哥们竹篮打水一场空，终究没有上演有情人终成眷属的故事。

我们听了，哈哈大笑。

盐见老师直言，"半农半X"的生活的胜利者属于少数派。

盐见先生的经历其实不复杂，大学毕业后去了大阪一家邮购公司工作。因为这家公司在经营策略与商品开发上极具环保意识，是当时难得关心环境议题的企业。在这样的工作环境之下，盐见先生受到了思想启蒙，"老实说我受到很大的冲击，那时候我比较直接的感受是：如果人类不改变自己的生活方式或思考方式，可能就来不及（拯救地球）了，但当时我遭遇到了另一个更大的问题是，要改，该怎么改？"

日本人有句谚语说，你烦恼的事会拯救地球。

1995年，烦恼中的盐见从作家星川淳的著作中，受到"半农半著"生活方式的启发，开始产生"半农半X"理念——从农，半自给自足生活，并实践自己的天赋（即X）。

星川淳的著作中记录了日本鹿儿岛一种最传统的营生方式，"一边种着梯田，一边出海去打鱼"，"半农半渔"。盐见先生为"半农半X"画了一个坐标，它的纵轴往上走是有农业成分的生活，往下走是没有农业成分的生活。它的横轴是工作，最左边是很讨厌的工作，右边就是所谓的天职、天命或使命，自己的理想工作。"半农半X"位于坐标图的右上角，即从农出发的理想工作与生活。

1999年，33岁的盐见直纪离职返乡，回到绫部。当时，绫部市政府正好在盐见先生就读过的村中小学的废址上成立"郊山联

络网·绫部"，主要工作在于活化丰沛的地域资源，吸引都市人前来农村交流。于是他加入创办"绫部里山交流大学"，小学教室被改造成展厅、办公室，有的还改为宿舍，政府还投资新修了一栋多功能的交流中心。盐见先生视之为天上掉下来的礼物，这份工作完全是他想做的，自然也成了返乡后家庭收入的来源之一。他的天赋特长，也就是 X，都奉献在这份新工作上。

盐见先生一家四口，自己耕种，除了稻米，还有番薯和豆类，过着完全自给自足的生活。他带我们参观村子，村里野猪非常多，田埂上都拉了电线，晚上通电，防野猪呢。有一次，盐见打算去挖地瓜，到那儿一看，发现野猪已经挖完了。我们家在海南岛北部的火山村，我们家的山薯地，经常被野猪吃，我爸从地里回来那种气急败坏的脸色，我至今刻骨铭心。可是，盐见先生讲起野猪，一点怒气也没有。

那天傍晚，盐见陪我们进入民宿后，才聊了一会天，他就倚在墙边打盹了。他解释说，凌晨3点起来晨读，白天又陪了我们一天，需要眯一会。返乡回来，他过着耕读生活，坚持每天凌晨起床读书，他喜欢这种非常安静的读书时间，一边读书，一边做哲学思考，写作上的很多"妙语连珠"，都是这样沉淀出来的。他说，只有带着哲学思考理解当地生活，才能为当地带来新的想法。绫部这个原本默默无闻的小地方，因为盐见倡导"半农半X的生活"，成为全球返乡青年的一个朝圣地。

非常有趣的是，盐见下地干农活时，他会带着笔和笔记本，当灵感或想法出现时，他会停下农活，拿出笔和纸认真记录下来。"有些时候诗、文学、艺术跟哲学，很可能就是从田里长出来的。"盐见的文笔非常朴素自然，但又见解深刻。他这样定义"半农半X的生活"理念：以持续可能的俭朴农家生活为基础，发挥个人的天赋及所好，造福社会群众。

他说，在21世纪，治国理念应该以"生命多样化"和"使命多样化"为主轴。

当我问盐见先生，一年收入多少时，被同行的台湾点灯文化基金会董事长张光斗先生批评，说问了一个不礼貌的问题。可是，我还是坚持问了。结果，得到的答案是，盐见先生的收入确实比在城市工作时少了很多，但是心灵收入却无比丰盈。他有一句座右铭：乡下是最佳的思考空间。

移居绫部的新居民中，有些就是为了自我探索而踏入田园生活的，每个人的共通点是都有一颗开放的心。大家都敢开心胸，跟周围的人搭起友谊的桥梁，彼此串联，重建新的人际关系。盐见带我们去吃返乡青年的乌冬面，带我们上门去拜访"半农半画家"的青年夫妇，邀请"半农半书法家"的返乡青年来跟我们对话，我都看到了他们的共同点，那就是他们的乐观浪漫和简单生活主张，他们都活得非常自在。

关于民宿，盐见先生的见解也非常独特。他写道："民宿可以让人在此独处慢慢思考，反省自己的人生，这样的体验是人生的至宝，而且只有在一无所有的乡下，才能实现。我想就某方面而言，农家民宿似乎是革命性的大发明。怎么说呢？因为目前这个国家，正需要一个可以让自己安静和反省思考的空间啊。"

盐见先生活在一个很自我也很自足的世界里，他可以在我们用晚餐时呼呼大睡，在我们呼呼大睡的凌晨又早起读书，做哲学思考。在一般人看来，奇人也。

寻找 X 的新居民

从渴望回归自然、亲近大自然、热衷野外活动，到生态旅游、田园生活、退休归农、务农、市民农园、自然艺术等等，日本都市人对"农"的关注日渐浓厚。

返乡从农，成了一种练习美好生活的开始。

在盐见的安排下，我们入住了一家农家民宿。关于农家民宿，盐见先生是这样认识的：到一般农家去投宿，体验农庄原来的样貌和生活形式，跟当地人互动交流，充分享受当地的自然、文化、

工艺与美食，享受别具风格的旅行。我在海南岛是第一个开农家民宿的人，住过日本和中国不下30家民宿，可是，我最有记忆点的民宿，正是绫部这家农家民宿。

从远处看，这家民宿就是半山坡上的一栋传统的日式民居，跟周围的建筑融为一体，没有任何特别之处。屋前的小院子长满杂草，很自然的样貌，没有因为开民宿放什么摆件或人造景观，非常自然朴素。走进玄关，却立马体会到主人的用心，鞋柜上有一盘日式插花。走进里面，房间之间的隔板已收起来，变成一间很大的会客厅，榻榻米上摆了几张短脚桌，房间各个角落都有插花点亮，温馨自在。

主人是一对50多岁的老夫妻，把我们迎入房间后，他们就闪到厨房里忙碌了。

那晚的交流，我记住了一位返乡青年的故事。他原来是一位在东京谋生的奶爸，一边打工一边和妻子养育着两个孩子。就是因为读了盐见的书，对"半农半X"的生活心向往之，于是辞职来绫部当新居民。他们一家租了民房，租了农地，学习耕种，这个转弯调适的过程非常艰辛，他们却乐在其中。他自己的天赋是书法，好到可以用书法设计品牌标识、创作海报这种水平，于是他开办"半农半书法班"，帮助他人寻找"X"的天赋。按盐见的说法，每个人都会找出属于自己的X，但这是一段艰辛的旅程。

开班的收入，成了他们移居绫部后的主要收入来源。交流中，我知道了他们"够用就好"的生活哲学，也知道了他们收入大不如前的事实。交流中，我又提了一个"鲁莽"的问题，我说："绫部条件这么好，可是前来体验的人不多，为什么不出去参加旅游展推介，加大行销力度，让更多的人来消费，你们的收入不就提高了吗？"他回答说，就是因为"不要为了赚更多的钱而牺牲了生活"，他们才会向城市生活说再见啊，他们喜欢的就是乡村的人少和清净，不会再回到那种拼命赚钱而紧张焦虑的状态。

可是，孩子的教育怎么办，在东京不是可以获得更优质的教育资源吗？

"半农半书法家"回答，孩子在东京的学校并不快乐，那里考试的竞争很激烈，一点也不亚于中国。入读绫部乡下的学校后，孩子脸上的笑容回来了。而且，乡下学校的学生少，老师与学生的交流更多，这些更有利于孩子的健康成长。再说了，孩子们也很喜欢半农生活，跟大人一起下地干农活，干得可起劲了。他说，孩子快乐健康的生活比什么远大前途更让他在乎。中国多数父母们估计一时半会还不能接受此种"谬论"，他们大多会觉得，如此下去，孩子的社会地位要沦落到何等地步啊！

晚餐交流会结束后，民宿主人也不忙了，这才有机会跟他们聊聊。原来，他们也不是当地人，是从北海道搬来的。北海道旅游热啊，开民宿应该在那里开，为什么跑到绫部这种偏乡来呢？原来，老两口受不了北海道冬天的寒冷，他们是搬到绫部来生活的。首先是生活，然后才是开民宿。开民宿首先也是为了让生活更多彩，其次才是经济收入。我们向他们说谢谢，谢谢他们丰盛地道的农家料理，老两口满脸喜悦，盛情地拿出日本烧酒继续招待我们。

盐见先生评论了："最好让参加者自行发觉在那个瞬间、那个地点、那样行动的自己，体会其中的喜悦、偶然、敬畏与不可思议。如此，农家们也较为轻松，不用多做准备。"没错，我就深深记住了这个场景，这对头发渐白的日本民宿主人，倚在厨房出菜窗口，我们坐在窗口外的餐桌上，一杯烧酒一杯烧酒地喝，听他们娓娓讲述自己的人生故事。他们对人生的那份淡定与恬静，我们虽不能至但心向往之。他们不生孩子，一辈子"二人转"，从青春洋溢到白头偕老，老了再过一把当民宿主人的瘾，一直在追寻幸福生活的状态。

这一趟绫部游学，我还记住了一对年轻夫妻。

两位都是插画师，从京都来到绫部农村，租了民房和房后的农田，一边种田一边画画，过着自给自足的简单生活。盐见直纪特别跟我介绍，女主人的父亲是全日本数一数二的和服画家，我一听心里就嘀咕了：千金小姐耶。那天，我和男主人一起下田割稻，他每割一束都要拍得整整齐齐才放下，像是一种行为艺术，就像作画那样认真对待。

你说，这样子割稻养得活自己吗？站在京都的稻田中，我醒悟了：返乡的最高价值是一场价值重建，不是因为在城市里活不下去逃回农村谋生，而是新生。

半农半社会"起业家"

我们在绫部相识后第二年，盐见先生被邀请来上海出席"2014东亚地球市民村"。

主办方中日公益伙伴事务局局长朱惠雯是我的朋友。惠雯邀请我去参加活动，盐见先生演讲时，当着200多人的面，现场把我给"卖"了，说我就是中国"半农半X"生活的代表。这次听讲，我最大的收获是，从盐见的演讲PPT中看到"半农半社会起业家"这个汉字名称。从此，我把它当作自己的头衔，搞得很多人老是好奇地问，起业家和企业家有什么差别啊。

我估计我这辈子是做不了"企业家"的，但是做一个"起业家"应该没问题。

"时代是自己创造的，自己可以是自己的公司老板。"盐见先生说，透过"半农半X"的实践，每个人可以给自己在这个社会中一个有用的头衔，哪怕这个头衔是自己独创的、与众不同的。"半农半X"最高兴的是在X表格填上"无职业"的选项，一定要善于利用自己的天赋。日本庆应大学有门课程在谈"社会起业家",意即社会创业之意,课程当中讨论的许多议题都与"半农半X"有关,所以盐见先生干脆创造出"半农半社会企业家"这个新头衔。

盐见先生说,当越来越多人理解"半农半X"并采取行动,当前人类所面临的环境问题、社会问题、农业问题与经济问题等,就有机会获得解决。我从2009年起作为"半农半记者"开始走上再造故乡的道路,后来辞职创业,我的理想是用商业手段解决社会问题,但又不想被冠以"社会企业家"的身份,因为我不想被归类到公益圈。在我为自己的头衔苦恼之时,盐见先生送来了"半农半社会起业家",自然非常受用。

盐见先生熟悉"社会企业"的概念。其实懂日文的人知道,日文中的"社会起业家"其实就是中文里的"社会企业家"的意思。我则偏偏喜欢"起业家"的别具一格与模糊性。访问盐见先生故乡的时候,我们去逛了村里的小卖部,那里除了卖日用品,还卖菜。盐见先生介绍说,这家小卖部就是一家社会企业,是全村人包括在外就业的人一起出资入股开办的,不是以营利为目的,而是为村里的老人提供生活便利。这也算一出奇闻吧,它折射的是日本乡村空心化与人口老龄化交集出来的一个大社会问题。

那时,我在上海浦东万科2049社区开了一家茶馆,于是和朱惠雯商量在茶馆安排盐见先生做了一场演讲。小茶馆挤进60多人,其中还来了中欧工商管理学院的近20名校友,所有的人都

被"半农半 X"这个新概念吸引而来。盐见先生的演讲妙趣横生，他特别提到33岁的概念，说"33岁是一个革命的年龄，许多世界上重要的人物都在33岁前后，做出对生命的关键改变"，他就是这个年龄返乡的。他在现场还发出倡议，希望中国诞生88位"半农半社会起业家"。为什么是88呢，把"米"字上下拆开，就是两个"八"，"八＋八＝米"。

对比一看，盐见来上海倡导"半农半 X"跟中国返乡浪潮的兴起，在同一个时间刻度上。

与盐见先生的交往互动，帮助我确立了"再造故乡"的使命，我也慢慢形成"友善耕种，快乐留乡"的价值判断。回到乡村，不是大起大落，也不是大拆大建，而是从简单生活中发掘乡村之美，为美好事物增添色彩。像我，回到故乡海南岛火山村，清醒地意识到，保护就是最好的建设后，更在意火山村自然生态和古村落的保护，放慢了建设的速度，以一种无为的方式，让村庄自由生长。

盐见先生说，实践"半农半X"的人，都以自然的生活、自我成长、造福他人为前提身体力行。每个人都从不同的角度开始接触、追求"半农半X"：食物的考量、环保问题、寻求环境问题的解决方法、梦想在大自然中从事喜爱的工作等等，因此有了各式各样"半农半X"的生活形式。自从实践"半农半X"以来，盐见先生居住在乡间的时间较多，购物大大减少，很多需求通过自己双手的劳动就能满足；他过着三代同堂、一家人一起劳作、互相帮助的生活，家人只拥有生活必需品就觉得满足。

受盐见先生的影响，移居绫部的"半农半X"实践者，大多在农耕之余，从事各种对社会有益、自己也很喜爱的工作，比如做乡村医护人员、经营民宿、指导城市人做传统食物、垃圾分类和回收，以及从事写作或艺术创作等等；而那些做"周末农夫"的城市人更是来自各行各业，有X种人，就有X种可能性。

"半农半X"的生活有一个很现实的情形，如果仅仅是从事农耕，那么对于很多人来说也许无法成为谋生的途径；而如果仅仅做自己喜爱的非农工作（即"X"），也就无法以较低成本获得安全的食物，无法真正过顺应自然的生活，可见两者缺一不可。

周华诚之前在杭州日报社时，来采访我后，写了一篇文章《半农半X，理想生活》，其中有两段写得很好——

所谓"半农半X"，一直是中国文人心中一个美好的梦。

"采菊东篱下，悠然见南山""竹喧归浣女，莲动下渔舟""舍后荒畦犹绿秀，邻家鞭笋过墙来"这样的生活，在都市生活饱受城市病之苦的人们，谁不向往？

然而，真的抛下城市生活，现实吗？让城市精英返乡，回到农村，你靠什么生活、钱又来自哪里？恐怕这是最为关键的一环。如果在回归田园的同时，能发挥自己的特长和天赋，换取固定收入，又与社会建立联系，这就是 X——如果这种田园生活既能让你过得悠然自在，又能让你有钱可赚，谁会不乐意呢？

一连串自答自问，正好解开了"半农半 X"的密码。

没错，这就是"半农半 X"红遍全球的理由。

盐见先生说他想通了一个有趣且重要的问题：人生在世可以留什么给下一代？留财富吗？还是让他们继续有工作？还是留下我们这个时代的思想或哲学？我想每一个人都有机会留给后代的应该是——尽其所能幸福的人生吧！现今人们的物质生活十分充足，想要什么就有什么，但是心灵没有得到满足。从某种程度上讲，务农、接触土地的工作像在"冥想"，可以疗愈身心，可以从土地上获得让精神变好的力量。

2017年12月，我邀盐见先生来海南岛演讲，顺便到访我的故乡火山村。

他盯着火山石墙和火山石屋久久凝视，吐出这么一句："这是一个让人安静下来的地方。"

陈瑞宾：环境公益信托挖井人

～～～～

2009年，台湾环境资讯协会邀请我第一次去台湾。从此，与这家民间环保机构结下不解之缘。2010年，它的专案经理谢璧如，穿针引线，促成台湾桃米生态村与我的故乡海南博学生态村缔结为两岸第一例姊妹村。

2014年，我们联手安排了博学村荔枝农赴台参访有机农业。

后来，我们又联手，连续3年举办了多期大陆新农人代表团赴台参访交流。璧如姐为这些交流立下汗马功劳，我们俩亦成为非常好的朋友。2018年6月，我特别邀她搭飞机从台北来海南岛，来我家吃荔枝。她表示有点小意外，我说，我要感恩。

这一篇，我想写一写璧如姐身后的"大老板"、台湾环境资讯协会创办人陈瑞宾。

大陆这边，现在"绿水青山就是金山银山"这个口号很火，自然生态确实是乡村最宝贵的资产。但是，怎么保护呢？

瑞宾所实践的环境公益信托事业，便是保护乡村自然生态非常重要的解决方案。

源自英国

璧如姐多次带我们到台湾环境资讯协会，有一次，瑞宾亲自做分享。那是我第一次听到"环境公益信托"这个概念。

瑞宾对环境公益信托很痴心，他从英国"国民信托运动"那里得到启蒙。

到英格兰观光，西北部的湖区是必访之地，除了美丽的田园风光外，当地还有一个主打卖点，那就是全球知名的童话角色——彼得兔。英国女作家波特，1902年以湖区的田园景色为灵感，画出了一本本畅销童书。

波特长年居住湖区，基于对这片田野的热爱，她和信托组织合作，持续收购农庄和土地。1943年她去世时，收购面积已经超过4000英亩*。今天，这片土地在信托机构保护下，留给后人的，不只是童话彼得兔，还有维持百年美景的湖区风光。

这是英国"国民信托运动"的经典案例。所谓国民信托，是一种保存自然与文化资产的方法，即透过民众集体的力量募集资源，并交付可信任的人来维护管理，全民共享。

2000年，瑞宾开始筹备"环境信托基金会"，但因没筹够钱，最后成立的是以"环境信息传播"为起点的环境资讯协会。"当时的台湾社会对'信托'一词仍极其陌生，更别说要沟通环境信托的概念。"瑞宾说，他希望透过组织的力量，而不是个人英雄式

---

* 1英亩 ≈ 0.405 公顷。

的操作，慢慢来推动这件事。

环境公益信托，指的是提供一种人民自主性进行环境保护的新途径，结合民众的集体力量来共同维护环境生态，以环境信托的行动为后世留下珍贵的资产。

瑞宾认为，环境信托除了结合民众的力量保护土地，也可以为地主们开启另一种土地管理方式。由于青壮年流失，台湾很多地方土地荒芜，若是将环境信托的概念推广至农村，透过契约的形式，将农地信托，可以让农地发展农业体验，并且有机会转型成友善环境的农耕方式，让土地不再荒芜，并守护原生态。

一片私有土地，一旦经过环境公益信托，它就变成了"大家的环境"。

以英国国民信托组织 (The National Trust) 为例，1895 年成立以来，运用"地主捐赠"或"人民共同集资"的概念，集合了350万名会员的力量，以购买、受赠、订约的方式，成功守护超过 60 万英亩的土地、215 栋历史建筑、130 处庭园、31 处自然保护区，是英国最大的"私人地主"，其中包括著名的世界遗产巨石阵。

英国成功的原因在于，民众公共意识强，发挥了集体参与的力量。

瑞宾做梦都想在台湾再造一场"英式环境信托运动"。将"环境"交付到"可信任的受托人"手上，环境受到妥善维护管理后，所收获的好处及利益，惠及社区，惠及全社会。受托人是资产的委托管理者，而非拥有者，真正拥有者为人民。不论是山林、海洋还是湿地，都可以进行环境公益信托，保护自然及人文环境，追求群体与环境的公共利益，简单来说就是"信托大家的环境"。

不管是原先的委托人还是后来的受托人，都无权再对其进行变卖、破坏、开发。第三方如企业开发、政府征用就会碰到一个很高的门槛，因其受信托法保护，企业开发或政府征用都会面临极大公众压力，因为他们面对的不是单一的地主或家族，而是所有参与信托的公众，等同于破坏公共利益，遭遇社会的反对和抗议。

2006年，环境资讯协会启动了第一个环境信托实验案例。一位地主将三仙台附近一块近20亩的山坡荒废果园委托给环境资讯协会经营，后命名为"台东成功环境信托体验园区"。它被当作"一座户外的环境教育教室"，环境资讯协会每年召集外地志工参与生态工作假期，打造部落生态旅游。环境资讯协会用生态工法修复园区既有的工寮，没有兴建建筑物，透过自然演替的过程，让原本的园区逐步恢复山林应有的样貌，"让山坡地变山林"慢慢呈现。

在这个过程中，环境资讯协会与当地居民合作，鼓舞当地居民重新发掘自身丰富的资源，建构对原乡的自信和守护环境的动机。

后来发现该土地承租自公有林地，而非完整的私有土地，无法直接进行信托，短期内也没有土地开发的风险。所以，环境资讯协会在完成退耕还林的操作后结束了计划，同时将资源转给当地社区，陪伴社区居民共同守护海岸线。

听瑞宾介绍环境公益信托的来龙去脉，我很激动：这是民间版生态保护解决方案耶！

一切照"信托契约"办

台湾环境资讯协会的环境公益信托运动一线操盘手是孙秀如。她是一位环境运动老将。环境教育研究所毕业后,她先在民间团体生态保育联盟工作。2006年,瑞宾决定在会内成立环境信托中心时,孙秀如被他请来到环境资讯协会,挑起了"环境公益信托"的担子。除了推动"台东成功环境信托体验园区",2007年,孙秀如还推出了澎湖"东西屿坪永续岛计划"。

这是一个小岛,上面只有几十位居民,岛上保存完整聚落,周边海域则有美丽的珊瑚礁。环境资讯协会举办"净滩行动",招募志工进行珊瑚礁体检调查行动,建立台湾珊瑚礁数据库,动员社会大众关注海洋议题,一起守护台湾渔村的可持续发展。

环境公益信托有三个基本特色:开放参与、永久保存和公益性。其一是开放参与:公益信托提供一种人民自主性进行环境保护、自然环境或历史资产抢救的有效途径,有弹性地募集民间资源,以集体力量共同保护环境生态。具体操作也很有弹性,可以以"宣言信托"的方式,宣告组织所欲进行的任务与达成的愿景,来向社会大众募集资源,由民间共同集资来进行这项环境保护工作。一切操作,公开透明,取信于民。

其二是永久保存:公益信托的受托人,在法律上是被委托管理的资产的所有者,但只具备"代管者"的功能,必需遵守双方签订的信托契约,不得任意处分受委托管理的资产,此契约亦优先于法律,即使当受委托管理信托资产的团体或个人面临积欠债务或是破产的状况，也不能变卖此一资产来作为个人或个别组织有违信托目的的使用，以确保可永久保存共有财产。

我问瑞宾，如果受托机构破产了，谁来继续受托？

瑞宾解答，可以找其他有能力的机构，实在找不到就充公，交给政府管理。

在英国，国会制定了国民信托法（National Trust Act），并给予英国国民信托基金会法定的不可让渡权，要求除非经英国国会同意，否则连英国政府也无权征收其信托的土地。

其三是公益性：公益信托是委托者和受托者之间的契约行为，有关信托资产的使用目的和处理方式，都会载明于信托契约内。一旦受托者违反了契约内容，即是违法。任何公民都有权提出异议和诉讼。公益信托相较于一般捐款捐地行为而言，对委托人多了一层保障，让其所信托出去的资产，不受受托组织或个人的人事变迁影响，更确实地使用在其最初的信托目的，让公益目的得以明确被执行与发挥。

我问瑞宾，可有通用的环境公益信托契约条文？他说，英国历经200多年公益信托，至今没有一个通用版本，每一个契约常要花上5到10年来谈判和建立。虽然在英国国民信托法条中，国民信托组织在购置资产中有"优先购置权利"，但强制取得资产的案例很少发生，最常进行的做法是与业主"长时间沟通"。

我还很关心一个问题，管理经费从哪里来？

以英国的经验来看，在接受委托时，财力较佳的委托者也会愿意交付一笔费用作为信托管理维护的基金。不足的部分，通过会员会费、募款找补，或者创办商店、咖啡店、饭店等社会企业，通过商业手段获得收入。英国也因此成为全世界范围内的"社会企业大国"，寻求公益领域可持续的财务创收。

瑞宾在台湾推广环境公益信托运动，从理念到落地，并不轻松。宜兰五十二甲、台东海岸，与彰化大城湿地，都曾想推动环境信托，可不是因为土地遇到保留地无法变更为信托，就是资金不够。即使地主有心捐赠，找到可信赖的受托单位接手，后续管理也要耗时很久，比起单纯捐钱做慈善，麻烦多多了。

瑞宾要做的，就是移除这些"麻烦"，让环境信托在台湾落地生根。

有了全台第一例

2014年，瑞宾与同事们终于接手全台第一例环境公益信托。

事件要倒带一下：2007年7月，工程师吴杰峰和两位朋友吴语乔、刘秀美等3人，集资600多万元台币在新竹县芎林乡华龙村买下面积1.8公顷，海拔高度380米的土地，美其名曰"自然谷"。之后将其中1.2公顷林地，以公益信托方式交给荒野保护协会管理。

自然谷入口处有一棵罕见的两百年老芒果树，枝丫伸展。从这里进去，1.3公顷的土地，除了一间作为自然保育教室的木屋，剩余绝大部分为未开发的土地，这些未开发土地上住着凤头苍鹰、人面蜘蛛、尺蠖、笔筒树等台湾特有的动植物。来这里体验，就像进入宫崎骏卡通里的龙猫森林，人与自然非常贴近。

"把自然谷信托给荒野是保障土地不会随意被买回开发。"委托人吴杰峰称。

这是台湾2003年制定《环境保护公益信托许可及监督办法》以来，首件环境信托成功案例，也是目前唯一的一例。荒野保护协会以实践证明，环境信托在台湾是可行的。

减少人为破坏后，短短几年，自然谷生物恢复迅速，从一座废弃的茶园逐渐发展成一片林子。台湾是森林资源非常丰富的岛屿，但是低海拔森林几乎已破坏殆尽。当自然谷还原成一片低海拔森林后，水资源回来了，野生动物们也陆陆续续回来了，连久违的台湾蓝鹊、穿山甲、飞鼠、凤头苍鹰等都已重现踪迹，还有130多种蜘蛛。

这就是环境公益信托的成果。

然而因为管理经费问题，荒野保护协会管理几年之后扛不住了。2014年10月，为了不让这第一例环境公益信托案例中断，台湾环境资讯协会从荒野保护协会手上接下后续经营自然谷环境公益信托的工作。但紧接着而来的每年200万台币以上的财务压力，让环境资讯协会也抗得很辛苦。项目运作几年下来，年年财务赤字。"我们咬着牙撑着。这么重要的第一案例，如果没能成功，对环境信托事业的打击就大了。"孙秀如说道。

台湾环境资讯协会为自然谷定了三大目标：保护并营造低海拔次生林；结合社区，扩大生态保育面积；营造全民环境学习中心。工作方法是，培育本地生态志愿者团队，对一草一木做完整的记录与维护。

2015年，自然谷被台湾有关部门选为"青年壮游点"。自然谷通过设计深度且充满趣味的环境教育，开放给15岁到35岁青年志愿者一起守护山林，每月招募17名志愿者，同时走入附近的客家村，协助菜园、果园工作。推行这项行动的工作方法叫生态工作假期，参加自然谷"生态工作假期"，1天费用约1000元台币，要帮忙整理竹林或移植树苗，然后烧柴煮水，体验农村生活。

"生态工作假期"（Eco-working Holiday），是一种结合生态环境保护的志工性服务活动，直接将人带到野外，通过亲自动手，改善环境，让参与的志愿者和土地建立更深厚的情感。重点在鼓励社会大众在放假期间，参与自愿性劳动服务，借由工作对生态环境做出友善的回馈，并且在工作期间得到放松。

瑞宾说，环境公益信托，其实是公众补政府之缺，是民众与政府共同守护环境的理念。但是，这件工作的关键点在于如何唤醒公众，并让他们"有钱出钱、有地出地"，一起来成就环境公益信托这项大业。"喜爱自然、爱护环境的心，许多人都有，但真正付诸行动的人并不多，若借由'全民资产'的想法让民众参与行动，想必台湾生态会有更好的未来。"

台湾在1996年正式公布《信托法》，在《信托法》的第8章里，即专章规范"公益信托"，其定义为："称公益信托者，谓以慈善、文化、学术、技艺、宗教、祭祀或其他以公共利益为目的之信托。"

环境信托是公益信托的一种，以"环境保护"为主题。信托强调的是一个"信赖"关系的建立，让有心从事环保工作的人或组织，可以借由购买、接受捐赠或签订契约的方式取得土地，并借由财务支持或给付，奖励自然或人文环境调查与维护工作，进而达成环境保育之目的并促成公共利益。

瑞宾说，环境信托是保护环境的工具之一，其实是很前沿的环境运动，因为这透露着高度的民主化，人民不再只期待由政府划设保护区、国家公园，而是愿意积极主动投入，甚至是作为对抗企业财团或政府的商业开发行动。

日本著名的龙猫森林，同样是面临开发危机而发起的环境信托行动。

"当家作主的时候，就换我们（人民）要接受挑战了。"瑞宾笑称。

瑞宾努力了近20年，台湾环境公益信托才迈出了第一步，也才有了第一个案例，而且还在辛苦经营，每年还在为筹集管理费用大伤脑筋。环境公益信托是好方法，但是得依靠向公众募集资金来维持运作，难度可想而知。

先行一步的英国，被逼出社会企业的方法，用商业经营来弥补甚至替代向公众募款。但是，经营社会企业就跟经营企业一样，对于习惯募款做事的公益人来说，又是一个新门槛，挑战还不小。我的意思是说，明明知道可以通过办社会企业来解决财务可持续问题，但是经营好一家社会企业哪里那么容易；又要做专业的环境保护工作，又要经营社会企业赚钱，能够同时拥有这两样本领的人，得多么优秀。

瑞宾这种人，真是"明知山有虎，偏向虎山行"。我被他的勇气深深震撼。

微热山丘的品牌术

日本出了一家茅乃舍，台湾出了一家微热山丘。

仔细观察几年后，我差点尖叫出来，这两个品牌就像一对"孪生兄弟"，相似的价值观，相似的品牌策略，相似的品牌调性，而且两个品牌的创始人是好朋友，他们在东京的旗舰店都聘请隈

八卦山微热山丘

研吾设计。茅乃舍比微热山丘早出生3年，许铭仁自己也讲了，茅乃舍是微热山丘的榜样。令人佩服的是，两个品牌都以做出农业的价值为己任。

我是2014年去台湾拜访许铭仁的，南投县八卦山三合院，他的老家。这里是微热山丘的发迹地，也是微热山丘用户体验"第一入口"。他穿着T恤和中裤，脚穿凉鞋，很自在地陪他的叔叔在员工餐厅用自助午餐。我们一边吃一边闲聊。第一印象这么生活化，在我认识的企业家里是非常少见的。

那天，他留给我印象最深的一句话是："凤梨酥如果称斤称两卖，那就麻烦了。"

免费经济学

做买卖如果不称斤称两卖，那要怎么卖？

从2014年起，我带火山村荔枝农、带大陆新农人访问微热山丘近10次，都是为了寻找这个问题的答案而来。第一次，我是一个人来的，也穿着短袖中裤和凉鞋前来。

许铭仁安排办公室主任开奔驰车从台北把我带来三合院，路上花了大约3个多小时。待遇这么好，全是因为罗玮的引荐，他是微热山丘上海外滩店的设计师。比较遗憾，这家店仅开了一年多就关了，在它开业的日子里，我没少带朋友去体验。免费吃一块凤梨酥，喝一杯乌龙茶，享受一段美好时光。每次离开的时候，我的朋友都会一箱箱地买。

微热山丘的起点在自家三合院，然后开台北体验店、新加坡体验店、上海体验店、东京体验店、香港体验店……至今，微热山丘已经在高雄、桃园机场航站楼等重要门户布点，直营连锁的版图越扩越大。我来三合院拜会许铭仁，探究这个诞生于2008年的农业品牌，到底靠什么迅速崛起。

这天是周六，车子开到三合院背后的139公路，眼前一派热闹的"节日气氛"——路边停车场停满了观光巴士和私家车，路两侧都是摆摊的：卖凤梨的、卖番石榴的、卖香蕉的、卖烤香肠的、卖包子的……百摊兴旺，自成市集。奔驰车直接开到一个马场旁停下。没错，是马场。许铭仁在工厂车间外的半山腰上，开辟了一个马场。白色栅栏内，黑马、白马、棕马都有，优哉游哉的。这是旅游要素配套吗？

马场旁边，有很多凤梨田。眼前是这样一幅纵深的画面，近景是凤梨田，中景是茂密的大树林，都是参天大树，远景是山谷中的一座城镇，大背景是层峦叠嶂的山脉，蓝蓝的天空上白云朵朵飘。南投县是台湾的地理中心，这山望那山，最终连到中央山脉。美啊！怪不得，台湾自行车爱好者喜欢骑行139公路，八卦山有"骑车圣地"之美誉。

从工厂车间走向三合院，必经之地是村民市集广场。

钢架拉起两顶白色的"大雨伞"，打造了一个开放式的公共空间，上下两层：上层有青年乐队表演，还有一位老者在杂耍，围了满满一圈的人，精彩处，不时爆发热烈掌声；下层正在摆摊，村民市集正在进行中，以当地当季水果为主，还有蜂蜜、果酱、

手工艺品等产品。盖这个空间，政府出地，微热山丘出资1000多万人民币，然后免费提供给村民摆摊。

既为村民谋生，也给消费者增添了许多乐趣，"快乐留客"。

村民市集倡导友善土地的耕种方法，对进入市集销售的产品进行严格的农残检测，不仅友善消费者，也友善农人、友善土地。借由"村民市集"这个戏剧性舞台，微热山丘润物细无声地把它"回报农人，回馈台湾土地"的品牌价值讲到了消费者心里。村民市集把品牌行销中那些枯燥的概念化为一种可以"眼见为实"的体验空间，而且变成消费者生活方式的一部分。消费者在村民市集享受快乐时光的时候，正是微热山丘的广告时间。

村民市集广场配套了一座5星级厕所，在里面如厕真的是一种享受。旅游目的地，最尴尬的就是上厕所，很多乡下的厕所都不尽如人意。许铭仁就抓住这个痛点，把它解决得漂漂亮亮。微热山丘自己也对这座5星级厕所津津乐道。把痛点解决漂亮了，可以转变成消费者的感动点。

穿过村民市集广场，来到一栋小屋。屋顶被设计成观景平台，上面还卖鲜榨凤梨汁、冰激凌等产品。一楼是员工餐厅，员工用餐后，它也被当作凤梨酵素产品体验空间。

过了小屋，再往前走就是三合院了。眼前的场景，真的很不可思议：三合院前支着几把米色遮阳伞，人们排着L型长队，等待免费品尝一块凤梨酥和一杯乌龙茶。左侧靠墙的地方放了一张原木桌和一些休闲桌椅，都坐满了人，大家都在津津有味地吃凤梨酥。多的时候，一天2万多人排队，从院子一直排到139公路上。

微热山丘一年可以送掉约200万颗凤梨酥！

以台湾售价8元人民币一颗来计算，一年撒钱1600万人民币。这种做生意的方式，很多人听了直呼"学不来"。在台湾，靠"免费经济学"成功塑造口碑的农字号品牌，还有一家18℃巧克力工房，也在南投县的埔里镇上。这样送，客人光吃不买，企业会不会亏光光？免费经济学的实质是体验式消费，深谙生意门道的许铭仁只怕你不来，就是要让你尝，然后征服你，把你变成忠实粉丝。

微热山丘的"免费经济学"，短短3年便走出三合院，从台北体验店再出发，迅速走向世界。2015年以来有滴滴、优步等互联网"免费经济学"的启蒙后，大陆消费者对"免费经济学"不再陌生。然而，卖凤梨酥的微热山丘敢这么干，许铭仁的胆识还是令人敬佩。

为定价权"加值"

许铭仁目光坚毅，言简意赅。

他跟我说，微热山丘不想做传统的批发生意，账期长，还有应收款收不回来的风险，还不如认真经营一个品牌，直接跟消费者做生意，做现金生意。他很形象地说，微热山丘是钱烧出来的，不是烧钱烧出来的，都是赚了钱以后继续投入，才越做越大的。

这是一位在电子业干了20多年的上市公司董事长再创业的商业逻辑。

微热山丘一位高管跟我说，他是因为许老板明确表态不走上市之路，才放心入职的。为什么？资本会扭曲一个公司的文化，也会扭曲在这个公司工作的人的人格。比起"钱"，他更愿意在一家有温度的公司工作。微热山丘的品牌核心理念是"家的感觉，妈妈的心情"。许铭仁说："妈妈不会在做给家人吃的东西里添加不健康、不天然的东西，或是拿快过期的食品来用。这样的概念非常容易理解，自己都不敢吃的东西，怎么会拿给别人吃？这是做食品业最重要的初心。"

干电子业，台湾人没有定价权，在许铭仁看来，这是生意。而做微热山丘，他的定位是做品牌，拥有主导权和定价权。经营微热山丘带给许铭仁的成就感和影响力远远超过从前。

2014年10月，我安排故乡海南岛火山村荔枝农访问微热山丘，许铭仁也亲自出来接待，他侃侃而谈："有好产品，如何卖得好，关键在于创造高调的品牌价值。要有良善的初衷，才能清楚要做的事，微热山丘以农为本，初衷即为打造成农企业，不同于其他品牌花钱做广告抢版面，微热山丘主打网络口碑营销，并且让每位前来的顾客皆能获得一块凤梨酥与一杯热茶，吃了喜欢再买。如此建立的产品价值与经营模式，即便别人仿造复制，也不会是你的竞争对手，因为他显然缺乏思考能力与随市场变动的机制。"

许铭仁对我讲过这样一句话："把品牌的理想性抬高，让别人很难追。"

微热山丘到东京南青山开旗舰店，请大牌建筑师隈研吾设计，花了2亿台币，其他追兵一看，傻了——"原来你的品牌高度抬得这么高啊"。许铭仁说，东京店虽然短时间无法盈利，但是对品牌的提升居功至伟，对台湾的生意帮助很大。这里头还有一个策略性定价安排，东京店一颗凤梨酥卖约20元人民币，上海店一颗15元人民币，台湾一颗约8元人民币，消费者自然都喜欢来台湾买，台北民生社区店40%是境外消费者。

"随市场变动的机制"是许铭仁之前搞电子工厂练出来的硬本领。

微热山丘的凤梨酥走的是无添加的高品质路线，保质期最长不超过1个月。自设工厂，主动权掌握在自己手里。制作凤梨酥的核心原材料凤梨酱在冻库里呢，卖得好，就多拿出来解冻多生产成凤梨酥，反之就继续在冻库里保鲜。这个方法，跟日本马路村操作手法一模一样，柚子原汁也是冻品，需要生产柚子汁时再拿出来解冻。

我曾经和一位国内大学教授争辩过"不添加防腐剂"的问题，她认为不可能做得到，这是食品加工业门外汉的浪漫想象。然而，微热山丘和马路村都是成功的范例。这两家一年都是2亿人民币以上的营业额，而且都是当地指标性农创品牌。防腐剂、食品添加剂等添加物，虽然被允许适量使用，但是消费者的健康意识越来越高，捕捉这些人的需求当然是商机。

消费升级正在从吃好向吃健康转变，生产者的理念也要跟上。

许铭仁的理想是"提升农产品的价值"。"我仍然相信'酒香不怕巷子深'这个生意的硬道理，如果人有好的初衷，好的素养，好的底蕴，好的工艺，做出来的东西一定够好，那么什么也挡不了这个事实的力量。"许铭仁走的是单品极致，单品爆款的模式。他没有选择大众市场，而是走小众化的精品路线，"引导客人到一个更高层次，希望他们去的地方，不只是满足，而是做一个很棒的东西，客人喜欢就来，不喜欢就不来。如果你更有想法，客人会喜欢你"。

许铭仁想明白了一部分消费者的心理，他们对生活越来越"讲究"，对消费场景以及产品及其服务也越来越"讲究"，因此你也要很"讲究"。譬如，台北民生社区店，一把座椅价值57000台币，日本设计师之作，奉茶使用的杯子是日本陶艺家的手拉胚，

"如果你没有做到极致，张力就不会出来，就不会产生品牌的力量。"

微热山丘的体验场景，有着自己的个性，它不怕人家讨厌，公开表达其待客之道：其一，你在乎我，来看我，我好好招待你；其二，我也在乎，你值不值得来。

这个态度很有意思，主是主，客是客，主人有热情好客的一面，也有挑客选客的一面，把这种日常生活中的人情味放在其中。微热山丘营造的是"这不是做生意的地方，而是一个你来了就会喜欢上的地方"，处理主客关系一点也不随便：你在乎我，我也在乎你。

用好产品、好服务、好体验去为品牌"加分"，然后创造一个好价格。这就是定价权的功力。微热山丘体验式销售，展现台湾的"奉茶精神"，从三合院出发，以主人的热情待客，还原了一个社会的人情味。一块满是人情味的凤梨酥，在乎它的人，已经不在乎价格。

从土气到扬眉

在走进微热山丘的过程中，我还熟悉了一位人物：谢贞舜。

谢贞舜邀我到微热山丘台北民生社区店见面。那是2014年的夏天，他为了见我，专门从一个名叫乌来的台北城郊山林地区赶来。一身T恤、中裤、凉鞋，还有一顶防晒的帽子，非常生活化。非常有意思，许铭仁见我时也是这个样子，看来真是趣味相投。

许铭仁请谢贞舜给他当了好几年品牌顾问。

"怎样舒服开心就怎样穿，开心是最大的善事。"这是谢贞舜的见面语。

那一刻，我心领神会，微热山丘品牌标识这么有喜感，原来跟谢贞舜的快乐DNA也有关——漫画中的许铭仁骑着一辆自行车，小狗跟着跑，蜜蜂也飞来凑热闹。这个品牌标识的画面就能传递出生活态度，借由自行车展现一种环保慢活的态度，也呼应了经过八卦山凤梨田的139号公路的原乡风景。自行车是微热山丘的品牌大使，也是其门店的入口形象。

谢贞舜来到三合院，看到红山药，随口说了一句他没吃过。过了一阵，许铭仁的母亲不动声色送来一盘热气腾腾的红山药，把他感动了："这就是山上乡下人的待客之道，不是为了讨好你，而是静悄悄送出来，这就是山上乡下人的人情味。"谢贞舜说，"微热山丘"就是要传递这样的人间真情，"微热山丘不管品牌多大，人情味都要在"。

微热山丘到香港开店，香港一般门店很少有厕所，香港人建议可以不用搞厕所，即使有只给员工使用。"我就说，绝对不可以，至少要有2个厕所。这是台湾人的待客之道，即使在香港。不管香港是什么环境，微热山丘门店必须有厕所，我们要带去台湾人的人情味。"如果不是亲耳听谢贞舜讲，很难想象原来厕所也承载着"品牌精神"。我体验过微热山丘三合院、台北门店、上海外滩门店、东京门店，最美的风景都在厕所，绝对不是偶然。

"我去一个餐厅，我最在意的是他的厕所，如果厕所让我不舒服，我以后不会再去这家餐厅，因为我很注重厕所的卫生。"这是许铭仁的原话。

微热山丘借厕所的质感与美学，传递给消费者一种美好的体验感，"一种很愉快很温暖的感觉"。哪怕是来到乡下的八卦山三合院，它的厕所也跟台北五星级酒店一样讲究。品牌顾问谢贞舜对品牌精神的理解非常深刻，他上升到了"生命的尊严"这样的哲学高度。在日本，谢贞舜看到田里劳动的农人都很有尊严："看到很感动，有生命的质感在。"因为日本农人讲究人与土地、人与食物、人与自然的关系。

谢贞舜说，关键在于"讲究"，在于用什么态度面对事情，面对生命。

我们来看看微热山丘去东京开店的品牌逻辑。谢贞舜跟我说，中国人卖农产品，往往都是卖"土特产"，所以便宜，但是微热山丘不卖土特产，不卖异国风情，到东京开店，是以"一个国际品牌进入一个国际大都市"的思维去做的，"做到国际标准"，与法国、日本高级甜点在同一个市场竞争。法国和日本的高级甜点一般一块卖200日元，微热山丘定价为300日元。"微热山丘到东京南青山开店，是为台湾人争一口气。日本人看亚洲其他地区都是低他一等，我们做出东京最贵的甜点，日本消费者反映反而很好。"

在东京店里的每一块凤梨酥，全部都是在台湾制造，空运日本。原料是台湾出产的土凤梨、土鸡蛋、日本面粉、法国艾许奶油（Echire Butter），"所有味道都是真的，作为送给朋友的伴手礼，表现真诚"。谢贞舜用了一个排比句：用最天然的材料，最简单的方式，做最好的东西。微热山丘的这些讲究，与日本消费者讲究生活质感是相呼应的。其实这也是品牌的调性和格局，正是这些把产品的高定价支撑起来的。

"生命是一个很珍贵的东西，我们要珍惜自己，也珍惜用户体验感。"听谢贞舜分享，仿佛在跟一位哲学家对话，"很多人做农产品，强调返璞归真，于是把东西做便宜了。根源是，对生活不讲究，不讲究质感，一副穷酸的样子，好像自己是个罪人要赎罪，美好的生活不应该是这个样子"。

微热山丘为什么要请隈研吾做设计，因为它就是要让建筑替品牌说话，也利用隈研吾的大牌身份为品牌发声。一步就是世界级，微热山丘够扬眉吐气的。

微热山丘东京店，是一栋三层高的独立建筑，矗立在南青山一条小街上，周边各种高端精品店林立，是一个潮牌聚集地。微热山丘这家店，采用享有"地狱组装"之名的日本传统木制建筑技法，将横切面为6厘米见方的细木条组合起来，"编织"成竹篮状的蓬松结构，运用了5200米、约150棵的桧木原木。谢贞舜特别讲，所用的木料与伊势神宫同款。隈研吾将三层楼房创造出森林般的形状，成为那条小街最标新立异的建筑。

"让木条顶端噌噌地向空中伸展，使建筑的外形模糊化。在东京、青山住宅区打造出一片'小树林'。在这个凤梨酥店内，阳光透过蓬松厚重的木质结构，让凤梨酥店内充满了仿佛从枝叶间洒落的阳光。"隈研吾这样阐释他的设计创意。

东京店开幕以来，很多客人都是为了看这栋建筑而来的。

结　语

2016年7月，我特别去了微热山丘东京门店，随我一起去的是二十几位中国新农人。

大家一起围坐在二楼的那种特制的六角桌旁，品着来自台湾八卦山的凤梨酥和乌龙茶。几个月后的11月底，我又带着一批新农人去了八卦山三合院。我很喜欢微热山丘，它的单品极致主义闯出了一条成功的道路。

微热山丘所有的努力，就是创造机会去为农产品"加值"，"创造一百倍的价值，而不是减少成本"，因为要把台湾农业做出价值来，才有能力帮助农人。

农业创业者，如果都用这样的眼光去想象、去实践新农业，做出农业的价值才不会是一句空话。当下中国大陆，是一个电子商务性价比泛滥的时代，比价的红海并没有给农人带来真正的荣耀，怎么把好产品卖出好价格，依然是一道难题。

微热山丘从体验经济学的角度切入，把土里土气变成扬眉吐气。

谢贞舜说："我非常喜欢八卦山的夏天，一家人在院子里吃饭的场景和感觉，微热的山丘依然吹来凉凉的山风。"他为他画的微热山丘品牌标识这样讲故事：许先生开心地骑着脚踏车，沿着高低起伏的139号公路，穿越整个八卦山，自我实践，找寻最简单的生活方式。

微热山丘的门店不追求奢华气派，但绝对坚持真材实料，石头就是真石材，木材就是原木，没有贴皮，而且也不上漆。"真"是微热山丘的品牌差异化的出发点，它要做的是彻头彻尾的"真"。

浮躁的现代社会里，太多的人对生活不讲究，对社会不讲究，对环境不讲究。当有人开始讲究真材实料，讲究人与土地的关系，好好对待吃的东西，好好对待土地，好好对待客人。他就成了引领者，成了标杆。这是微热山丘实践出来的真理。

返璞归真的茅乃舍

从乡村出发，缔造一个新品牌的奇迹，茅乃舍算一例。

2016年夏，我带新农人代表团去日本游学，特别安排到茅乃舍东京旗舰店。

我们浩浩荡荡抵达六本木中城，钻进地下一楼，来到了一家茅乃舍餐厅门口，发现不是我最想看的门店，原计划要去的是设计2020年东京奥运会主场馆的建筑师隈研吾设计的旗舰店。问了服务员才知道，在日本桥呢。

第二天一早，我们冒着大雨来到日本桥室町百货茅乃舍旗舰店。正对面是拥有三百多年历史的"越后屋三井吴服店"，现在叫三越百货。斜对面不远处则开着日本最高端的水果专卖店千疋屋总本店。

十七世纪，德川家康拟定都市计划，把日本桥设为东京五大道的起点，开启了东京的繁荣史。今天的日本桥，成了传统与新生文化的聚集地。一家酱料品牌，能把门店开到这里来，茅乃舍真的是出类拔萃了。

惊艳！茅草屋餐厅

2017年再访日本，我带新农人代表团去九州福冈，特别去了一个名叫久原町的乡下地方。车子停在小山谷里，山谷中传来汩汩的溪流声，走过一座小桥，眼前亮出一栋茅草屋，这就是花了4亿日元（2400多万元人民币）盖的茅乃舍"自然餐厅"！

精致的院子，精致的小径，精致的茅草屋顶，精致的门帘……看见的一切，我都不吝用"精致"这个形容词。茅乃舍仿照传统日式建筑，取用了80吨茅草，盖了这栋复古的茅草屋餐厅，暖黄的灯光照出茅草质朴的肌理。

盖这间茅草屋的人叫河边哲司，茅乃舍的品牌创始人。茅乃舍自然餐厅开业三个月后就成了"网红餐厅"，这得益于社交媒

体时代的网络传播。茅草屋的场景革命，有机蔬菜的自然餐厅，这两点让它备受推崇。两年后，茅乃舍乘势推出自有品牌"高汤包"，并成功打造爆款产品。

时光倒流40年，河边哲司也是一位返乡青年。

1978年，河边哲司大学毕业，他本不想回家当"富四代"的。祖上从1893年传下来的久原本家酱油厂依然是一家很传统的小工厂，只有6名员工，以老式的方法酿造酱油和做生意，一家家地送酱油，一家家地收钱回来，每月的营业额才500万日元，约33万人民币，一年也就400万元人民币。这就是一家微型企业嘛。

刚回来接班的河边哲司一度因为看不清发展的方向而迷茫。他向父亲建议卖酒和米，但被父亲婉拒。后来，他提议做酱料代工厂，父亲点头了。做代工厂，生意兴隆起来了，可是河边哲司又困惑了。"OEM（代工生产）事业的绝对法则，就是考虑委托方的需求。他要把黑的说成白的，我们也不能不附和。"河边哲司曾痛苦地对日本记者说。

这位返乡青年看到了没有自营品牌的悲哀。

他迈出品牌化的第一步是在酱油厂旁边开了一间专卖店，取名"椒房庵"。"椒房庵"让河边哲司累积了如何经营一个品牌的经验。譬如说，很多消费者买了"椒房庵"产品当伴手礼，收到的人觉得好吃又想买，但他们不方便来店购买，而是诉求通过电话宅配或网络宅配订购。这个"体验消费，网络宅配"的商业模式，后来便沿用到茅乃舍的经营中，大获成功。

我去过"椒房庵"，是一间非常质朴的乡下小店，离茅乃舍自然餐厅十几分钟车程。我逛店的体验是，水准一点也不亚于东京的精品专卖店，而且把酱料卖出精品化、礼品化，那种质感和美感，令人惊叹。

2005年，50岁的河边哲司在品牌化的道路上，迈出第二步，盖茅乃舍自然餐厅，经营这个返璞归真的品牌。"茅乃舍是一个与大家在一起，接触大自然，体验美食的好场所。一样一样，慢慢品尝，希望做一个让来访者的身心都被满足的场所。"听说，河边哲司盖茅乃舍自然餐厅的灵感来自意大利慢食运动。

这时的河边哲司搞明白了几个关键点：其一是食品安全；其二是现代人的便利生活习惯；其三是体验式消费潮流。

于是乎，茅乃舍品牌旗下的产品都标榜"纯天然、无任何化学添加"；而它推出的爆款产品高汤包，外包装如同茶包，让没时间下厨的人也能轻松料理，一包下去十几分钟就出来一锅美味。而茅乃舍的门店设计，都标配高汤试饮体验，或用高汤做成

的试吃菜肴，还开办料理讲习会和农事体验活动，做足体验。

十几年下来，茅乃舍已是"久原本家"集团最强大的成长力量，一年贡献超过一半的营业额，茅乃舍2016年创收112.5亿日元，即7亿多人民币。茅乃舍在全日本已经开了20多家门店，2016年，还把触角伸到了美国洛杉矶和越南胡志明市。"日本的寿司和拉面都已经走到海外，我相信调味料也会走向海外，希望能由我们打头阵。"河边哲司说。

河边哲司真有几把刷子耶。

帅呆！请隈研吾来设计

2014年，河边哲司请隈研吾来设计日本桥旗舰店。

在国内，请隈研吾做设计，多是潘石屹等房地产商们玩的噱头。日本桥的这家旗舰店，隈研吾最特别的手法是天花板，布满酱油酿造桶。

"我们希望回到创立酱油公司的出发点，因此做了木桶垂降的设计。"河边哲司说。听说，隈研吾亲自去九州岛福冈走访久原本家的酱油工厂，被那些老旧的酱油木桶打动了。于是，他把"木制酱桶"设计成茅乃舍东京旗舰店的意象，借由这个视觉符号，把"茅乃舍遵循古法制作，依然使用最传统的木桶发酵，让最好的风味世代传承"这些"品牌信息"传递给现代消费者。

门店里，陈列产品的柜台，用的是制作酱油时培养米曲的木盘拼成。

一个乡下地方的品牌，如何在东京崭露头角呢？

河边哲司的对策是，把门店开到东京人最引以为傲的日本桥，同时请隈研吾操刀。另外，邀请熊本熊的设计师水野学来设计包装与品牌标识，招招都是"武林高手"的味道。日本桥这间旗舰店不大，100多平方米而已。

参访日本桥旗舰店时，我很认真地欣赏了隈研吾的"妙作"，那些吊在屋顶上的"木质酱桶"。我在日本四国岛四万十市的中村参观过百年酱油厂，有机会见过古法木质酱桶。触摸它们，仿佛触摸的是日本老酱油厂的百年匠心。听说，隈研吾非常用心，这些吊在天花板上的"木质酱桶"，他也要求找九州当地的资深木工师父亲手打造，与百年前使用的酱桶一模一样。

整个旗舰店，一室木色，浑然天成。

木的质感，给人一种自然朴素的气质，整间店充满着温暖与朴实的美感，而且所用的木料，都是九州岛本地的杉木，除此之外，没有添加其他材料（用以拴木桶的竹条例外）。隈研吾厉害就厉害在，他巧妙地运用当地工艺、文化元素、品牌DNA，让走进来的客人，与大自然对话，与酱油酿造文化对话，与品牌精神对话。这种设计呼应了茅乃舍的"无添加"特点。河边哲司认为设计师完整呈现了茅乃舍的品牌精神、历史与质感，实现了"现代又精致的典雅质感"。

事实上，隈研吾的"大师设计"亦让茅乃舍声名远扬。

来茅乃舍打酱油已经成为赏心悦目的建筑艺术之旅。很多人都是因为隈研吾而认识茅乃舍，并喜欢上这个新品牌的。隈研吾为茅乃舍这个新品牌带入了话题性和创意感。进这家店，服务也是亲切自然风，服务员着白色的上衣，围深蓝色的围裙，干净利落，如果客人不招呼，她们就远远地站在一边，绝不扰客。

一包日式高汤包售价近40元人民币，不便宜的。

能把它卖到这个价格，茅乃舍真的不简单。

我们申请参访茅乃舍的工厂，但没被批准。听说，河边哲司把新工厂盖得像芯片厂般明亮，告别了黑黑臭臭的传统酱料厂。茅乃舍拥抱创意、美学、天然、健康等现代生活观念，这样的品牌定位符合现代消费者的生活诉求。有人感慨道："能把酱油卖得如此有质感，也算是相当不容易啊！"

如今60来岁的河边哲司，脸色红润、笑声充满感染力，颠覆了日式"老社长"的严肃形象。台湾《天下》杂志报道说："当初，大学毕业的河边看到走下坡的酱油产业，根本不想继承百年家业；进入公司后，却成功翻转了传统酱料产业，现在的他，觉得这事业超级有趣。"

日本全日空航空公司找茅乃舍合作，共同开发了一款蔬菜汤，称其是"在某一领域对鉴赏达到极致的人共同演绎的美味"。

这句话，应该可以获得茅乃舍"最佳评语奖"。

注意！生活者大国时代

河边哲司观察，消费者可以自己手工熬煮高汤，或选择大企业制作的便宜产品。这两者间应该有个平衡点，提供重视质量与

agriculture 農

茅乃舍产品海报

品牌的调味料。这个市场缺口，就是茅乃舍的市场定位，等于找到了蓝海市场。

河边哲司看准了天然健康食品的消费需求。酱料是生活中的刚需，一旦你对茅乃舍的天然健康食品上瘾，就会持续购买。"以前大家买伴手礼的时候都会买甜点，现在有的人会买茅乃舍当伴手礼。我们跨入了新的市场，这可能也是日本第一次有这样的状况。"河边笑说。

东京六本木中城茅乃舍门店，是一家体验餐厅与酱料专卖的复合店。门店风格体现的是浓浓的"原乡文化"，墙体做出茅草屋的土墙味道，天花板吊着一个大茅草屋顶。在时尚新潮的六本木中城，经由设计师的演绎，这些来自乡土的东西也吐出清新的气息。

"真材实料的九州风味"，来到东京，茅乃舍以"原乡文化"作为卖点。没错，越是在东京这种大都市，地方文化越显重要。东京广告人东京碎片在《日本制造》一书里写道：这几年来很多日本人心里逐渐培养了关注日本"外地"的意识。这个"外地"指的是东京以外的地方，在东京由地方政府经营的特产品商店既多又旺。茅乃舍正是这股潮流里的佼佼者。

逛六本木中城茅乃舍时，我有一个深刻印象，即试吃柜台，一杯杯煮好的日式高汤，任由过路客人自由取尝。即使你不是一个打酱油的人，也可以顺手拿起一杯高汤，与茅乃舍来一次亲密接触。这种品牌体验入口的设计，就是建立品牌与用户之间的接触与互动。

在互联网购物发达的今天，线下门店的体验式消费更显必要性。网络媒体的发展，致使大小消息和以前相比，更容易传播至各地。网络大幅度降低了宣传成本，也让消费者容易找到并关注新奇的产品和食物。经由体验设计，诱发口碑传播，形成自媒体的"话题现象"，这是社交媒体时代的一条品牌行销路径。

从茅乃舍身上，我总结出一个公式：匠人精神（好产品）×天然健康（好理念）× 场景革命（好体验）= 新品牌崛起。茅乃舍走"餐厅＋专卖店"复合式开店模式，再加上网络消费的势能，让线下店成为体验入口，让线上商城成为购买入口，茅乃舍的线上销售额占比超过50%。

为此，茅乃舍主动克制开店的欲望，因为店一多，消费者一旦觉得很容易就能买到，反而会削弱品牌价值。日本各地许多开店的邀约，都被河边哲司拒绝了。

我留意了这10年来好几例成功的日本和我国台湾地区新兴农字号品牌，品牌门店的销售占比都不是最大的。台湾粮食品牌掌生谷粒创办人程昀仪说，其门店最大的作用是"品牌窗口"。茅乃舍请隈研吾设计的东京旗舰店，营业额重要吗，答案是"不是那么重要"，最重要的是，它把茅乃舍的品牌带到一个新的高度。

在突飞猛进的社会大变革时代，慢工出细活的高品质产品越来越受欢迎，当然也越来越"值钱"。这个逻辑，就是茅乃舍这个百年酱料的增值传奇。

水野学为茅乃舍设计的礼盒，选了黑色、深蓝色、深红色、紫色四种单色，全用纸盒以便回收。单色的盒子上面，右上角印"茅乃舍"三个小字和产品名称，然后整个页面就是"那滴酱油"的 logo，简洁大气，四种颜色中性厚重，不事张扬。

现代人在所谓的"拜金主义""享乐主义"等挥金如土的生活方式中并没有获得真正的幸福感，心灵反而愈来愈空虚。返璞归真，寻找心灵归处，慢慢成为一种新生活主张。这样一种新生活观落实到衣食住行中，孕育了生活美学产品。茅乃舍的成功，揭示的正是日本国民从消费者变成生活者的过程。

茅乃舍的核心消费群是一群知性时尚又返璞归真的女性。如今，日本女性晚婚非常普遍，40岁不婚都大有人在，这些女人不属于家庭，过着单身贵族生活。她们从工作中得到不少收入，自由自在地享用纯属自己的时间和金钱。从九州福冈起家的茅乃舍，来到大都市，契合了生活者的生活品味，蛮有意思的现象。

水野学感慨道："真要说起来，应该是愈来愈多的人开始享受自然、简单的时尚。文明如果发达，文化就会百花齐放。当灿放的文化发展到极盛时，又会开始返璞归真。"

我预见，返璞归真的潮流有一天一定会在中国出现的。

薰衣草森林的场景革命

～～～～～～

2012年，我随21世纪经济报道公益参访团到过台湾木雕之乡三义，在薰衣草森林子品牌桐花村客家餐厅用餐，第一次遇见香草铺子。

香草铺子的爆款产品"丝瓜心香草皂"很有创意，我一口气买了20块。那时，我和易晓武等人在上海搞"上海侬好农夫市

薰衣草森林

集"，我拿去摆摊测试，上海的消费者见一块肥皂近70元人民币，大多摇头走开。而我自己用了，体验感很好，留下美好印象。

2014年，我排了一个薰衣草森林系列体验行程，台北森林岛屿、九份缓慢民宿、三义绿波浪民宿、桐花村餐厅、新社园区、台中心之芳庭、好好餐厅……深度走进薰衣草森林集团。董事长王村煌（那时他是首席执行官）亲自站在心之芳庭的门口等我们的到来，亲自做分享，从此我们成为好朋友。

薰衣草森林集团业态多元，有文创店、餐厅、民宿、小铺、婚恋园区、森林园区等，商业模式可以概括为"一个平台，N多垂直"，为分众化的消费者提供丰富的产品体验，一年营业额约6亿元新台币（约1.3亿元人民币）。

认识一下王村煌

王村煌是2018年从首席执行官升任董事长的。

最近几年，他亮相比较多了。以前，一讲薰衣草森林的故事，就是"两个女生的山居创业"。

薰衣草森林的起点是台中新社森林园区，其实就是王村煌的家。两个女生也是因为他，才结合到一起创业，詹慧君（2013年因癌症过世）是他老婆的大学同学，林庭妃是他的表妹，创业一开始他就是合伙人，他和弟弟一起协助两个女生打理事业，有人说薰衣草森林的成功是"两个女生背后有两个男生"。

王村煌带我参访的心之芳庭，是一个婚恋主题园区。

它的营业额占到集团营业额的三分之一。由薰衣草森林与台湾知名企业味丹合资经营，薰衣草森林占股55%。离台中市中心20分钟左右车程，位于台中市北屯区的北坑巷台中高尔夫球场内。土地所有者味丹拿到这片山地几十年了，都不知如何开发。薰衣草森林团队就像魔法师一样，让这里变成一片休闲圣地。

王村煌站在法式雕花铁门前，戴个灰黑相间的爵士帽，穿白条纹蓝色衬衫，搭深蓝色休闲裤和黑色胶布鞋，肩上还挎着一个灰色胸包，打扮得非常有质感。薰衣草森林主张"以设计为中心"的理念，在公司领导人身上体现得淋漓尽致。

那天的心之芳庭场面非常喜庆，有人在办婚礼，有人在办订婚仪式，户外的草坪也搭起好几顶大帐篷，摆上了大圆桌。王村煌先带我们到一个小会议室交流。他讲到台中新社森林园区卖咖啡的故事，说，一杯咖啡，如果融入主人的梦想与勇气，卖50块人民币，消费者都不会嫌贵。否则，怎么跟满世界讲性价比的咖啡竞争呢。这个故事让我意识到，他们已经在卖"精神产品"。

我们向王村煌提了不少企业经营管理方面的问题，他直言薰衣草森林集团的组织创新对他来说是一个挑战，他做了两大组织变革：一是设置体验设计部，把品牌、设计、空间、服务等项目整合成一个大部门；二是设置伙伴关系室，独立于人力资源部，直辖于首席执行官，抓组织文化，"要工作伙伴不要僵尸员工"。

"有没有一种企业，不只获利，更可以成为地方的骄傲；有没有一份工作，不只养活自己，更可能唤起生命的热情；有没有一趟旅行，让我们经由美好，体验共好，重拾对世界的信心，成

为更好的人。"这就是其企业文化。

　　薰衣草森林创办人和员工持股95%，投资人只有5%。管理人员工作2年以上，员工工作3年以上，就可以购买公司股份，而且购买价格约为市价的五分之一。"创办人林庭妃认为，薰衣草森林这家公司是属于所有伙伴的，不是她的，也不是我的，她股份已经减持到12%，她有实际影响力，而不是实际控股人。"王村煌说，薰衣草森林财务透明到任何员工都可以直接查看财务报表，"一个公司真的能控制吗？我不相信。那就放掉控制，拥抱合作"。

　　台湾《天下》杂志原副主编洪震宇透露一个内情：几年前经历过一场病痛之后，王村煌重返岗位，充满斗志与冲劲；但内心一直有一个忧虑，随着企业规模扩大、业绩成长、成为知名品牌之后，员工原有的创意与热情却逐渐消失，不如创业时期活跃。主管们习惯看数字业绩、提企划案，让现场同仁配合执行，看上去流畅而有效率的运作，却缺少对顾客感受的关注，没有太多创新。

洪震宇于是建议王村煌，每月通过写信或录小视频给同事们讲故事，传达自己的真实想法和公司精神。每年，王村煌还会亲自带80人次的优秀员工一起出去旅行游学，最常造访的是日本，还有普罗旺斯、上海、新加坡。"透过旅行考察来感受这个世界，也透过旅行体验来培养伙伴们的事业心与敏感度。"

薰衣草森林集团的员工都有"旅行假"，除了法定节假日，正职员工皆可再享15天带薪旅行假。不过，这15天旅行假，其中2天是"品牌旅行"，须到集团散布在台湾各地的据点参访；另1~2天是请旅游达人带路做"周边小旅行"；剩下11天就是"个人爱旅行假"。

王村煌很认真地说："不爱旅行的人做不了薰衣草森林的好员工。"

读懂缓慢民宿

台湾著名主持人陈文茜写过薰衣草森林——

在那里，处处体现出主人的巧思。比如去薰衣草森林的人很多，附近的道路就会塞车，若是别处，可能会在路边立一块牌子说"请有耐心"或者"请不要按喇叭"，而薰衣草森林创始人之一的慧君就会在那边立一块黑板，上面写"慢慢开车，你的灵魂才会跟得上"，然后画一个可爱的紫色小女孩。快要到薰衣草森林了，人好多好拥挤啊，那里又会有一个黑板，上面写着"再五十步，幸福就在你眼前"。

2016年11月，我带海南博鳌"海的故事"餐酒吧创始人蒋翔，入住九份的缓慢民宿。第二天醒来，他兴奋地跟我描绘在厕所遇见一个"慢慢来"的马桶，上面有一条封纸，蒋翔抑扬顿挫地念给我听："不急，慢 慢来。"他记得很清楚，两个慢之间还有一个空格，"意思是还要再慢一点"。

我第一次来九份缓慢民宿是8月。从停车场走到民宿，是石梯，只能走，扛着大行李一级一级往上爬，气喘吁吁来到一栋白房子前，管家笑盈盈地站在门口迎接。分房拿钥匙环节被设计成了一个体验过程，管家请大家"抽签"，抽一段优美的文字，以此来命名你入住的房间。打开房间，你会发现床上放着一本书，那段优美文字即来自这本书。巧思也。

分钥匙后是闻香体验。管家将玫瑰、薰衣草、马鞭草、百合四种精油先后涂在每位客人的手背上，然后盲测。答对答错都是乐趣，重要的是你喜欢哪一个味道，一会你的房间就会为你准备那个味道的洗浴用品。

体验设计的高潮是晚餐时间的"管家说菜"。用餐地点在一楼餐厅，分餐制，每个人一道菜一道菜地上，管家把背后的制作方式和人文地理故事娓娓道来，我们则跟管家开玩笑，其乐融融。

洪震宇在《走自己的路，做有故事的人》一书中，披露了一些缓慢民宿管家说菜的幕后故事——

> 那夜虽然风雨交加，但是在温暖的民宿中，30多位旅人，安静地聆听管家说故事，格外温馨。说菜过程中，发现一些故事与当地的联系有些牵强，或是不够生动自然。晚餐结束后，说菜的管家只是将管家集合，道声晚安，我看到站在一旁的主厨华姐，紧张害羞，微皱眉头。"故事结局缺少了一个戏剧化的高潮。"我得出了结论。

我第二次来缓慢民宿时，也是一个风雨交加之夜。那一夜说菜，管家还用上了新道具"牛铃"。她说，这是以前九份这边挖金矿的矿工带的，家人只要听到"牛铃"声由远及近，就知道当家人平安归来啦。我们家在海南岛北部的火山地区野生放养黄牛，到山里找牛，就靠听牛铃辨别。我爸是个木匠，10多头牛的牛铃都是他自己制作的，自然熟耳。我讲这给管家听，她听得目瞪口呆，原来这才是"牛铃"最初的用途啊。

王村煌请洪震宇当顾问。

洪震宇要求厨师跟他一起去做田野调查，再来规划怎么做菜，这样就自然而然让民宿的餐点有故事、有内容又美味，既具有地方风土特色，又呈现出缓慢民宿的特质。被洪震宇辅导过的晚餐，变得丰富起来：开胃菜、前菜、主菜、饭食、蔬菜、热汤与甜点。而且，还会四季更替，食在当地食在当季。

至于"高潮",也被洪震宇设计出来了——

　　点餐上完,接着就是谢幕。灯光调暗,每桌摆上蜡烛,气氛从欢愉转向安静,主讲人依序介绍每位管家姓名,再鼓掌欢迎主厨出场亮相,让主厨跟大家说说话,这才完成大约一个半小时的山海慢食。谢幕的安排来自我在缓慢金瓜石的观察,结尾要有高潮,才会鼓励民宿管家与主厨持续产生热情,也让旅人感动难忘。

我第一次经历主厨谢幕时,出来的是一个女主厨,大家很是激动,这么好吃的晚餐原来是一位女生做的耶!全场报以热烈的掌声。真的像看话剧一样,演员谢幕与观众的互动是最后的高潮。

九份缓慢民宿有一段特殊的"前世"。1995年,台湾诞生了第一家真正意义上的民宿"云山水"，主人是28岁的返乡青年吴乾正。这位阿正后来成了台湾民宿协会创会理事长，如今是金瓜石的里长。我问他，为什么会邀请薰衣草森林来经营缓慢民宿呢？阿正说，民宿的本质是一种乡村创业生活产业，它除了需要主人的情怀，还需要专业。

薰衣草森林团队一来，房还是那栋房，但定位和服务全都变了，而且赋予它"缓慢"的灵魂：缓慢不只是民宿，也是一趟放慢的速度、是一种旅行的方式、是一处远方的故乡、是一场意义的追寻、是一个灵魂的信仰。

薰衣草森林的"香草铺子"也植入到九份缓慢民宿，虽然只是一楼一个小角落。透露一下，民宿事业对薰衣草森林集团的营业额贡献只占到7%左右。"缓慢民宿给我们带来的是整个品牌和周边的商机。"王村煌说。像薰衣草森林去日本北海道开缓慢民宿，赚多少钱也不是它的第一使命，为品牌加值才是！

这一点，我倒是看明白了。

走读新社园区

台中新社森林园区，是王村煌爸爸妈妈早年开山种槟榔的地方。

有两个30岁的女生，一个是花旗银行员工，一个是音乐老师，因为厌倦朝九晚五，辞掉工作来到这里开创新生活。一个想种一片薰衣草田，一个想开一家咖啡馆，听上去非常浪漫。

两个女孩运气很好，王村煌帮她们说服他的爸妈把土地租给她们；而且，从一开始，王村煌就以自己的企业管理经验协助她们。当时，他还在台湾高铁的母公司做管理者，不久即全职加入她们的公司当首席执行官。

早期，薰衣草森林打出的卖点是"最偏远的咖啡馆"。

一杯咖啡卖180元台币，比台湾普通咖啡要贵一倍以上，但仍然有很多人来买，"他们来这里其实并不是要买好喝的咖啡，而是心中有一些空虚需要被填补"。经济发展太快，人们的空虚也越来越大，需要"精神产品"。开业后一个多月就迎来2002年元旦，小小的山路里交通严重堵塞，上了电视头条新闻，名声远扬。

新社园区最早投资才200万台币，从第三个月起一个月营业额就超200万台币，王村煌笑说："赚到不好意思。"可是，他们也走过弯路，譬如2002年年底到清境农场开第二家分店，最后关掉咖啡店，只留下香草铺子。2003年在台南科学园区内开餐饮店，"没有薰衣草也没有森林"，一年亏损了近二百万元。2004年在台中经营"森林1935"餐厅，最后也以亏损结束。

原来，薰衣草森林最擅长的，是以乡村场景打动消费者。薰衣草森林的"场景革命"，在于小体验、小幸福。

陈文茜写道："当你终于进入了薰衣草森林，会碰到一个洗涤的仪式。从薰衣草中提炼出来的香气，通过管道喷出，洗涤你的全身，把那些城市里的纷扰、烦躁，一切都荡涤干净。"

这个叫"净身仪式"，硬件投资简单得很，用原木搭一个类似露天澡间的场景，安装几个喷雾喷头，还有一个红色按钮，简单却非常受欢迎。

经营一段时间后，新社园区开始讲"两个女生的梦想"，他们开始从卖场景升级到卖故事了。新社园区入口处的招牌，是一件彩绘"两个女生"的木雕作品，招牌前有一张小凳子，让客人坐下来合影，跟"梦想与勇气"合影。我发现，每一个坐在凳子上的人，脸上都露出幸福的表情。

王村煌说："我们的目标不是种一大片薰衣草，而是在所有的消费者心中，种下一棵薰衣草。"薰衣草森林的薰衣草田，就一个小山包，几亩地而已。而且，非薰衣草季节的时候，这里根本没有薰衣草！

如今的新社园区，有森林咖啡馆、香草铺子、缓慢寻路民宿、香草市集、森林美术馆、初衷小屋（体验手磨咖啡）、年轮邮局、旋转木马等零部件。旋转木马是创办人去日本清里萌木村参访受到的启发，在薰衣草梯田旁边也做了一套。最特别的是，木马旋转时，它还会喷气泡，飘来薰衣草的芳香。

年轮邮局，就是写明信片，路边设有6个彩色的木房子邮筒，分别命名为：Family（家庭）、给妈妈的话、快乐的自己、知己、希望、友情。对年轻人很有吸引力，尤其是年轻情侣，一起写明信片是一件很浪漫的事。我问店长，年轮邮局受欢迎吗？答案是肯定的。第二个问题是，营业额呢？答案是只占到新社园区的4%，贡献很小。

这也是我敬佩薰衣草森林的地方，它的很多体验设计，不是

从"营收最大化"的维度思考的，而是从丰富客人体验的角度去做决定的。

体验村光学旅

新社园区还有"看不见的体验设计"，那就是它的服务体验设计。

2016年我带一个团队来体验了它的"村光学旅"。

我们入住园区内的"缓慢—寻路民宿"，这是缓慢民宿的子品牌，面向20岁到30岁客户群，装修为北欧简约风，格调比较轻松活泼。走进房间，管家不仅已开好空调，还播放着轻音乐。播放器是无印良品那款经典的墙挂式 CD 机。书桌上放着一个手作的木质抽纸盒，非常精致，售价约380元人民币。

卫生间里装洗浴用品的那套罐子，放牙刷的圆瓷圈和刷牙的瓷杯子，都是无印良品的。无印良品代表的是中产阶级的生活美学，这些器物在悄悄地告诉你，民宿的目标消费者是哪一类人。

更打动我的是民宿二馆的小书房。这是缓慢民宿的"标配"，书房与独立书店合作。王村煌说，台湾独立书店经营得非常辛苦，于是他想尽一点自己的绵薄之力，采购了50万元新台币的书。这是一间小小的公共书房，开大大的玻璃门采光，灰色的清水泥墙体，还有一个壁炉；开了一扇长长的玻璃窗，放着一张跟整面墙一样长的沙发，很多人喜欢跪在沙发上，看窗外的风景、发呆。中间放着一个大木桩，几张沙发围着，拿本书，坐下来，慢慢读吧。

我们在小书房聊得很晚才回房间睡觉。

第二天醒来，用过早餐便移往"一亩田"，由自然农夫斑马带我们开始"村光学旅"的第一堂课。斑马原先是园区的职员，后来辞职出去单干斑马农场，实践自然农法。王村煌说，斑马出去创业，伙伴们都很支持他，第一批用户正是薰衣草森林的同事们。这一次，他一身农夫打扮，跟我们分享自然农法，带我们学习利用堆肥改良土壤。

"村光学旅"的第二堂课是初衷小屋外的林下午餐。

这个初衷小屋，是薰衣草森林全体员工近500人用了半年时间，人人参与合力建起来的，怀念那段草根创业的辛苦。这间咖啡馆只卖公平贸易产品——雨林咖啡，一名叫吴子钰的台湾大学毕业生到印尼做的品牌。所谓公平贸易指的是在采购时，充分考虑到农民劳动所得加上社会环境成本，以一个比较高的价格进行采购，雨林咖啡强调在不砍伐原始雨林的情况下生产出产品。

行政主厨林奕成亲自掌勺和说菜。我们10人用餐，有6个人为我们服务。很讲究桌面美学，桌面中间放了一排木格子，用绿叶菜、红色南瓜、紫色包菜等做"蔬菜插花"，很有美感。桌上还放着几个大玻璃瓶，泡着薄荷叶，既是饮料，也是布景。每个人面前，有个圆木盘，铺着一张白色吸油纸，几片烤好的蘑菇，一小杯酸梅醋，还有两颗红红的腌酸梅。餐盘，系着一根红白相间打着蝴蝶结的绳子，开餐时，主厨引导大家先把绳结打开，解说词是：把一切烦恼打开扔掉，迎接一个更好的自己。

盘里还有一张故事卡："我们长期耕耘一片良善的森林和园地，借由旅行森林的方式，让更多的人认识和体验森林的理念和故事。"

桌边，三根木条架起的一个炭锅，木炭红了，一位女生戴着口罩，专心致志地为我们烤香草面包。不一会儿，热乎乎的、香草味四溢的面包就端上来了。

接着，珐琅锅烧的红酒水果汤也端上来了。

那天主厨变成了故事长，他是这样开场的："在台湾，这样子的体验用餐环境，正在流行。你有机会在大树底下用餐，在虫鸣鸟叫的地方用餐，这样的用餐方式就是让大家有记忆点。"

他特别安排了现场采蘑菇和炒蘑菇体验。用餐到一半，我们被主厨邀请离开座位，来到一个木架子前，上面放了三种蘑菇，还摆了橙子、苹果、灯笼椒、南瓜、香草等造景。比起采蘑菇本身，大家更兴奋的是拍照发朋友圈。

蘑菇采好、洗好，我们去围观主厨炒蘑菇。他一边炒，一边解说：蘑菇最好用手掰，不要用刀切，金属会破坏蘑菇的细胞结构，影响风味。

这一餐，我们用了近2个半小时。平均一个人餐费是500元人民币，不便宜，但所有人都说超值，从来没有这样享受过林下午餐，而且是如此专业周到的服务。厨艺一流，服务一流，说菜一流，而且场景独一无二。这一餐，变成人生中的一个记忆点，500元怎么会贵？

"村光学旅"的第三课是逛森林美术馆。

所谓森林美术馆，是把王村煌爸妈种的50亩槟榔树砍了，重新造的一片林子。入口，是一栋没有盖屋顶的木屋，墙上写着"森林是没有墙的美术馆"。屋里有张原木凳，墙面是一面大大的玻璃，透过玻璃看出去，森林变成了一副自然画作！这个创意，是从日本北海道六花亭"神的游乐庭美术馆"借鉴来的。

斑马带我们逛森林，每人发了一个医用听诊器，教我们听树的声音。真是非常有意思的体验设计。不同的树，营养和水分上下传输时，声音不一样，有的像马蹄声，有的像溪流声。

逛完森林，我们又回到初衷小屋，上"村光学旅"第四堂课：体验手磨雨林咖啡。这一天的体验设计，一环扣一环，一天光阴不知不觉就过去了。每一个环节都很有趣。"村光学旅"通过体验的设计，让客人改变了旅行的方式，慢了下来。我记住了"增添记忆点"这个体验设计的中心思想。

浪漫心之芳庭

如今，新社森林主题园区的热潮已经退去，从日均3000人降到了1000人；开业于2011年，距离台中市中心20分钟车程的婚恋主题园区心之芳庭成为后起之秀，人气也是最旺的。

心之芳庭主要分约会区和庆典区。

约会区，"高低错落的庄园，围绕着以喷泉为中心的市集广场，充满异国浪漫乡村风格，恋人携手穿梭其间，每个角落都弥漫着爱的氛围"。约会区营造的是法国南部乡村风情，西餐厅的名字就叫"小南法"，借"普罗旺斯"的势能。

庆典区，"以食的初衷，大地的爱，取得台湾第一张绿色婚礼认证，鼓励新人用爱友善地球"。庆典区有大草坪，举办婚礼的欢沁会馆和举办订婚仪式的许诺礼堂，两栋都是白色的简洁直线条型建筑物。在这里办婚礼，不用鲜花，不用一次性用品，不卖鱼翅，不卖燕窝。

"绿色婚礼"，是心之芳庭制造婚宴差异化的制胜武器。

王村煌说，一场婚礼平均会产生14.5吨的二氧化碳，而14.5吨二氧化碳需要600棵大树才能吸收掉。心之芳庭最多的一次是一天办6场婚礼，等于一天需要3600棵大树来吸收这些碳排放。所以，他们倡导绿色婚礼。

心之芳庭不仅理念一流，服务设计也是一流的，包含餐厅、冰激凌店、巧克力店、婚礼小屋店、香草制品店(香草铺子)、丘比特礼物坊等零部件。园区里造了很多心型物件，恋人们可以比赛找"心"，看谁找到的"心"最多。还有，各种"示爱"标语到处都是，比如"什么都别说，给我一个大大的拥抱就好"，都是教"小确幸"们如何表达爱的。

心之芳庭最打动我的场景是，"亲亲我的家"。二楼营造了一个白领小家庭的卧室场景，放着一张浅蓝色的简约风木床，米黄色的墙上印着一行小黑字："真爱不必多说，做就对了。"我被它宣扬的价值观打动——有爱就好。它鼓励爱情回到本真的样子，不要被金钱绑架，不要被房子绑架，鼓励"小确幸们"自由自在地恋爱、结婚、生子。

"我们希望不仅要给自己幸福，还要向外界传达善意。"王村煌说，"我们比的是心灵的占有率，而不是市场的占有率，我们比的不是竞争，而是合作"。

心之芳庭所在地的土地所有者是味丹公司，400公顷，闲置了30年。心之芳庭成功之后，这里的土地，价格翻涨了5倍，周边不少项目搭游客流量的顺风车也开发起来了。味丹投资薰衣草森林，并与薰衣草森林合作开发心之芳庭，现在看来是非常有远见的一次投资和合作。

薰衣草森林团队也凭自己的产品开发能力和专业运营能力，把一块闲置了30年的土地经营了起来，造福业主。"虽然我们的力量很小，但要相信，只要敢去做，终有一天你可以在你的岗位上慢慢改变这个世界，让这个世界朝更美好的方向前进。"王村煌说。他妈妈也跟我说了这么一句话："事业的成功，都是小孩子自己打拼出来的。"

真愛不必多說，做就對了

心之芳庭

"爱拼才会赢。"我回了这句著名的歌词给王妈妈，她笑了。

为什么薰衣草森林的场景革命能成功呢？

分析起来，消费升级的三个关键点都被它抓住了：其一是从物品的消费转往"行为"或"场景"的消费；其二是从物质消费转往精神消费；其三，消费者对生态型生活的向往，与自然共存、不浪费能源的生态型生活。日本作家中野孝次在《清贫思想》中有这样一段话：物质的确富裕，可是，物质生产不管多丰裕，也未必和生活的幸福连接。我们现在终于发觉，幸福的生活，需要与物质不同的原理。

王村煌说，薰衣草森林"所有的品牌，都是在谈幸福的状态"。

薰衣草森林的成功，它所有的场景革命，无非都是为了述说一种幸福的状态。

难怪，他们能写出这样高水平的广告语：让人成为更好的人。

萌木村：超人的幸福经济学

～～～～～～～～

清里，是一个高原小镇。

如果自驾，从东京到清里，要花4个小时。这个距离，就像我们从上海开车去莫干山一个样。如果坐火车，花2小时乘坐JR中央本线特快从新宿车站到小渊泽车站，换乘JR小海线到清里站，约30分钟。清里的休闲度假设施就在车站周边兴建，除了外观漂亮的餐厅和咖啡馆以及旅馆，还有滑雪场、马场等体育设施和综合疗养设施，并建有几座美术馆。

我2013年第一次去清里，2018年再次造访，都是奔着"萌木村"而去。

清里出了个"超人"

从清里站走路下来，15分钟左右就到"萌木村"了。

"萌木村"不仅是清里的"常胜将军"，也是日本观光界的一个传奇。

　　第一次来，抓万圣节的时间节点，为了观摩"萌木村"的乡村市集。往年都是四五万人拥簇。岂料，赶上了秋台风——无边红叶萧萧下，不尽雨水滚滚来，乡村市集被迫停办。"萌木村"的小径上，湿漉漉的五彩缤纷，南瓜鬼脸摆得到处都是，搞鬼的天气，搞鬼的氛围，依然是万圣节的气氛。

　　清里在大规模开发之前，是一个高原农村。1925 年，美国的保罗·拉什博士前来指导开发清里，他在美国四处募款，然后投入建设学校、农场、医院、图书馆等公共设施，产业振兴则致力于高原蔬菜栽培和乳牛饲养。

有一位农场主的儿子，叫舩木上次，小时候在清里农场过穷日子。读书不是很上进，在东京读大学没毕业就跑回清里，白手起家创业，那是1971年。

1964年东京奥运会，整个日本经济沉浸在后奥运时代的泡沫经济热潮中。那些年，正是清里的黄金岁月，"度假开发急剧推进"，华丽的土特产店铺和各种商店鳞次栉比，年轻人蜂拥而至，把清里当作森林里的童话世界，号称"离星星最近的小镇"。

盛景之下，保罗博士创办的农业学校，却因为志愿者少，被迫停办。

年轻的舩木上次，筹钱开了一家咖啡馆，咖喱牛肉饭大受欢迎，赚到了第一桶金。别人呢，快钱赚得越多越开心，舩木上次却越来越不自在。那时的他发现，整个清里一切都在"向钱看"，开发商只追求短期利益"乱开发"，粗制滥造，清里变成一个几乎没有个性的旅游目的地，服务品质和旅游体验越来越差劲。

"这样下去，清里迟早有一天会被游客狠狠抛弃的！"舩木上次就像超人一样，看到了一场"正在发生的未来"。

他决定用行动来拯救这场危机，从1977年开始兴建"萌木村"。这是一个以手作坊为中心的休闲度假村，每一栋别墅做一家特色店，每一家店他亲自招募年轻人来当"事业合伙人"。杂货店，手作陶器店、手表店、个性服装店、手作包包店、当地特产店、木工坊……称得上"乡村创意生活产业集群"。

清里在快速沉沦，"萌木村"却像一轮新日从海平面慢慢升起，做成一家小型主题园区，每年有40万人次造访，成了维持清

里观光知名度的一个重要支柱。2018年，他被日本福布斯评为让日本变得有活力的88个人之一。舨木上次直言，如果没有"萌木村"的支撑，清里不知道会沉沦到什么地步！如今，清里一年的游客量仅为高峰时期的4成，其中40%专为"萌木村"而来。

2018年4月的一天，我花了一个多小时在清里散步了一圈。从"萌木村"走出来不久，临街就看见破败的酒店、餐厅和民宿，建筑垃圾无人清理，昨日辉煌不再，沦落成废墟，令人唏嘘。静，非常静，散步过程，竟然连一个游客也没撞见，总共只撞见了2个行人。消费者对清里的惩罚真无情。

对于清里的没落，舨木上次分析说："做乡村再生事业，农业是本，也是魅力所在。如果丢了农，只开民宿、餐厅，一定变成无源之水，一定会干枯的。清里民宿昙花一现，很多人破产逃离，血淋淋的教训。经营民宿赚的是农业10倍的钱，可是消费者凭什么住你家，你又不是专业的旅馆业服务者。你吸引消费者的应该是农业的体验以及农村里人与人之间的温暖人情味。"

早知如此，清里人无论如何都不会让保罗博士创办的农业学校停办吧？清里失败就失败在，大家都"忘本逐利"，不知道"农业"原来具备这么高的战略价值。1990年代以来，日本农业六次产业化兴起，民宿成为六次产业的一部分，农业六次产业化升级为"精神产品"，创收能力不止10倍于单一民宿业。

舨木上次穿着超人T恤（他说在东京与部长见面他也穿这件T恤）跟我们见面，2013年是这样，2018年也是这样。自诩为"超人"，真是奇人啊。他长着一张宽厚的大脸，浓眉，头发半白，却依然像年轻人一样热情似火。

从他身上，我读懂了"正能量"这个词。

从"英式花园"到"自然花园"

"萌木村"先后造了18栋欧式别墅。

早年，舩木上次亲自带着日本的工人去欧洲游学，眼见为实后回来盖真正欧版的别墅群，连瓷砖都是从西班牙等国采购回来的洋货。

他自己只经营4栋，剩余的14栋都租给其他创业者，以收20%的营业提成模式合作。每个月所有店主都会聚到一起探讨"生意经"。每一个店主都由他本人亲自选定，干得最长的店主从"萌木村"开业一直干到现在。

"为什么不自己经营，那样不是能赚更多钱吗？"我问。

"因为我的人生目标不是赚大钱，而是赚最多的快乐。如果每个店都自己经营，就会很辛苦，增加很多烦恼。他们每一个人都是自己门店的主人，每一个人都很有积极性和创造性，这是多么令人开心的一件事。"这是舩木上次的答案。

清里开发商们都拼命赚快钱的时候，他却扶持他人，实践幸福经济学。

第一次来的时候，舩木上次陪我们共进早餐。法式早餐，餐桌摆盘摆得很有法国高级餐厅的范儿。吃了一会儿，曾经留法的朱小斌老师讲话了："这里的服务品质一点也不输给巴黎的高级餐

厅。""不会吧?"我有点惊讶。

舢木上次解释,这里的服务员他都送去巴黎的高级餐厅见习2年以上再回来上岗,这是他对服务品质的要求。我们听了有点小震撼。我很好奇,这种远离大都市的小村镇,怎么留得住这些优秀的员工?舢木上次感叹不已,创业初期,这里连招人都难,也留不住人,后来慢慢做出名才有改观的。他还招中国留学生入职,对他们的勤快很满意。

早餐后,我们在中国职员姜龙哲的导览下参观"萌木村"。18栋别墅美轮美奂,而且一栋一个款式,连入口意象都布置得很有乡村范。

身临其境，我印象最深的就是中央大广场。如果不是台风来袭，这天应该人山人海，由日本主妇与生活社主办的乡村市集在这里热闹上演。一年一度的万圣节乡村市集，连续3天，是"萌木村"的年度大戏，吸引4万多人从世界各地前来赶集。每年这个时候，清里的旅馆民宿都被预订一空。

主妇和生活社是一家以出版女性杂志《周刊女性》和时尚杂志《JUNON》为中心的出版事业体，它们的读者群都是主妇。主妇和生活社平时举办各种技能班，培养起一群"手作主妇"，化妆包、手提包、零钱包、挎包、靠垫套……然后，一年一度邀请"手作主妇"带上她们的作品，来"萌木村"摆集，成就年度盛事。

"萌木村"也因此获得"日本杂货圣地"的美誉。

旅游景区卖的一般旅游纪念品，这里一件也不卖。

在广场一角的山坡上，远远就看见一座华丽的旋转木马。旋转木马不仅小孩喜欢，情侣喜欢，其实很多大人也喜欢，坐在上面随着音乐转一转，内心就像是进行了一趟重返童心的时光旅行，很多快乐自然从心底升起。

舩木上次把旋转木马定义为"时光机"。

中午，我们在啤酒餐厅用餐。这个餐厅是舩木上次的创业原点，初建于1971年，当时是清里的第一间咖啡馆，现在成为自酿啤酒餐厅。2017年发生火灾后重建。2018年再来，舩木上次开放我们参观其地下室的精酿啤酒工厂。如果买中国产的设备，一家精酿啤酒工厂，100多万就买够设备了。舩木上次则买德国全套设备，花了4000多万人民币。啤酒花也一律从德国进口。

这家小啤酒厂酿的啤酒已经连续3年拿了世界杯冠军！

它凭什么做得到呢？舨木上次乐呵呵地解释，他把日本第一啤酒品牌的退休技术总监给挖来了。他并非用高薪水，而是用了一句话征服人家："在这里，你想用什么原料就用什么原料，没有拘束。"不以利润最大化为考核，而以酿出最好的啤酒为目标，这位啤酒匠人终于有机会实现一个啤酒人一生的抱负。

三连冠不仅成了啤酒匠人，也成就了"萌木村"。

我们2018年这次来，舨木上次在忙着把"英式花园"改成"自然花园"。

他批评自己说，之前犯了一个严重错误，不知道英式花园是英国人从江户时代的日式庭园获得灵感创造出来的产物。他却傻乎乎把英式花园照搬回日本。英国的纬度和日本不一样，花草根本就很难维护！重点是，当初英国人是获得灵感然后创造一个新东西，他搬回来的却是一个"形式"！

2011年，英国景观设计师保罗来到"萌木村"，他问舨木上次："你做这个假东西干什么？"舨木上次这才幡然醒悟！于是聘请保罗当设计师，采用清里八岳山的石头、花草树木，重新整理"萌木村"，至今已完成90%。当初从英国、西班牙运回来的瓷砖，都特别用本地石头遮住了。舨木上次很自豪自己做了这个决定。

我看见他买有机肥来养本地花草，非常感动。舨木上次说，之前搞英式花园，别人只是觉得萌木村漂亮而已，没什么特别的。如今，他做清里高原自己特点的花园，反而被媒体广泛报道，吸引很多客人前来观摩，成为新闻事件。

从故乡之傲的地方出发，自然感人。

成功的奥秘

有一年，舫木上次去德国"浪漫大道"游学，寻找经营的灵感。

浪漫大道西起菲森（Fuessen），北通符兹堡（Wurzburg），长达350公里的公路，两侧宫殿、小镇、要塞星罗棋布，既有自然美景，也有历史文化，仿佛每一步都徜徉在充满魔力的浪漫气氛中。舫木上次自问：清里没有这么伟大绚烂的东西，凭什么吸引游客？

一路懊恼的舨木上次在慕尼黑遇见了一台八音盒。这台八音盒的音色，让舨木上次产生了"就是这个"的直觉。舨木上次被八音盒"感动"了，他想，如果在"萌木村"播放八音盒，一定也会"感动"很多人吧。从那以后，他开始收集世界各国的八音盒。可是，他很快发现，顶级八音盒是一样有钱也买不到的东西。在世界各地的拍卖会上，不管他出多高的价钱，总有人比他出更高的价钱把八音盒拍走，而且还有个英国富豪跟他抬杠，只要没有人竞价了，这位英国富豪一定出更高的价钱拍走，目的只有一个，不能让这个日本人拍到顶级八音盒。

初入这个圈子的舨木上次很快有了一个外号，叫"香蕉人"。

"你们知道什么叫香蕉人吗，皮是黄的，肉是白的，明明是黄种人，却想当白种人，结果就是一个不受欢迎的香蕉人。西方那些富豪瞧不起我，认为我不懂八音盒的文化品位，是一个门外汉。"舨木上次说，在竞拍八音盒的过程中，他发现"钱"的力量很渺小，反而是文化自豪感的力量很大，那些西方富豪站在文化高地，对他居高临下，不让他赢，不让他融入这个圈子。

直到舨木上次做了一件善事才扭转了这个被动局面。

有位欧洲富豪收藏的一台价值连城的八音盒因为缺零件，许多年都无法修复。舨木上次于是从自己收藏的一台完好的八音盒中拆出零件，送给这位欧洲富豪，帮他修好这台八音盒。此举很快在圈内流传开来，舨木上次的大方赢得了大家的好感，获准参加世界八音盒收藏家联盟年会。联盟主席是一位法国富豪，当众点赞舨木上次，认为他是一位真诚对待八音盒的收藏家，请大家接纳他。

从此，舦木上次可以竞拍到世界顶级八音盒了。日本银行家主动上门借钱给他去竞拍，那位抬杠的英国富豪也和他成了朋友，开始礼让他。而且，世界各地的富豪开始纷纷邀请他上门做客，欣赏他们收藏的八音盒。"我是第一个进入世界顶级富豪俱乐部的日本人。"舦木上次自豪地说，在日本他根本算不上富豪，他是用"文化力"而不是用"钱"获得入场券。

1986年，"萌木村"正式开办八音盒博物馆，总共收藏了300多件八音盒。其中，最引人注目的是1900年巴黎世博会开幕式演奏的大型交响八音盒。舦木上次收来的时候，它已经废了，换了很多零件才让它"活过来"。法国驻日本大使馆一听说，立马派人来，说这是法国国宝，法国政府不管多少钱都想买回去。舦木上次当然不会出手，这可是他的镇馆之宝。

如今，"萌木村"八音盒博物馆已经成为世界级八音盒博物馆，它也成为"萌木村"的文化高地。参观八音盒博物馆是一场欣赏性参观，二楼设有一间专门的八音盒演奏厅，笛子、钢琴、大鼓、交响曲等各式八音盒轮番上演，最后一个表演正是那台法国国宝演奏的交响曲，让人听了感动得想流眼泪。

2018年这次来，舦木上次还开放了他的八音盒工厂给我们参观。他有一位顶级八音盒匠人，从1986年追随他到现在，从青年变成中年。匠人一年只能生产一至两台高品质的八音盒，并非有钱就能买得到他的作品。从这个只有一名匠人的小工厂走出来，我懂了，"萌木村"的成功，就是因为这种匠人精神。

清里那些失败者之所以失败，不就是因为粗制滥造嘛！

高原芭蕾舞节

推荐我们去"萌木村"的是旅日华人评论家莫邦富老师。

他在专栏里写过他到"萌木村"体验"野外舞台上的芭蕾舞"的情景：

> 古旧的城堡、静谧的湖畔、苍郁的森林、平坦的草地，一群白天鹅在翩翩起舞……舞台是高原上的草地，背景是高耸入云的八岳山和郁郁葱葱的原始林，大自然的夏夜则是舞台的天然大幕。星光陪着我们坐在散发出芳草气息的草地上，观看了"第21届清里野外芭蕾舞节"上演的芭蕾舞剧。

莫老师介绍说，舩木上次有一位芭蕾舞演员的妻子，起初夫人开设芭蕾舞教室教育当地孩子学芭蕾舞，友人便鼓励他们公开演出。

第一届清里野外芭蕾舞节，3天时间才吸引了350名观众，而且"很多高原农村的观众只看下半身，不看上半身"。

现在呢，一届连办14天，吸引上万名观众，盛况空前。从1990年至今，清里野外芭蕾舞节已经连办了20多年，是日本唯一一个常年坚持的野外芭蕾舞节。而且，还原创了《天上之诗》芭蕾舞剧，拿下1995年日本文化厅艺术节大奖。俄罗斯圣彼得堡

建城500周年大庆，日本首相以国礼之规格，派"萌木村"的芭蕾舞队去圣彼得堡表演。

舩木上次说，每年操办露天芭蕾舞节的成本是8000多万日元，靠门票收入（游客1万日元，本地人5000日元），年年亏钱，但是为了让乡下的人有机会欣赏芭蕾舞艺术之美，哪怕不赚钱他都要办，而且已经坚持了近30年。

2013年第一次去，舩木上次主动告诉我们，他是一位"负翁"，负债的负，他还欠着银行近15亿日元。都是泡沫经济时代，银行主动上门求他借钱兴建"萌木村"所欠的钱。他很感谢泡沫经济，说起债务，他一点也不愁眉苦脸，如果不是拜泡沫经济时代银行钱多好贷，"萌木村"只能是一个空中楼阁。

舰木上次有一位很好的朋友，开电子游戏厅的，非常有钱，大方地撒钱给小孩，包括给他买豪车，以为那样就能让小孩幸福地生活。后来，小孩吸毒了，送去戒毒所多少次都无法戒掉，才发现是"钱"害了自己的孩子。舰木上次邀请他来看野外芭蕾舞表演，这位朋友看完很激动："人世间竟然还有这么美好的事物!"不久，他把游戏厅卖掉，买了一个农场，每天凌晨三点就起床带着儿子一起下地干活。几年下来，小孩的毒瘾竟然不知不觉戒掉了。

朋友跟舰木上次说："做农夫是他这辈子最幸福的日子。"难怪舰木上次把野外芭蕾舞节视作清里的"美育运动"。

姜龙哲介绍说，每年芭蕾舞节是他们生意最火爆、工作最繁忙的时候，连着两个星期几乎每天工作近20个小时，一天仅睡3—5个小时。芭蕾舞节不仅带旺了"萌木村"自己的生意，还带动了周边的观光产业，"表演期间周边设施的住宿客人也有6千人以上"。

不过，野外芭蕾舞节一路走下来，并非一帆风顺，因为天气状况公演被中止的情况常有。在严酷的自然环境中演出，表演者的负担其实很重。舰木上次直言："计较得失的话早就落幕了。"然而，舰木上次的坚持，让清里逐渐获得了"芭蕾小镇"的美称，而且演员都是从当地培养起来的。

2008年，有一位双目失明的女孩来看表演，舰木上次非常吃惊，为她特别安排了靠近舞台的位置。表演结束后，女孩特别来跟舰木上次道谢，紧紧握着他的手说："今天真的很快乐。"舰木上次说，握手的一刹那，他也觉得非常快乐，这就是他所要追求的人生幸福时刻，这是"用金钱买不到的价值"。

一个地方的振兴，首要是人的"精神振兴"，这是舩木上次的看法。他说，现代社会很多人都不知道感动为何物，人们富起来后，并没有相应地拥有"把钱漂亮地使用这项素质"。旋转木马、八音盒、野外芭蕾舞……这些都是舩木上次的"道场"，他希望来过"萌木村"的人学会欣赏美，学会感动，学会快乐。

舩木上次说，他的人生理想是做一个把快乐最大化的人。

马路村的乡恋经济学

这天是2016年7月4日。

在日本四国高知县醒来，阳光明媚。

我率领了25人的新农人代表团来日本访问。上午先去高知县议会访问，县议员久保博道邀产业振兴推进部部长松尾晋次、农业振兴部部长味元毅一起跟我们对话。印象最深的是，高知县农业走"优富帅"的策略，关键词是新品种、高品质、差异化。

交流结束后，我们驱车前往马路村。

马路村是一个大村，总面积165.52平方公里，人口却只有900人左右。在日本，"村"已经是一个濒临灭绝的事物，2016年日本仅有183个村落了，其中高知县仅存6个村落。马路村一会儿入选"日本的里山百选"，一会儿入选"日本最美村落"，其实也不难，183个村落分列两排，面对面 PK，二里挑一嘛。

轰轰烈烈的城市化浪潮背后，一个国家的乡土文明要付出的代价真大啊。

粉丝拯救村落

我们从高知市来马路村，中巴车开了2个多小时。进村的山路只有一条车道，一路上常要跟对面来车腾挪让路。没有高速公路，没有铁路，没有信号灯——马路村以此为傲。

马路村坐落在一个山坳里，被海拔1000米以上的群山环绕，森林覆盖率为96%，其中国有林占75%。今天的马路村是明治二十二年（1889年）"明治大合并"中，由马路村与鱼梁濑村合并而成。

政府立法保护生态后，1979年马路村的林营署废除，1999年鱼梁濑林营署废除，彻底打破了马路村卖木为生的富日子。上治堂司村长介绍说，卖木头最火的时候，马路村一棵树卖100万日元，富得流油。

不能卖木材了，那400多户人家靠什么谋生？马路村能存活下来，其中两个人，起了非常关键的作用，一个是村长上治堂司，另一个是农协的会长东谷望史。

1970年代，他们都是意气风发的青年人，带领全村的伐木工转型向"六次产业创业者"，走一、二、三产业融合发展之路。种有机柚子，再进行深加工，制造柚子果酱、柚子饮料、柚子酱油等，同时修温泉民宿、农林产物直卖所，吸引城市消费者来马路村体验式消费。

摸索到今天，马路村实现了柚子的生产、加工、销售一条龙作业（六次产业），其中63人从事加工（最多时达100人）。

上治村长做PPT简报时，有一个表述非常经典，说马路村"将整个村落的形象跟商品结合起来销售"，即"销售整个农村形象"。六次产业不是一、二、三产业融合发展就完了，它还需要"农村形象"这个独特场景做卖点。

那天，我们在马路村教育委员会办公楼听上治村长讲故事。所有人都换室内拖鞋走进一个有表演舞台的多功能会议室，原木地板油亮而温暖。一个乡村能够拥有如此干净漂亮的会议室，令人刮目相看。

上治村长跟我们讲马路村的品牌化时，在他的PPT上，马路村的logo是和LV、香奈儿的logo并排在一起的。

我们问，马路村的成功密码是什么？上治村长答，粉丝，只要有很多粉丝喜欢来马路村玩，喜欢买马路村的产品，马路村就能继续活下去。听到头发花白，年近70岁的上治村长吐出"粉丝"

两个字，我们都笑了。

上治村长特别跟我们介绍马路村的"特别村民制度"。这是一个面向全球粉丝在线申请的制度，"特别村民"可以享受不少福利，其中最吸引人的是这条："来马路村的时候请到村政府办公处出示您的居民证，可以特别准许您在村长室内，和村长一起喝柚子汁儿哦！"截至2016年5月31日，马路村一共登记了9862名来自全球的"特别村民"，其中友邦人士一共84名，有1名是中国人。

"特别村民"的福利：1.虽然不住在马路村，但也可以在心情上变得跟马路村村民一样，做爱村护村的主人公；2.马路村会给你寄来特别村民的住民票（相当于居民证）；3.有时候，会有关于马路村的宣传报纸寄来；4.到村里玩的时候，可以随时去村长办公室跟村长坐着聊天喝柚子汁儿。

马路村编辑出版社区报，宅配时，报纸随着马路村产品一起跟粉丝见面，向他们讲述马路村最近发生的新闻。快递箱里的减震材料，马路村没有使用污染环境的泡沫，而是自制的全棉毛巾，消费者可以用来当擦巾，既讲环保，也是送给消费者的福利。

每年到村的观光客人数大约55000人，常年购买者约61000人，年总销售额超2亿元人民币。其中两款爆款产品贡献最大，马路村公认饮料"Gokkun马路村"（品牌名，直译为"幸福马路村"）每年销售600万瓶，"柚子村"每年销量340万瓶醋、酱油。做个对比啊，上海崇明岛有一个薰衣草主题公园，它一年吸引10多万人入园，可是营业额才800多万元人民币。

上治村长非常热情好客，给我们每个人都送了一瓶"Gokkun

马路村"。这是一罐10%柚子汁+90%水制作的原味果汁，除此之外没有任何添加物，柚香浓郁，口感甘甜。后来回到高知市我们在一家咖啡馆里交流，也喝了柚子汁，可是怎么喝也喝不出马路村柚子汁那种自然清甜的柚子味。

种的时候有机种植，加工的时候无添加体现原味道，包装还很讲究创意。"Gokkun马路村"给我们的启示，就是"单品冠军"思维，以最执着的匠人之心，死磕单品，并将单品做到极致，形成核心竞争力和品牌效应。

乡村"场景革命"

跟上治村长互动结束后，我们去看村里的有机柚子园。

马路村用汉字书写的"柚子"，其实是香橙，从韩国引进的品种。

柏油路一直修到半山腰的柚子园里。一路逛村子，我们几乎看不到"观光化"的痕迹，村庄本来是什么样子还是什么样子。半路上，有一块梯田，水稻长得绿油油的。马路村没有因为发展六次产业，尤其是做了加工业和观光业之后，就放弃了"农村"的特色，而是保留着真实的乡村场景。

马路村建村目标是：听得到宝宝们洪亮哭声的村；儿童们可以活蹦乱跳，快乐地上学的村；居民们能干劲十足工作的村；老人们能笑声不断的村。

瞧瞧，这是多么朴素的理想。

马路村大面积种植柚子始于1955年，村民们坚持不用农药，用自然栽培和人工采摘这种最原始的方法来种植。60多年后的今天，我们走进马路村柚子园，认真去看土壤、树叶、修枝方式等环节。土壤松软发黑，有机质非常丰富。每棵树都长得很健康，叶子油亮油亮的，没有虫害。

在马路村，我们看到的是森林比柚子园大，整个村庄四周一山又一山的鱼梁濑杉树，约80%是自然林，哪怕是人工林，平均树龄也有55年了。从高坡上望下去，整个村庄房舍错落有致，梯田、柚子园、庭院等乡村场景，"干净而且有范儿"，阳光静好。

马路村的柚子加工厂是一家森林中的观光工厂。

我们走过一条林中小径来到加工厂，像是一栋装修得很有个性的咖啡馆，在一楼脱鞋走上二楼，楼梯是厚厚的原木。楼梯的墙壁上挂着柚子成熟时的采摘场景等照片。二楼放着好几套创意原木家具，整个空间被布置成展示厅，有特别村民制度展示，有加工产品实物展示专柜，有柚子生产工具展示。

展厅后面，就是马路村农协开放式办公室，没有玻璃墙，工作人员自顾自地埋头办公。办公室后头的墙壁上高高挂着一面横幅，上书"马路村农协"5个繁体汉字。农协在日本，是一个为农民谋福祉，为村庄谋振兴的农民自组织，偏经济福利，区别于"村长"的政治性。

穿过展厅，走到一条L型的观光长廊，透过玻璃可以看到一楼的加工车间。一块块橙黄色的"砖头"从冻库拿出来解冻，这是柚子原汁。因为无任何添加，"Gokkun 马路村"保质期非常短，对策是，卖完一批，解冻一批，加工一批，不会为了延长货架期而添加防腐剂。

参观过程，我尤其对研发部门感兴趣，看到里面各种专业仪器和穿着白大褂的工作人员，感慨不已：一间农村工厂的研发室设备竟然如此先进！

马路村早期的加工厂也是小作坊，他们也是从零出发的。现在这个加工厂投资近1亿元人民币，其中政府补贴了一半以上。10年前，政府看到马路村做出成绩后锦上添花，这笔巨额补贴让马路村加工厂迈向了世界一流水平。中央政府和县政府（相当于中国的省）都出了钱，而且都是无偿援助。

马路村走上六次产业道路，是被市场逼出来的。1987年，马路村迎来了4年一遇的柚子大丰收，柚子的价格直线下降，果贱伤农，于是"赌上在这片土地上继续生活的希望，马路村开始了柚子加工品的研发"。

马路村有什么资源可以使用（一次产业）？

可否在其基础上增加附加价值（二次产业）？

作为商品有没有市场（三次产业）？

上治村长列了三个思考题，分享马路村走上六次产业之初的思考逻辑。

那天，从工厂走出来，花园中有一间木屋，上书"农林产物直卖所"，产地直销。我们参访团20多人鱼贯而入，开心买买买。

马路村一年卖出1000多万件商品，绝不仅仅是把产品做得好就可以的。要知道，在后资本主义的时代，最典型的特点就是

"物品"无法销售，反而是"沟通过程"直接成为交易对象。马路村的成功之处在于，它将"整个农村形象"与消费者端的"乡恋"对上号，成功捕获消费者的心。

马路村温泉民宿，除了拥有咖啡厅、日式宴会厅、日式榻榻米客房、温泉池等配套设施，还有"专卖店"——就是民宿办理入住的客厅，成了产品展销空间。民宿不仅是六次产业的重要组成部分，还是一种心灵疗愈产品，是六次产业的心灵美容师。美好的民宿入住体验，能一下子提升品牌价值。

"乡恋"市场崛起

临近傍晚，考察也累了，我们全体入住温泉民宿。

马路村的民宿盖在安田川之畔，此处没有大水，它是一条宽宽的浅浅的清流。上治村长分享的PPT上有一句话——"虽小却闪闪发光的具有独特性的马路村"，所谓闪闪发光的东西，指的是森林、柚子、安田川。在介绍温泉民宿时，上治村长特别强调，女生可以享受"玫瑰温泉浴"，PPT上有张照片，一位美女泡在红白黄玫瑰漂满池的温泉中。看来，女性消费者是"乡恋"市场的主力军。

不过，我们入住民宿后，却有比泡温泉更大的惊喜。

我们沿着台阶，走到安田川里嬉戏，坐在大石头上摆各种姿势拍照片，规划师刘超竟然站在一块大石头上练单脚瑜伽！民宿的阳台上，有几位没下水的人在玩手机互拍，互为风景。突然间，

水仗就打起来了，一堆青年男女在一起，根本不需要宣战，四面八方的手掌都在比试击水的威力。首先袭击别人的那位，引来"联合军团"的反击，惊叫声，欢笑声，久久回响。

马路村没有"大拆大建"，它只是守护好"干净而且有范儿"的安田川，再从民宿修了台阶通到溪边，游客就会自导自演，度过一段美好的亲水时光。马路村非常清楚安田川作为"乡村场景"的作用和价值。在加工厂的展厅，我看到好几张有安田川场景的海报，有一张是一个胖胖的小男孩坐在溪中喝"Gokkun马路村"的场景，我难以忘怀。

晚上，我们在民宿享用马路村"乡村料理"。

我们吃到了招牌菜"盐烤香鱼"，那种鲜美，也是入口不忘。更开心的是，上治村长还送了2瓶马路村自酿的柚子酒，那种甜美，也是入口不忘。村长送酒，让大家非常开心，宾至如归，酒美，人情味更美。

酒足饭饱之后，我们邀请旅日评论家莫邦富给大家点评马路村：马路村把土气当作武器，勾起日本人的乡恋，获得很多粉丝，在10多年前的电话邮购时代，就已经累积20万客户了。马路村的成功离不开都市人的乡恋情结。

日本大名鼎鼎的宝冢歌剧团前CEO森下信雄在其书《宝冢的经营美学》中提到，怀旧与思乡变成了当代日本人特有的一种心理倾向。原来，"乡恋"是马路村粉丝经济学的成功密码。

如何理解日本人这种"乡恋"情结呢？

建筑大师隈研吾在《奔跑吧！建筑师》中写道——

20世纪诞生了新的工薪阶层，为此，美国在郊外准备好地皮，建造好"我的家"，让国民像奴隶一样辛苦工作，这项"大发明"，最起作用的国家就是日本。到了21世纪，日本的工薪阶层社会逐渐走向极端，实际上，在日本工作会遇到很多挫折。

在"我的家"这一幻想的驱使下，诞生了日本的工薪阶层和家庭主妇，工薪阶层为了偿还住宅贷款，一生都被束缚在公司里，而家庭主妇则被关在家里。

战后的日本，民众被"拥有自己的房屋"的志向洗脑，"在郊外建造一座属于自己的房子"成为支撑资本主义的工薪阶层家庭的梦想，于是，可怜的职员们，为了"自己的房子"而拼命劳动，工作。

21世纪欧洲的凋敝、美国的停滞和日本的暗淡等都是受（全球化的以金融资本为主导的资本主义）破坏的结果，所有发达国家呈现迷失状态，找不到自己的可依靠之处。不对，是在迷失之前，都发现了自己原本就没有可依靠之处。

于是，隈研吾说："我，其实就是一个日本的乡下人。"

再举一个例子吧。我们后来到东京，去了银座的一家高级餐厅用餐，它的名字叫"农家的厨房"，生意非常火爆。老板是一个电视人，他有两个偏好，其一是卖小农家的菜，店里公开展示种植者的大幅照片；其二偏好招农家的孩子当店员，在招聘文案上公开宣传欢迎"农家继承人"。看来，这位老板也是一个乡恋者，来消费的人也是乡恋者，此为"乡恋市场"。

近两年来，中国乡愁泛起，春节期间微信朋友圈都大议乡愁。你说，中国会迎来乡愁市场吗？答案是肯定的。

游学团成员、上海高端水果品牌连锁店好果多创始人张列跟我说：马路村感动世界的是，全村人民在能人领导下共同奋斗的故事，如果是一个企业跑来村里设厂收购柚子开发产品，即使卖很多，也感动不了世界，也成不了明星村。中国大资本盯一个水果品类开发的案件不少，就是只有买卖，没有感动世界。中国最需要出现马路村，需要一心为公的村长、农协负责人这些人。这是道，是引发消费者共鸣与乡恋情结的真实的人，以及他们改变乡村的真实故事。

我非常赞同张列的观点。

温馨洋溢的由布院

2017年7月中旬的一天，我去海南省住建厅拜访陈孝京副厅长，他在电脑上播放 PPT，向我介绍了一个名叫由布院的地方。

巧了，一周后我就出发去日本九州游学，那就去认真瞧一瞧。

后来，我们在由布院体验了4天3夜，流连忘返。

傍晚时分，我和陈海荣、蒋翔、冯清雄四个人散步穿越村子中央的稻田，台风雨中，阵阵大风吹起稻花千层浪，我们舍不得挪动脚步，蒋翔在现场直抒胸臆："风景太美，甘愿堕落。"

由布院一年吸引400多万游客，其中有100万住宿游客，年旅游收入26亿多元人民币。整个由布院居民只有11000多人，人均年旅游收入折合23万元人民币。在九州大分县这样一个乡下，能把旅游这碗饭吃得如此香喷喷，奇迹也。

全日本"想去的全国温泉"排行榜由布院排第二位。

"去过了真好的温泉"排行榜，由布院也是第二位。

功臣榜首本多静六

1955年，由布院与汤平村合并为汤布院町，官方名称叫汤布院，不过由布院这个名字太美，也就一路叫下来了。

由布院的操盘手中谷健太郎，把成就归功于一群"奇人奇才"。

排在首位的，是一位名叫本多静六的博士。这位博士以设计明治神宫神苑和日比谷公园而名满天下，被封为日本"公园之父"。

本多静六出生于幕府末期，家境清贫，18岁苦学进入东京山林大学（后改为东京农科大学、东京大学农学系），后前往德国慕尼黑大学攻读国家经济学博士，再回母校东京农科大学任教。

1924年10月11日，本多静六在由布院的棉荟寻常高等小学校（现在的由布院小学校）演讲《由布院温泉发展策略》。提出他对城乡营造和建设公园的朴素看法，比如他说"经常呼吸新鲜空气""晒足阳光""经常津津有味地享用新鲜食物"这三点是最该保留的，因为关系人的健康。

本多博士演说，为了生活在都市的人们的身心健康和维持健康起见，森林公园、国家公园、温泉区周边的山林是非常重要的。他叮咛道："利用地方山水风景的策略不是轻而易举就能制定的，若没有充分调查地方的地理形势、经济状态、习惯、历史，博学又经验丰富的话，是无法制定适当的计划案的。"

由布院的人们要到1970年代才能深刻体会这个叮咛的深意。

本多博士对由布院的开发建议是，保持自然景观，让旅客来此处可以得到静养，因此需要自然的风光和温泉的疗效；但要建设一个温泉乡，又必须透过现代化的方式，他建议透过铁路交通以减少汽车的进入，不须开设太为宽敞的道路，而是维持自然的风光。

那时汽车刚问世不久。他主张将道路区分为车用道路的"大环游道路"、行人可自由漫步的步道"中环游道路"，以及联络车道和步道间的联络道路"小环游道路"。由布院做到了，真的没有大马路，以人为本，保存了乡村的肌理。

本多博士还提到，在德国有一个和由布院很相似的温泉疗养地巴登维勒，他建议由布院的人们去那里看看。在这个演讲过了47年之后的1971年，由布院才实现了包括巴登维勒在内的欧洲考察，带队的是由布院三驾火车头中谷健太郎、沟口熏平、志手康二。正是这次游学确定了由布院的发展思路。

三驾火车头在巴登维勒获得了再造故乡的灵感与力量。巴登维勒是一个黑森林与群山环绕的小镇，他们找到当地的议员，议员认为小镇中最重要的东西是"安静""绿意"和"空间"。这三个关键词让他们豁然开朗。从欧洲回来，他们着手营造"融入自然的安静的温泉地"，以"绿意、宁静、广阔"作为由步院的定位。2018年我专门去了一趟巴登维勒，果然是德国西南角黑森林中的一个非常自然、非常恬静、非常精致的温泉小镇，最是吸引欧洲富人阶层。

话说2017年8月5日，我们从福冈打车直奔由布院，行李一放下，就迫不及待地走读由布院。蒋翔一下子就被由布院的美震住了，他问我："这是一个什么公司规划设计的吗，这么有水平！"那时，我还不知道本多静六这回事，却脱口而出："以我对日本社区营造的了解，一定不是一家设计公司设计的，有可能是一位大学老师带头做的。"

一不小心，真的说中了，本多博士是一位大学老师。这么说，是因为我知道日本大名鼎鼎的社区营造案例古川町，就有东京大学西村幸夫教授的参与。

由布院太大气了，我自己也被震住了。

由布院三子

引领由布院发展的"三驾马车"都是温泉旅馆的经营者。

中谷健太郎是龟之井别庄的第三代掌门人，沟口熏平是玉之汤的入赘女婿及第二代掌门人，志手康二是梦想园时任掌门人。

我们住了龟之井别庄。它一共有22间客房，一间日式套房一晚房价近5000元人民币，"高端大气上档次"。

龟之井别庄的温泉池刚刚经过设计与装修，我们兴冲冲去泡了，设计相当的气派，用原木呈树枝状顶起一个玻璃屋，可以看星空。

龟之井别庄的创始人叫油屋熊八，原来在热闹的别府温泉（日本三大温泉之一，同在大分县，距离由布院40分钟车程）经营龟之井旅馆，但他却喜欢上由布院安静的田园氛围，于1921年在金鳞湖畔建了一栋别墅（即龟之井别庄）。后来由中谷巳太郎接手经营，吸引了很多文人墨客来疗养，包括川端康成。

不过，一直到1963年，龟之井别庄才发力谋发展。

那是中谷健太郎回乡继承家业的第二年，他将房间数从1间加盖到8间。一年后又盖了餐厅。再到1973年，才又增加了咖啡馆和杂货店。龟之井别庄占据了由布院的最佳位置，院内的银杏树非常高大，好几棵树龄都超过200年。

由布院的发展轨迹是这样的：由温泉旅馆带动发展，第一家正是龟之井别庄，再有其他民宿和观光商业街。商业街上的许多家有名的餐厅，都是龟之井别庄的厨师辞职创办的。可以说，没有龟之井别庄，就没有今天的由布院。

而没有中谷健太郎，则没有今天的龟之井别庄。

中谷健太郎1934年生于由布院，从小心怀电影梦，明治大学毕业后进入东宝电影摄制所，出任助理导演工作。1962年，父亲中谷巳太郎过世后，母亲到东京劝他回家继承家业。起初中谷健太郎并不想回到家乡，说通他的是家中长辈、日本知名物理学者中谷宇吉郎，鼓励他发挥电影专长来经营旅馆。

结果，助理导演中谷健太郎以他的电影美学，将旅馆中的一草一木、一砖一瓦都布置得像电影里的场景。他以乡村文化为精髓，海纳乡村的饮食、器物、庭园、节气、自然等文化，譬如在建筑上透过茅葺（相当于中国的茅草屋）的屋顶，展现乡村的田园风味。

2016年，82岁高龄的中谷健太郎在日本华文报纸《东方新报》说道——

　　我在村子里，就和普通人一样，没什么了不起的。村子里的人，到山里去砍木柴、烧野草，或者到河边洗刷……就是这些琐事，维系着村子里的人，而我什么都没有贡献。我虽然在东京的电影拍摄现场做过场记，但在乡下是完全没有用啊。但是呢，这里是一个有用的人与"没有用"的人都能和平共处的地方，这点让我非常欣慰。在东京这样的巨大都市，怎么说呢，没有用的人就活不下去，但在乡下呢，没什么用处的小人物，也和村子里的大伙儿一起慢慢变老、一起生活，他们现在大概活跃在各个地方，专门跟人家干杯吧（笑），就是在这样的氛围中，度过了40多年的时光啊。

中谷健太郎真是一个喜欢乡村美好的人呢。

在由布院的第三天，我们认真去看了玉之汤，它一共有18间客房。

由于主人的 DNA 不一样，场景美学也不一样。龟之井别庄是纯粹的唯美主义，一片落叶，服务员都会迅速把它捡走。玉之汤则是自然美，非日式庭园造景，维持原来的杂木林。大堂门口，放着一块火山石，长着杂草杂木，沿着院内小径修了一条小沟，清泉流过，别有一番意境。

始于1938年的玉之汤，创办人叫沟口岳人，是一名登山爱好者，喜欢森林山岳。沟口熏平，是其入赘女婿，本来在大分县的日田博物馆工作，他喜欢当地朴素的瓷器。所以，玉之汤的杂货铺比龟之井别庄的更有文创味，瓷器产品偏多。沟口岳人与沟口熏平的DNA共同塑造了"玉之汤"。

　　我们还去看了另一家高级温泉旅馆"山庄无量塔"。

　　它有一家荞麦面店，设计很有创意，从山坡上伸出一间玻璃房，可以俯瞰整个由布院盆地，不远处有一个温泉口一直冒着蒸汽。

　　"山庄无量塔"开业于1992年，后起之秀，超越了志手康二的梦想园，进入了由布院"御三家"。旅馆主人叫藤林晃司，

这是他从新潟县和福岛县的古民家移筑过来建造的房子，修旧如旧。

客满，服务员却依然笑盈盈地带我们参观。藤林晃司美学比较兼容，既有日式榻榻米，也有西洋真皮沙发，土和洋杂糅得相当协调。他在日式老宅里装进酒吧，酒吧中那台巨型风琴占了整整一面墙。还配套了一间以音乐为主题的博物馆，我们走进去的时候，两只猫一边听音乐一边睡着懒觉，感觉挺美好的。

也许你不相信，当年由布院三子相邀去欧洲游学的时候，还没有搞懂度假目的地这碗饭怎么吃。而且他们已经做好思想准备，如果这次考察旅行无法确定信心，回来就下决心抛弃依赖旅游业谋生的做法。那个年代，日本全国正处在经济高速发展、热衷团体型观光的时代，游客用脚投票，都去了热闹的别府，让由布院一直冷冷清清的、坚持度假型、个人型观光的他们心不慌才怪。

幸运的是，巴登巴登坚定了他们的信念，实践亦证明他们走对路了。

由布院新三子

我的一位旅日友人金静说，由布院是九州最感动她的地方，除了观光，这里还吸引了一批生活作家。竹工艺、生活器具、炭工艺，在山岳下诗情画意。

"生活作家"这个词让我眼睛一亮。

今天你来逛由布院商业街，竹制产品店、当地酿造酒专卖店、酱油专卖店、蜂蜜产品店、蓝染服装店、文创店、木工制品店……各种精品生活店应有尽有，品味之高，不输于京都、东京等大城市精品街，大多是"生活作家"们开的。

由布院的发展，离不开开放与包容的风气，接纳外来人。由布院"御三家"的创办人，其实都是外来人。在奇人奇才组成的由布院功臣榜上，"生活作家"亦榜上有名，其中有3位代表性人物，可以称之为"由布院新三子"。

第一位是由布院料理研究会的代表新江宪，龟之井别庄的主厨，是他推动了由布院地产地销浪潮；第二位是小林华弥子，辞掉东京外资银行的工作，在由布院景观营造运动中扮演核心角色；第三位是江藤国子，原来是日本农林水产省的公务员，因缘际会嫁入由布院农家，以她的专业与热情，带领当地居民一起搞新农业运动。

以新江宪为例，他花了一年多的时间，央求一户种菠菜的农家转型成少量多品种生产的农家，然后号召主厨们组成由布院料理研究会，每个月举办一次本地物产料理研究会，办主厨派对料理，终于让地产地销成功落地。

由布院观光综合事务所秘书长米田诚司对这股来自外界的风评价很高："与其说这些人是直接为发展观光产业而尽心尽力，倒不如说其特征是他们在各自的职责或岗位上扩而及外，大显身手，携手合作进行城乡营造工作。"

不过，由布院也不可避免引来一些"怪物"，譬如只求经营赚钱的商家。在商业街上，有许多在日本各地观光地区开连锁店的品牌。与此同时，由布院从农村慢慢变成观光商业街市的过程中，很多旧的事物消失了，村民的心情很复杂，甚至有人说出"不要发展商业"这样的话来。观光化对居民心理的冲击蛮大的。

由布院于是在生活与生意之间寻求平衡点。

我们发现，白天热热闹闹的观光人潮（每天超万人），到了晚上，一下子退潮而去，还原出一个乡下地方的宁静，但闻百虫鸣。原因是由布院晚上是禁止旅游车进入的，商业街傍晚就打烊了。中谷健太郎有句话说得很有意思："我们这里还是不会变得像那些大都市那样，半夜还有人会在街上晃荡吧。"

如今，对比别府和由布院，你会惊讶地发现，别府建设成了一个普通的小城市，而由布院依然是一个盆地山村，而且把自然风光保留得非常完好。今天由布院的温泉旅馆不仅价格比别府贵，人气还比别府高。而且，由布院不允许色情行业存在，主打女性消费者，打造"高级温泉度假目的地"。

不过，由布院依然是一部未完成的作品，米田诚司（对了，他也是一位外来者）有非常深入的思考。他认为打造观光城乡不只是为了观光业者的利益，最重要的是必须把打造观光城乡的成果还给地方、还给观光客。而且，有必要将资源投入到对地方有利的再造计划，为地方筑梦，建立一个居民也参与、交流的体系，让他们更广泛而主动地参与进来。

为了进一步引进"外面的空气"以活化由布院的观光，1997年由布院观光综合事务所向全日本公开征求秘书长，轰动一时，中谷健太郎说："公开向全国征才是希望不要只是地方的人聚在一块儿。"

米田诚司就是全国海选出来的首任秘书长。

电影节与吃牛肉尖叫大会

在由布院那几天，我们不管走到哪，都能看到第42届由布院电影节的海报。电影节在每年8月举办。在村里办电影节，蛮奇葩的，且是日本历史上最悠久的电影节，这又是中谷健太郎办的好事。

不过，由布院至今没有一家电影院，上映电影及举办座谈会活动，都是使用公民馆礼堂及会议室。由布院电影节诞生的背景是，1975年由布院发生了一场6.4级地震，在重建家园的过程，中谷健太郎提出了这个创意。

办电影节，最重要的收获是给原本保守、传统，但又拥有深厚文化底蕴的由布院这个乡下，吹进一股新鲜的"自由之风"。起初，他提出办电影节，村子里反对的声音不少，理由是"把外面的文化带到村子里来可不行"。

几十年下来，电影改变了由布院。除了看得见的事件传播助力观光业，还让由布院的人们知道外面的世界究竟是什么样子，深刻地改变了人的观念和视野。电影的美育运动，让由布院的空气充满了自由的气息。

中谷健太郎导演下的由布院电影节，以"亲自动手做"为理念，不管是电影节的选片、运营等工作，还是担当主持人和评论家，都是当地人自己干。

由布院电影节有四大套路：其一，电影节前夜户外公映，在由著名建筑师矶崎新设计的由布院火车站外广场公映；其二，每年上映20部具有独特视角的影片，包括当季首映新片；其三，办电影人与观众座谈会；其四，在旅馆或著名餐厅里办电影节派对，让大家与导演或编剧零距离交流。

电影节侧重点是对内的熏陶，中谷健太郎1976年起策划的另外一项活动，侧重点则是营销，叫"吃牛肉尖叫大会"——在由布院的原野上举办烤肉派对，上千人品尝过由布院牛肉后，对着山谷随心所欲地大声呼喊，喊声最响的可以获得3公斤牛肉的奖励。

吃了牛肉的人争先上台，喊出"嫁给我好不好""帮我加薪"等等，非常吸引眼球，引来NHK等电视台向全国做现场直播。

我们也吃了由布院的烤牛肉，很酥软，肉香味十足。隔一天的晚餐，我们又吃，怕以后再也没有机会吃到这么好吃的牛肉。

看来，中谷健太郎也是一个产品极致主义者。

享誉全球的"一村一品"运动的发源地正是由布院所在的大分县，推动者是前知事平松守彦。由布院是"一村一品"运动的积极行动者，平松守彦直接领导了由布院的"一村一品"运动，而且长达40年。1981年，由布院获得大分县"一村一品运动奖励赏"，这个一品即"牛肉"。

1975年，平松守彦从东京回到了大分县出任副知事，中谷健太郎正在村里带领人们推动震后重建，正准备搞电影节，平松守彦特别来鼓励："没错，大家加油！城市不是一个独立的个体，每一个村子、每一个町乡聚在一起，才有了今天的城市，不建设好每一个村子、町乡，我们大伙儿的劲儿就白使了！"

中谷健太郎积极实践平松守彦的理念，提出"牛一头牧场运动"。

用今天的话来说就是"众筹养牛"。

那时的由布院农家已经不愿意养牛，因为低价进口牛肉的冲击。中谷健太郎想出的方法是，让城市消费者出钱给由布院的农家买牛，五年后牛只宰杀时，将原来的本金返回，每年的利息则由农家提供出产的米返还。"吃牛肉尖叫大会"则是配套的品牌推广活动。

我有两点感慨：一是，中谷健太郎把他的导演电影梦变成了导演乡村再造，他的"作品"既有创意又接地气，没有这般文创的力道，由布院不可能这么辉煌；二是，中谷健太郎与平松守彦，官民合作，四手联弹，让"一村一品"和"由布院"都长成参天大树，成就了一段佳话。

温馨洋溢城乡条例

在由布院的第二天晚上，冯清雄（海南森林客栈创办人）出主意，请在龟之井别庄工作的中国同乡、90后的前台经理惠文文餐叙。

我们问了她一个核心问题："由布院成功的本质是什么？"

惠文文回答："把自然保护得很好。"

由布院做到这点，经历了三波保护浪潮。

第一波发生在1952年，政府计划在由布院盆地设置大型水库，并在湖畔进行观光开发。看似对当地有不少利益，町公所也站在赞同的立场上，由此引发由布院的反水库运动，当地青年人强力反对，一年后政府被迫撤回开发案。

反水库运动推生了一位社区领袖——袖岩男颖一医师。1955年，由布院与汤平村合并为汤布院町，袖岩男颖一被票选为首任町长，而且连续多次当选，总共担任町长近20年。这位町长反对由布院温泉旅馆变成色情场所，极力守护由布院的自然环境，不为观光开发所迷惑，是一位很有远见的领导者。

第二波发生在1970年代，从别府进入汤布院的入口处有个猪濑户湿地，是生物多样性的宝库，开发商计划在上面盖高尔夫球场。中谷健太郎与沟口熏平站出来反对，组成湿地保存会，最终成功阻止了该开发案。

1971年成功阻止高尔夫开发案后，中谷健太郎等人把保存会更名为"明日由布院集思会"，从反对开发走向乡村再造的新阶段。由布院三子赴欧洲游学正是在这个背景下发生的，历时50天，一共走访了9个国家，其破釜沉舟的气概令人敬佩，他们不仅创造自身的传奇，也保护了由布院的自然与风土。

第三波发生在1990年代，这一次由布院要抵抗的是度假村式的大规模开发。1987年日本通过《综合保养地域整备法》，俗称

"度假村法"，诱发了乡村观光开发风潮，由布院也受到了这股泡沫经济鼎盛时期的大开发压力的影响。于是，在很短的时间内紧急草拟、制定了一部《温馨洋溢城乡营造条例》，规定大于1000平方米的项目要经过严格审核，抑制大型开发和乱开发。

1000平方米！我们中国人听了会笑破肚皮的，这才多大的地块啊。然而，正是这种苛刻条款保护住了由布院农村田野景观。包括进行严格的建筑物限高，规定在由布院盆地，不管从哪个角度，都可以望见由布院。所以，今天我们散步在由布院，依然是"绿树村边合，青山郭外斜"的自然美景。

条例制定不久，日本也迎来泡沫经济崩溃，由布院相安无事很长一段时间。到2007年又呈现景气，由布院再次受到大型开发浪潮的侵袭。居民们紧急发起成立景观营造检讨委员会，挽救美丽的自然风景和街区景观。2008年，由布市议会以全体一致表决通过的高票通过了《由布市景观条例》。这是政府立法对民间环境保护运动的加持。

从民间反对政府开发案，到政府与民间站到同一条战线上，理念一致地保护由布院，时间跨越长达56年。"保护"两个字，只要一念出去，就是沉甸甸的，不管在哪个国度，都不是要嘴皮的事。哪怕到今天，由布院都不算完胜。在越来越热闹的观光人潮诱惑下，由布院的"绿意、宁静、广阔"是否还能守住，也是有很多人担心的。

哪怕是外来的米田诚司也苦口婆心地叮咛——

由布院最大的地方资源乃是中心区的田园空间，这些农地必须好好保护下来，将来也要世代传承下去。田园空间不仅生产农作物，也带给由布院空间上的宽裕和美丽风景，而且孕育众多生物、稳定气候、涵养水源等，具有多方面的功能与价值。

这一保护农地的工作光靠观光业方面成不了事，而仅凭农业从事者也有不易解决的地方。地区内外人士应促膝长谈，体认农地和自然风景并非个人所有，而是将其看作地区整体资产，由跨世代的人群继承，建立共有的价值观。

由布院确实是由一群奇人奇才共同书写才有今日之荣景。沟口熏平口述出版了一本书《由布院物语》，腰封上印了日本知名作家宫城谷昌光的一句评论："这个由布院创业记，就是一部无以类比的冒险记。"

大村梦幻农场姓农

2015年，大村梦幻农场一举拿下"全国直卖所甲子园2015"优胜奖及"日本农林渔业振兴会"会长奖。第二个奖项，颁奖典礼在东京明治神宫，所谓殊荣莫过于此。

长崎这个海滨城市，中国人是比较熟悉的。大村湾是一个闭环内海，只有一个小口通向外海，天然良港。从明治时代起，大村湾就有海军航空队、海军航空厂进驻，从此开始繁荣。二战后，美军进驻。1975年，全世界第一个海上机场长崎机场在大村湾正式对外开放。

大村梦幻农场在距离长崎机场15分钟车程的后山上。在农场餐厅用餐，坐靠窗座位，可以一边俯瞰大村湾，一边享用地道的乡村美食。2017年8月1日，我们来到大村梦幻农场，非周末，所以客人不是很多。这是一个"田园综合体"，有个大大的停车场，一年接待游客50万人次呢。

这是8位当地果农合伙打造的农业六次产业化的成功案例。

自傲的农民

40多年前，大村市福重地区因为梨园和葡萄园而闻名，每年8、9月收获季，都会吸引大批客人前来采摘体验，但收获季节以外就没有什么能吸引客人的了。

1996年，8家农户联手开办"新鲜组"农产物直卖所，虽然只是一间小小的店面，却架起了城市消费者与乡村生产者的桥梁。

新鲜组的传单上写道："新鲜组，顾名思义，销售时鲜蔬菜、水果、花、生猛海鲜、新鲜肉类、自制糕点等商品，农家渔民精心出品。"

"精心出品"表现在哪里呢？

"新鲜组"对合作农户建立完善的生产履历，尤其是对农药的管控，农户什么时候用药，用什么药，一一记录在生产履历里。很多农户采取不使用农药、不使用化肥、不使用除草剂的自然农法耕种，以种出健康安全的食材为荣。

新鲜组的传单还写道："大自然给予素材，本地的妈妈们早起做成包子、咸菜等加工品，享受着手工制作的快乐，这是多么丰富多彩的大地美味啊。"

创业八罗汉之一的山口成美跟我们介绍说，他们创业的缘起是果农们不满被渠道商大赚，自己却低价供货的苦命现实，有点"拿起菜刀闹革命"的意味。

2000年，赶上政府大力鼓励发展农业六次产业化项目，8家农户发现，原来他们这种生产、加工、销售一条龙作业叫作六次产业，而且还可以申请政府高达50%的补贴。于是，他们把新鲜组升级打造成"大村梦幻农场"，这是一个包括农产品直卖所、冰激凌工房、葡萄田餐厅、糕点工房、面包工房和农产加工坊为一体的"六次产业园"。

花了5亿日元，其中政府补贴了2.5亿日元。我很佩服这8户果农的勇气，其实他们没有多少钱，仅仅凑了1500万日元，大约100万人民币而已，余下的资金缺口全部是银行贷款。然后用了15年的经营，慢慢把银行借款还清。山口成美告诉我们，他们是幸运的，日本政府补贴的六次产业案例，成功率只有10%，"那些没有成功的90%不是产品做得不好，而是不知道怎么把好产品卖出去"。

我们很羡慕日本政府高达50%的补贴力度，也非常羡慕日本银行能给农民提供长达15年的长期贷款，如果没有这两条这么大的金融扶持政策，日本六次产业的成功率连10%都没有。"六次产业"是日本学者今村奈良臣于1990年代提出的一个概念，其公式是"1×2×3=6"，即一二三产业融合发展。

山口成美风趣生动地为我们解读六次产业：日本有人搞六次产业搞成0×2×3=0，因为农业不赚钱，不愿意搞农业，1变成0，结果六次产业就等于0了。有人则反过来做，3×2×1=6，农业只是点缀，把第一产业作为广告，而且声音很大，他说日本麦当劳就这么干，农民很反感。所以，大村梦幻农场坚持姓"农"，而且变成骄傲之所在。这股纯粹的农业理想，打动了许许多多的消费者。

长崎大村梦幻农场餐厅

"新鲜组"一共与150家农户合作，其中50家为专供户，其余100家为非专供户，他们都拥有产品定价权，新鲜组仅收12%和15%的销售提成。注意，把定价权交给了农户。可是，交权之后呢？山口成美说，农民虽然拥有了定价权，但是在农产品不太好卖的大环境压力下，全日本2.3万多家农产品直卖所（这个数字高于1.8万多家便利店），农户之间搞降价大比拼，越卖越便宜，便宜到没办法卖了。

于是，"新鲜组"决定，不允许农户降价，否则取消合作，理由是："跟别人一模一样的人，最容易降价，也是没有任何自傲的人，新鲜组不会跟这样的人合作。"新鲜组支持那些种出好食材的农户卖高价钱，让这些农户越来越有尊严和自傲，然后更有动力去种出高品质的农产品，如此渐进，良币驱逐劣币。

2017年8月，我故乡的海南省委副书记李军在《农民日报》写了一篇文章《积极发展共享农庄，促进三农新突破》，里面提到发展"共享农庄"的"三个不能"：一是不能丢掉农业的主题；二是不能忽视农民的利益；三是不能搞成变相房地产。对照大村梦幻农场，我惊喜地发现，观念高度一致嘛！李军副书记还讲得很清楚，"共享农庄"的最大卖点、最值钱的就是海南热带特色农业和特有的生态环境。

"新鲜组"最大的价值点是，让合作农户的农产品优质优价卖出去，实实在在地保护农民的利益，让农户有本钱自傲起来，不仅提高了农民收入，而且让他们活得更有尊严。用山口成美的原话来说，就是"改变农业的贫困印象，让生产者和消费者同时拥有笑脸"。

爆款冰激凌

只有200多平方米销售空间的"新鲜组"，如今一年营业额3.3亿日元（2000多万人民币）。

山口成美却说，"新鲜组"对大村梦幻农场的盈利贡献很小。为啥，卖个生鲜，只有12%与15%的毛利，肯定赚不了什么钱。

有的人说，这些人真不会做生意，为什么不把毛利提高一点呢？提高毛利，就是提高售价，本来"新鲜组"已经鼓励合作农户定了高价，如果再提价，消费者的购买力一定会受到冲击，最后产品卖不出量来，哪里叫买卖？

线上生意有一个策略，叫"导流款"，店里一定有些产品是低毛利的，不赚钱的，甚至有人愿意玩亏本，以此吸引客户，把流量导进来，然后由店里高毛利产品负责盈利。这个生意经赚的便是流量进来后随手再买"盈利款"。

"新鲜组"就是大村梦幻农场的"导流款"。生鲜是刚需，只要形成购买习惯以后，大村梦幻农场就有了一批铁杆粉丝级消费群。那么，山口成美等人设计的"盈利款"是什么呢？葡萄田餐厅与冰激凌工房。他们还是挺精明的。

不过，也没精明到家，一开始葡萄田餐厅就遭遇了"滑铁卢"。

场景营造是对的——"漫步葡萄架下，享受美好时光"。

可是，他们看见别人家搞烤肉赚钱也跟风搞，结果生意惨淡，尤其是非周末，更是无人问津，餐厅变成了赔本生意。后来他们认真研究客户群，才发现"市场真相"——非周末有钱有时间跑到乡下来聚餐的是一群50~60岁的女性，这些人注重的是减肥与健康，不吃烤肉的。于是，餐厅用当地蔬果开发健康自助餐。

结果，转型成功，餐厅成为整个农场利润最高的"盈利款"。

2017年这趟日本六次产业游学，我们一共看了近10家日本"田园综合体"，发现有三家出发的时候，都搞葡萄树下自助式烧烤，都不成功。后来他们都转型成功了，且都不约而同地转向以当地新鲜蔬果为素材的自助餐。其中有一家叫Grano 24K，还把蔬果自助餐厅开到都市，在全日本开了40多家。蔬果自助餐在日

本已经形成一股风潮。日本消费升级正在从"吃好"向"吃健康"转变。

在餐厅亏损的那段日子，支撑住大村梦幻农场的是冰激凌工房。"如果没有冰激凌，我们是不可能成功的。"山口成美说。2000年开业的时候，冰激凌工房轰动一时，偏僻的乡下，时尚的冰激凌，反差很大，不仅引来周边居民好奇地看热闹，排起20分钟的队伍，亦把好几家大报吸引来了，更把NHK电视台吸引来了。

"上新闻很重要。"山口成美笑道。

他们甚至有策略地安排媒体的采访。比如，同时有4家媒体要求访问，他们就每周安排一家来，这样就会连续一个月都有媒体报道，形成持续曝光，而且有意安排在非周末。如果是电视台的报道，周四播出效果最好，那周末肯定爆棚，"周四有时间看电视的人，证明是有闲人，有闲的人才会跑乡下地方玩"。

在如何吸引媒体来报道上，他们也想出很多金点子。比如同样是农事体验，他们想出的点子是，请来美军基地的家属一块来参加，结果"外国人在画面上有新闻点，而且报道的时间和力度都不一样了"。对于草根创业的人来说，再也没有比"上新闻"更佳的行销策略了。

令人惊讶的是，他们对社交媒体的属性也了如指掌。"年轻女孩子，都要拍照再吃东西，所以我们要生产出让大家更想拍照的东西。"山口成美说。

冰激凌的卖点是"采用新鲜牛奶、当季水果，原汁原味，不使用色素"，其中爆款产品是手作葡萄冰沙。我特意买来品尝，浓浓的葡萄味，而且是紫色的，女孩子喜欢的颜色，非常梦幻的颜色，难怪叫大村梦幻农场呢。

山口成美开玩笑说，他们卖的不是农产品，而是梦想。

当初起名的时候，他们有意选用意大利冰激凌的提法，而不是美式雪糕，而且用意大利语书写，更有高级感。这是山口成美他们的朴素想法，却蛮符合品牌规律的。人类就是喜欢"更高级的"东西，每个人内心深处的那颗虚荣心，哪怕是隐藏的，你都要去满足它。

如今，大村梦幻农场一年营业额10亿日元(6000多万人民币)，员工年薪600万～700万日元（超40万人民币），有80多名员工。非常了不起的业绩！

时髦的农业塾

人们的出行方式正在改变，从"观光"向"体验"转变。

利用农地开展耕地体验、栽培学习等农事体验，越来越受欢迎，城市和农村直接接触的交流机会正在扩大。2007年的时候，山口成美他们就看到了这股时代潮流。

他们应对的策略是开办"农业塾"，实施会员制，向会员传授农艺，让大家亲近农业，辅导城市人走进田间地头，享受耕种的快乐。会员可以以年为单位从农场"租借"一块耕地，自己决定要种植的作物，农场提供种子、化肥、农具以及技术支持。

"农业塾"的概念，我是2015年底在台湾宜兰参加赖青松组织的首届"东亚慢岛生活圈小论坛"上接触到的，分享人是来自九州宫崎县的高峰由美，她接受宫崎县政府的资助办农业塾，邀请台湾的年轻农民到宫崎县来进行食、农相关的讲座，宫崎本地学员近70名，包括农民，餐饮、食品加工业者，设计师等，听讲后再到台湾宜兰农村访学。

"宜兰的农村也好、街道也好、人也好，一直到食物和设计，我们日本人在追求经济化、效率化的同时，早已忘记的这些东西，在宜兰找到了。"高峰由美说，农业塾的成员们在宜兰找到了"日本忘记的东西"，那是"令人怀念的、温暖的、亲切的东西"。

高峰由美办"农业塾"的一些基本理念，比如"在金钱以外，为坚固的爱、信赖和勇气代言"，"只要有这份情感，双方彼此通力合作，一定能成就更大的事"，"没有互相信赖的生意，顶多交易一两次，大多不会长久，我相信首先要建立信赖才是最重要的"。高峰由美的价值观是：信赖、共生、双向。

有了高峰由美的启蒙，再听山口成美讲"农业塾"，我听得比较懂。

其实，就是一种"市民农园"，让城市市民在闲暇之余参与农田管理、享受乐趣，也成为城市孩子接受农业知识的有效途径。大村梦幻农场的"农业塾"专门找那些被遗弃的农地开垦，并将农作物六次产业化。他们干的第一件大事是，带领学员们开垦种地瓜，地瓜丰收后，有学员提出酿地瓜酒。于是，他们又继续种水稻，因为酿酒离不开大米。

2008年2月，学员们自己做出来的地瓜酒开卖啦。一群农业新生做出酒来卖，这是一个很有意思的故事。消息发布后，立马吸引电视台来拍了一集30分钟的专题纪录片。上了电视之后，学员们的激情被点燃了，每个学员都自告奋勇成为销售员，非常卖力，迅速把这款"芋烧酒"打造成"网红产品"。

"如果没有上电视，这款酒不可能卖得出去。"山口成美直言。

不过，办"农业塾"对大村梦幻农场来讲，是赚吆喝不赚钱的事情。山口成美的原话是"亏本做食育教育，变成媒体热点"。从经营者的角度来说，这既是一种行销策略，也是一种体验服务。在大村梦幻农场的食育体验教室里，消费者还可以体验肉肠、牛奶面包、草莓糯米团子、汉堡包、披萨、插花等手工制作。

有一天，山口成美他们想出了一个赚钱的新门道——办农场婚礼。如今每年有20多对新人在大村梦幻农场办婚礼。婚礼前，新郎新娘先来到农场，亲手制作果汁与果酱，贴上印有他们头像的结婚纪念标签，婚礼当天作为礼物馈赠给亲友，他们都会很自豪地宣布："这些礼物是我们亲手制作的哦。"山口成美透露，有些新郎新娘比较懒，只是动了两下手，产品其实是农场帮忙制作的，他们一样对外宣布这是自己亲手做的！

在一个物质丰富的社会里，人们缺的不是作为物质的一瓶果酱，而是这瓶果酱所饱含的主人的那份用心，以及客人接受时的那份感动，由此所引起的主人的欣慰感。

农场婚礼的流行，也是社会心理变迁的产物。

山口成美介绍说，30年前，日本人认为婚礼越豪华越好。现在的想法是，只有自己才有的独特的婚礼最难忘，并且不是花很多钱的那种。大村梦幻农场还要求新人的爷爷奶奶们提前两天来，一起采摘当地的花草水果制作花篮。婚宴开始前，伴郎伴娘们也要提前到来，跟工作人员一起布置现场，把爷爷奶奶们制作的花篮放到每一桌酒席上。

"大家都非常开心，自己办的婚礼，成就感很强。"山口成美笑曰，而且农场不用付费给他们，他们免费做工，不仅为新人献上"手作的惊喜"，也帮农场节约了人力成本。

有人提出一个新理念叫"产消者主义"，产消者既是生产或服务提供者，又同时是消费同一件产品或服务的人。消费者在生产过程中的参与成为一种趋势，生产者透过不同的体验设计，邀请消费者参与到产品生产与服务环节当中来。消费者自愿在生产的过程参与更多，从而得到更加适合他们品味的产品，尤其是这样做可以大大地满足他们的心理需求。

　　山口成美这些日本农民并非理论家，而是实践家。

　　果然是实践出真知啊！

一枚"朝取鸡蛋"的爆红

2017年7月31日，我们来到九州熊本县菊池市，一个名叫"鸡蛋庵"的地方。

还没下车，就远远看见一个尖顶的八角铝材玻璃屋。玻璃墙上挂着一面大大的招牌，画了一盘鸡蛋和一串香蕉，上书"物产馆·香蕉馆"。

走近一看，果然里面种着一屋子香蕉，而且还结了很多串。主人说，香蕉馆是"循环型农场的象征"，因为鸡粪和鸡蛋壳中含有钙，要让香蕉香甜是需要补钙的，鸡粪和鸡蛋壳则作为农家肥循环再利用了。

8000多平方米的"鸡蛋庵"是一家名叫 Cocco 农场（可以直译为可可农场）办的，落成于2010年底。2014年体验人数达到惊人的110万人，成为全日本鸡蛋销量第一的农产品直卖所，一年营业额接近30亿日元（约2亿元人民币），日本媒体用"惊人的蛋生意"来形容。

那天，我们逛物产馆的时候，看到一位老奶奶推着拖车，老奶奶一口气买了7箱共3公斤的鸡蛋，我有点目瞪口呆，从没见过一个人一下子买这么多鸡蛋。问老奶奶缘故，她说自己专门从福冈县城开车来买鸡蛋的，顺便帮左邻右舍买点。这些鸡蛋就真的这么好吗？

老奶奶肯定地回答："真的大不一样。"

缔造者：20岁返乡青年

Cocco农场的创办人叫松冈义博，生于1949年。

1969年，20岁的松冈义博返乡创业。那时日本正进入后东京奥运会时代，经济、社会井喷式发展，乡村人口正在大量流向东京等大都市。松冈义博却逆流而行，说什么"故乡才是宝"，听说他父亲始终无法理解他。

松冈义博出生在菊池市的农家，四兄弟中的长男，因为穷，连高中都没读。受不了艰苦的农业劳动，18岁外出打工，短短一年多就换了11份工作，后来在东京的大型汽车厂工作，因工受伤。住院的时候，松冈义博想吃故乡刚出生的散养鸡蛋，竟然顿悟出"自己的生存场所还是乡下"这种想法，在病床上做出了"想卖一颗刚出生的鸡蛋"的创业梦想。

从东京返乡，以自己打工的存款买了400只鸡苗，开始养鸡。一个返乡"农民工"养鸡的艰难困苦是可以想见的，这段筚路蓝缕的岁月，松冈义博默默走过了12年。直到1981年，他才拉两个弟弟松冈幸雄和松冈义雄一起合伙成立公司，从小规模养殖向大规模养殖发展。此举更引发父母"猛烈反对",因为两个弟弟都在大企业工作呢。

两个弟弟的加盟,让松冈义博如虎添翼,被日本媒体称为"鸡蛋三兄弟"。

"如果是一个人的事业的话,在撞墙的时候,也许早就关门大吉了。"松冈义博说。

在日本养鸡其实非常困难,因为市场上90%都是廉价进口鸡蛋。50年前,日本有320万户养鸡农户,淘汰到现在就剩下2800户了。

在一片红海市场中,松冈义博却坚持只养纯日本品种"红毛鸡",品种稀少价值高,而且坚持用无农药、非转基因玉米作为主要原料的饲料。他还给鸡吃木炭,生出来的鸡蛋因而没有腥味。给鸡喝的水是阿苏火山岩矿泉水。鸡蛋的品质当然好了,但是价格也要比进口鸡蛋贵不少,所以鸡蛋并不好卖。

1989年,两个弟弟回来一起创业的第9年,他们成立销售公司,开起"鸡蛋直卖所"。"一枚温暖的鸡蛋,客人应该不会嫌弃吧",小时候,松冈义博就着自己家的鸡刚刚生的鸡蛋,一口气吃了3碗饭。所以,他卖鸡蛋的卖点是"朝取鸡蛋",只卖当天早上刚生出的鸡蛋。

他的第一位客人,消费了100日元。松冈义博把这100日元放入一个信封,供在神龛上,视之为"一生的宝物"。他的父亲是73岁时离世的,走的时候还在担心三兄弟的养鸡事业能否继续生存得下去。时至今日,松冈义博还时不时站在"100日元"面前，缅怀父亲。

1996年10月，"鸡蛋三兄弟"开办休闲农场，迈向六次产业化，生产、加工、销售一条龙作业。2000年，无农药栽培休闲农园开园。2001年，亲子餐厅"健食馆"营业，从老照片中得知，其实是一间很普通的日本乡下瓦房，却是这个销售公司非常重要的分水岭。

"鸡蛋三兄弟"就是从这间小店出发，最终变成了日本第一的鸡蛋直销企业。

"朝取鸡蛋"这个卖点就像一根魔棒，非常具有号召力，到店客人数量就像雪花一样飘来，年年暴增。"健食馆"开业后的第二年，Cocco农场就建起10万只鸡的设施。这是非常现代化的养鸡场，还安装了太阳能发电设施，投资额过亿元人民币。

到2010年的时候，Cocco农场一年的到店客人已经达到50万人次的规模，年销售额超过20亿日元（1.3亿多人民币），主力产品"朝取鸡蛋"已是整个九州的爆款产品。

"朝取鸡蛋"可不是吹的，Cocco农场专门建设了一套"鸡蛋1小时上架销售"作业流程，鸡蛋一生出来，自动采集，然后立马进行清洗、杀菌、冷却，在一个小时之内迅速上架到自家店铺里，天天兑现"安全、安心、新鲜"的品牌承诺。

销售的时候，不论斤卖的，就是不零卖的意思，通常的包装是3公斤一箱，每箱1200日元。换算一下，大约相当于1斤鸡蛋13.5元，这个价格不是很贵，但也不便宜。

2007年的时候，松冈义博获得日本首相颁发的一个奖，日语直译是"再挑战支援功劳者表彰",即表彰那些从失败中挑战成功的人。松冈义博拿这个奖实至名归,他的座右铭是:"人生一旦按下钮了就不动摇了。"

拥簇者:100万人的共振

如今,Cocco农场养着8.5万只鸡,每日产鸡蛋7万多只。"鸡蛋庵"2010年底投入营业后,2014年到店客人就翻了一番,超过了110万人。"鸡蛋庵"除了鸡蛋直销所的功能外,还有餐厅、居民活动中心、创业孵化中心等,是一处乡村振兴场所。

从场景营造来说,"鸡蛋庵"算不上什么"高富帅",而是一个"经济适用男"。餐厅、中央大厅和会议室的家具都是非常便宜实用的普通款。它的产品包装,也是"农家朴素风"。逛物产馆的时候,陪同我们访问的旅日评论家莫邦富老师特地把我叫到跟前,特别请我看它的蛋糕包装。

我抄录两段莫老师的日记——

我们在熊本县菊池市访问一家名叫"鸡蛋庵"的农场直销店时,大家在供伴手礼用的鸡蛋蛋糕面前停住了脚步,为其简朴而精致的包装而感叹。透明的塑料手袋携带方便,制作精细,外观大方。透明手袋上没有任何印刷,袋里放3包鸡蛋蛋糕,最后放进一张介绍商品用的宣传单。而那张宣传单透过塑料手袋就成了伴手礼外包装的设计图样了。显然花费不多，效果不错，大家看得赞不绝口。

陪同我们参观的农场工作人员介绍了他们的开发理念："我们是卖鸡蛋的，我们的鸡蛋再有人气，卖得再好，毕竟也就是鸡蛋而已，附加价值有限。为了提高商品价值，我们开发了这些蛋糕供送礼用。既然用于送礼，就要注重包装，要叫人感到拿得出手。为此制作这个有讲究的手袋。但是，我们毕竟是农家，不是大城市里的品牌店，不能走奢华路线，要注意自己的身份特点，所以，就想出了放一张彩色宣传单来替代精美图案印刷的办法。"

Cocco农场100万人次的到店客人中，70%是熊本县本地的，20%是邻近的福冈县的，还有10%是九州其他地方的。换句话说，几乎100%的鸡蛋都是卖给九州当地居民的，真真正正的地产地销。"鸡蛋庵"的场景营造与它的产品包装理念其实是一个逻辑，非常重要，我再抄一遍："不能走奢华路线，要注意自己的身份特点。"

同行的王颖伟是一位景观设计师。我们俩在"鸡蛋庵"品尝其爆款产品"鸡蛋盖浇饭"和"鸡肉盖浇饭"时，对比讨论了一下国内休闲农场餐厅或民宿的场景营造，王颖伟认为国内有一股歪风邪气很不好，那就是比设计比豪华，最后产品定价也只能高定价，脱离了工薪阶层的审美趣味和消费能力，因而成功者寥寥无几。在王颖伟看来，"鸡蛋庵"的场景营造是非常工薪阶层的，

爆款午餐

它的产品定价也是迎合中产阶级的。

　　日本媒体对Cocco农场有一个评论，说它是"价格的优等生"。自产自销，由生产者直接面对本地居民消费者，减少了许多中间环节，所以这么好的鸡蛋，并没有制定"高端定价"。另一方面，也是因为直销，Cocco农场能不被市场环境左右，坚持和稳定自己的定价，从而深获消费者青睐，虽比一般鸡蛋贵一点，却依然风靡九州。

Cocco农场的经营策略，也是蛮有创意的。譬如说，"鸡蛋庵"把每月20号定为"鸡蛋日"，举行"鸡蛋任意装"活动。定一个350日元的优惠价，然后给每位客人发一个网袋，可以任意装鸡蛋直到网袋不能装为止。结果，变成了大人小孩可以一起参与的超人气活动。

Cocco农场不断地向客人传达一个信息：它不断地追求刚出生的鸡蛋，然后直接送到客人手里。注意，关键词是"刚出生"和"直接"。每到周末"鸡蛋庵"基本上一天能卖掉1000箱以上3公斤装的"朝取鸡蛋"。

当然，要想把一天出生的7万多个鸡蛋卖掉，光卖鲜鸡蛋是不行的。

Cocco农场有加工厂，把鸡肉和鸡蛋加工成各种各样的加工食品，鸡蛋三明治、蛋包饭、厚煎鸡蛋、甜点等等，加工产品不下30种，可谓是"蛋尽的生意"。听说，甜点对吸引年轻消费者非常管用，他们喜欢周末来，占到总客户群的16%。不过，50岁以上的客人还是占到80%以上。还有两组数据，消费额中会员占56%，非会员占44%；男士25%，女士75%。目前，Cocco农场拥有37000多名会员。

Cocco农场给我们的启发是，直接面向消费者销售产品真的非常重要，营造一个消费者体验入口，也非常重要。"产品直卖所＋体验餐厅"这个模式在日本屡见不鲜，而且商业实践非常成功。产品再好，消费者也要吃进嘴里后才能确定吧，就是这么一个道理。

"蛋二代"：第一职业是农人

"鸡蛋庵"落成后的第二年，2011年，Cocco农场进行了社长兼CEO的交接班，松冈义博的儿子松冈义清做了接班人，"蛋二代"登场。

40多岁的松冈义清是看着父亲养鸡长大的，他印象最深的是父亲从早到晚忙碌的背影，他从小就跟在父亲屁股后面做帮手。这段独特的童年经历，让松冈义清对农业有独特的感情，他倡导"把农人作为年轻人的第一魅力职业"，号召年轻人一起做农，应对日本农业就业人口减少与老龄化的困境。

Cocco农场有这样一个社会定位："与地域生产者的合作，并成为其信息发布场所，是Cocco农场存在意义之一。""鸡蛋庵"的主要经营场所物产馆，除了自产自销，它还代卖250户周边农家的农产品及其加工产品，这是一家"多户农家的直销店"。

自家生意爆棚后，一般人只会自顾自闷声发大财，然而松冈家是"开放门户"的。

2001年，他们就开办了农业体验学校"实农学园"。这是一家全寄宿式2年制学园，面向对农业寄托梦想的青年和市民，为菊池市培养农业继任者。在构想"鸡蛋庵"这个"田园综合体"时，他们更提出做"地区农业的展厅"的构想，这就是格局与担当。

在物产馆里，不管是蔬菜水果还是加工产品，凡是农家提供的，旁边都会有海报或看板，亮出生产者的照片和名字。在日本，消费者并不是很看重眼前的产品是否有机，但是非常关心这是谁种的，他们认为溯源透明比一纸认证更值得信任。

"鸡蛋庵"从构想到落成，花了整整10年时间。在构想阶段，松冈义博就提出一个观点："农家拥有自己的直销系统，就等于拥有一把打开农业未来的钥匙。"他也看得很清楚，支持当地农业的发展，让整个地区的整体气氛高涨起来，也会反过来促进自家产业的发展。所以，松冈家为"鸡蛋庵"书写的使命是："为农家谋幸福。"

"鸡蛋庵"落成3年后就有超百万人的爆棚场面，其地理位置是重要的成功因素。它坐落在距离Cocco农场5公里外的交通要道上下口附近。日本的高速公路服务区特产店，基本上都是所在地区的"特产窗口"，不仅吸引过路客，也会吸引游客专程前往购物。因此，在政府资助六次产业这股风潮下，出现了不少交通要道上下口附近的"物产馆"，其特点是都拥有大大的停车场，方便小汽车和观光巴士停放。

"鸡蛋庵"也在"道之站"。

当我们闻知，"蛋二代"松冈义清喊出"想让农业成为年轻人的第一职业"时，我们对他充满了敬意。松冈义清经营的"鸡蛋庵"担负着活化家乡农业的使命。

我查了一下松冈义清的履历，职业高中毕业，1995年先到岐阜县的一家孵化场工作了2年，然后回到父亲身边工作。2007年出任董事，2011年接班。很普通啊，他能有这么高的理想，应该是父亲言传身教的结果吧。一般乡下人都是羡慕"城市人稀有的东西"，而这对父子却珍惜"乡下人稀有的东西"，而且认为"少即是宝"，少即是生意。

松冈父子认为乡下人最稀有的东西是什么呢？答案是：自然。

他们的经营理念，第一条就是与自然环境共生，为消费者提供安全、健康、美味的食材。"鸡蛋庵"的香蕉馆所体现的循环农业，即是这个经营理念的写照。

事业目标，他们也立得非常高远：都市与乡村的交流、农业的未来、地域的未来、环境的未来。理想性真的很高啊，而且非常真心实意去实现自己的社会理想。

大家都在谈差异化，有没有想到，企业可以靠理想性做出差异化呢？做生意是为了赚钱，但松冈家跟别人不一样的地方，在于他们不会一切都绕着钱打转，而是用超越金钱的愿景与理想，打造自己的产品和服务。

所以，他们打造的"鸡蛋庵"是一处"复合式社区综合设施"。

它的中央大厅，常常举办社区聚会，以迷你音乐会为首；它的餐厅菜单，用的就是社区时令食材，吃的就是当地味道。"鸡蛋庵"不仅是服务外来客的场所，对当地居民而言，也是一处吃着美味的料理与家人朋友度过快乐时光的社区公共空间。

香蕉馆则担当"地区农业的展厅"，菊池市在日本算气候温暖的地方，它希望透过香蕉产业带动地域振兴。种在八角形玻璃建筑里的香蕉，想要把"自然农业"和"地域振兴"的农业梦想传递给客人。

奇人奇物进乡

——越后妻有大地艺术祭观后感

2018年，很多关心乡村振兴的朋友都去看日本越后妻有大地艺术祭。

我也带了一支小团队去看了。印象最深的是，越后妻有里山现代美术馆的"方丈记私记"展览，近30件作品在各自四帖半榻榻米的空间做出了多样化的演绎，其中有一件作品是一间迷你理发室，看上去像是用蚕丝缠绕而成的半颗蛋，里面还有一面圆镜子，一张板凳，一位美女理发师，真的可以理发。

艺术祭后，这些"四帖半"作品被移往十日町市街上空着的橱窗或店铺二楼，打造"一个有趣的商店街"，真是好创意！

"方丈记私记"，虽是汉字书写，但是中国人摸不着头脑。说是平安末期歌人鸭长明住在四帖半（方丈）的草庵，写了《方丈记》，记录那个地震、火灾、饥馑与战争频仍的时代。今天，策展人想用这个主题来启发大家思索，这个"千篇一律"的现代社会，该怎样来追求多样化与独特性呢？

72岁的艺术祭总监制北川富朗说："大地艺术祭，让集中在大都市生活、苦于市场第一主义与均质化主义的人们，得以在乡间以全人五感全开的方式，和大自然与乡间的生活文化亲近，并形成一股潮流。"

　　历经22年，办了七届艺术祭的越后妻有，已经再造成艺术与自然共存的美丽地带，"让梯田和里山的价值重新发光发热"。

大地艺术祭的轨迹

　　三年一度的"越后妻有大地艺术祭"是全球最大的国际性户外艺术节，它以农田为舞台，以艺术为桥梁，联系人与大自然，跨越地区、国界、世代与领域的隔阂。

　　越后妻有这个地名，是新造出来的。这片760平方公里的区域原来由十日町市、津南町、川西町、中里村、松代町、松之山

町等6个市镇组成，2005年津南町之外的5个市镇合并到十日町市，于是变成一市一町一起办大地艺术祭。起初，十日町想合并津南町，一齐叫十日町，但津南町拒绝合并。于是，只好搬出古文献，发现新潟县过去叫"越后国"，这个地区有个"妻有庄"，便命名这片土地为"越后妻有"。

8月4日，我们参访的第一站是十日町电车站。十日町市产业观光部的办公室设在车站里，这种"就近服务游客"的市政理念值得点赞。

接待我们的是观光交流课的课长，报告了越后妻有的四大特征：1.世界上数一数二的豪雪地，积雪最深处超3米，川端康成笔下的雪国；2.出土了绳文中期的火焰型陶器，证明5000年前这里已有人类文明；3.已有1500年历史的梯田，被视为日本人的原风景和里山文化，充满了先人的智慧与努力；4.200多个聚落普遍面临人口老龄化危机，废弃学校20间，空屋500多间，伴随老龄化而来的是村庄的没落。

"办大地艺术祭，不是为了观光，而是为了应对人口过度老化这个世纪难题。"课长说，上届到访者65%是女性，40%是回头客，20~30岁的年轻人最多。在大地艺术祭总制作福武总一郎看来，这些居住在大都市的年轻人造访艺术祭，与当地的老人交流，正是思考何为真正的富裕与幸福的开始，"让生活达人的长者露出笑容的社会才是真正的幸福"。

北川富朗说，为了让地方恢复元气，必须让当地居民对历代祖先谋生与生活的方式感到自豪，然后让艺术家们去挖掘这个地区的地形、气候、植被、务农方式以及饮食的特色，创作出一看就懂得特点为何的作品。在制作作品的过程中，让当地人得以学习交流，协同合作。游客为了实地体验这些作品而到访漫游。此外，不只有艺术作品，地方上的乡土料理和戏剧、舞蹈、音乐等高品质的表演也成为魅力点。

大地艺术祭历时50多天，上届吸引了超过50万来自全球的游客造访。

我非常好奇：这么成功的大地艺术祭是怎么操办的呢？

越后妻有大地艺术祭的"前史"要追溯到1994年，当年越后妻有地区被新潟县列为推动地方振兴的先行先试区。那时，民间对偏重硬件设施建设的政府行为的批判声高涨，认为应优先发展"软件"。第二年，政府决定以长期的文化事业为优先发展目标，任命新潟县人、已经在东京立川市具有透过艺术进行社区营造实绩的北川富朗为营运委员。

北川富朗开展了如下工作：1.各地特色的再发现（摄影比赛和征文比赛）；2.居民参与共同事业（利用花道、修道路、修公园等项目建立居民间的交流网络）；3.建立各地的据点舞台作为主支柱。他提出了"越后妻有艺术链构想"，即将各市町村的活动成果以艺术的方式整理呈现，每三年发表一次，这就是"大地艺术祭"的开端。

可是，首届艺术祭却拖到2000年才正式举办。原来，当地居民对"以艺术进行社区营造"不理解，北川富朗举办了超过2000场的宣讲会。在所有的宣讲会上，大家都持怀疑态度，各种"大

字报"满天飞，大地艺术祭"差点流产"。本来，第一届艺术祭原定的时间是1999年夏天，又因政府里的负责人不作为等种种问题，整整推迟了一年。

苦尽甘来。第一届大地艺术祭就吸引了超过16万到访者，非常轰动。

第二届，建成"松代雪国农耕文化村《农舞台》"，这是大地艺术祭的"中心舞台"。

第三届举办前发生了中越大地震，艺术祭事务局援手灾后重建，与当地居民建立起信赖关系，2006年第三届推出"空屋计划"，在50多处居民的家屋中创作与展示作品。

到2008年，大家开始考虑将三年一度的艺术祭整年营运，于是成立了以地方自治为目标的非营利组织——NOP法人越后妻有里山协作机构。另一方面，举办第三届时从新潟县政府获得的补助也结束了。2009年举办第四届时，福武总一郎呼吁企业赞助和个人捐助，大地艺术祭开始摸索"不单方面"依靠政府力量来举办艺术节的方法。

前六届大地艺术祭，经办费支出最少的是第二届约4.35亿日元，最多是第三届约6.7亿日元。前三届，新潟县政府补助金都占到总支出的60%。从第四届起，在县政府内设置了负责大地艺术祭的支援参事，帮忙申请国家拨款和获得企业的资金支持。于是，获得的中央政府补助金逐年递增，从最初的200多万日元，飙升到第六届的2亿多日元，占到总支出的三分之一。2018年第七届的预算是6亿多日元，其中市町村负担金1亿多，中央政府补助金2亿多，社会捐助1亿多，其余靠入场券收入和商品销售。

2014年，由19位地方精英发起的"官方支援团队"成为大地艺术祭的企业支持团体。这个"官方支援团队"以高岛宏平为首，他是Oisix大地株式会社社长兼CEO，其他代表包括IT业经营者、创业者、时尚界模特、媒体记者、建筑师、作家等各界精英，他们各自在擅长的领域发挥，专业支援艺术祭活动。

"不做点事的话就什么都不会发生。"这是北川富朗的"革命思想"。

为了能让大地艺术祭持续举办，他付出很多。"我不知道这到底是怎么改变的，但我认为正因为无法预期所以才有创造性。

这种创造性就是艺术的可能性。"北川富朗解释"艺术祭如何集合众人之力"的哲学。他在做一件对的事情，而且做得很投入很漂亮，于是四面八方冒出许多贵人来助，演的是一出"社会交响曲"。

最伟大的胜利是，居民们的想法彻底改变了，艺术打开了当地人闭锁的性格。

地方上的年长者越来越喜欢每三年一度的庆典。"就是想看见生活在越后妻有的老爷爷老奶奶们的笑脸，想贴近他们的心情。"北川富朗说，"以'社区营造'为名的各种政策都无关紧要，只要让老爷爷老奶奶们开开心心就好。"

正是这个起心动念，2010年，北川富朗和福武总一郎又一起把艺术祭搬到濑户内海，缔造了"濑户内国际艺术祭"的神话。他们找到了办艺术祭的"根本"——办让地方人充满快乐且引以为傲的艺术祭。然后，当地人把艺术祭当作自己的东西，认为这就是自己的主场，每个人都以住在这里而觉得有生存价值，有自豪感。

这就是日本人搞"乡村振兴"的初心，太值得我们好好学习了。

创造庆典的舞台

2018年第七届大地艺术祭，执行委员长是十日町市市长关口芳史，副执行委员长是津南町长桑原悠，名誉执行委员长是新潟县知事花角英世。总制作依然是福武总一郎，总监制依然是北川富朗。佐藤卓出任创意总监。高岛宏平出任官方总赞助人。

大地艺术祭的作品分布是"开枝散叶"，最中心的地方即城镇，作品很少，绝大多数作品都散落在200个村落的梯田、山头、道路边、空屋和废校里，全部看完，至少需要5天。整个越后妻有地区相当于东京23区一样大。最初，只有2个村庄举手支持大地艺术祭，今天，绝大多数村庄都参与进来了，社区总动员耗时20多年！

北川富朗从一开始就坚持了"全员共犯"的策略。很多人批评他把摊子铺得太大："把作品集中点！""作品间距离太远了！"然而，这恰恰是北川富朗的精明之处，为了探访散布各处的作品，游客被"诱惑"深入各个村庄，一边喊着"好热、好累、不方便"，一边喊着"很爽，很好玩"。当我们爬了一个长长的山坡见到"光之馆"时，这种感受最强烈。冒了一身大汗，可是站在光之馆俯瞰整个越后妻有，气势开阔，心情愉悦。

现代人的价值观是，最大限度追求最新信息，最短时间内获得最新信息。北川富朗偏偏不，"大地艺术祭的特征就是要彻底地、不追求效率地把作品散布在各个村庄，让作品分散开"。于是，人们把作品当作路标，巡游整个地区，在相距甚远的作品与作品之间移动，追溯生活，追溯时间，体验不一样的旅程。

北川富朗让"以艺术为路标的山林巡游"成为一种新时尚："在金钱、资讯全球化的时代，因艺术、文化活动而在全世界穿行的人们，将取代传统的传教士、跨国企业和军队。"

整个巡游过程，我最喜欢的是松代雪国农耕文化村的"农

舞台"。

　　艺术祭事务局的员工常驻于此。"农舞台"是北川富朗非常强调的大地艺术祭据点，相当于"会客厅"。"农舞台"展示了大名鼎鼎的草间弥生的作品《花开妻有》，以及越后妻有大地艺术祭代表作、俄罗斯艺术家卡巴科夫的《梯田》，小泽刚的《鱼糕艺术中心》等50件作品。这都是因为当时松代町町长开明大度的结果，那时其他町都担心预算，希望尽可能减少作品数，松代町却大方接纳。现在，这些作品都已经成为非常珍贵的财产。

　　起初，北川富朗规划让6个市町村各自建设一个"舞台"，作为传播地方魅力的交流据点。十日町市打造"越后妻有市场"，松代町打造"雪国农耕文化村"，松之山町打造"森林学习"，川西町打造"新田园城市"，中里村打造"信浓川物语"，津南町打造"与绳文玩耍"空间。后来，前三者都建成了"农舞台"，后三者的项目未能成功。成功建成的三个舞台，都成为大地艺术祭最重要的"展示场所"和"庆典场所"。没有建设据点设施的区域，至今仍然承受着相应损失。

"农舞台"位于电车站松代站旁。车站边有条历史悠久的商业街，从商业街出发跨过铁路，是一块狭窄平地，"农舞台"就坐落在这里，对面就是梯田。北川富朗于是构思把这里变成越后妻有的"会客厅"。卡巴科夫的《梯田》是上乘之作，它成了"日本梯田的象征"，使"农舞台"周边一带都成为田野美术馆。这个作品从诞生之日起，就具有强大力量，持续牵引着整个艺术祭。我们身临其境，亲眼见证"字体"被"刻"在梯田上，惊叹不已。

北川富朗专门跑到荷兰去拜托 MVRDV 建筑事务所设计"农舞台"。政府附加条件后批准了提案，让"农舞台"变成了一个综合体：用于眺望《梯田》的屏幕和展望台，要求原封不动保存下来；建筑物下方空着，以便冬天也能举办活动；画廊和餐厅灯，每个空间都有艺术家亲自创作的作品。"农舞台"还举办了梯田众筹和"农乐塾""农师傅"等工作坊，串联城乡，做出了"农"的价值。

另一个重要"农舞台"是里山现代美术馆。

从十日町电车站步行 10 分钟就到了。它是由"越后妻有交流馆"改建而来，当初设计的理念是"越后妻有市场"。如今，它是大地艺术祭之旅的出发点，也是旅游结束后的休息场所。这个舞台被定位为"艺术祭促进地域及里山与世界联系起来的象征性

农舞台

设施"，设有旅游问询、艺术祭文创产品专卖店、试吃米食的食堂（越后妻有是日本第一稻米之乡，诞生了响当当的"越光米"品牌）等服务功能。

"农舞台"建好了，日常化运营的课题也冒出来了。

2008年诞生的 NOP 法人越后妻有里山协作机构成为担当者。它首先自己经营起3间餐馆，以此培育地方产业，这是社会企业（用商业手段解决社会问题）的经营手法。从第一届开始，志愿者组织小蛇队便和当地生产商、艺术家一起开发、销售商品和食品。到第五届，艺术祭期间营业额超过了1亿日元。如今三大"农舞台"都有了餐饮设施。住宿设施则有梦之家、脱胎换骨的房子、三省别墅等。维护这些经营场所，大地艺术祭期间需要400人左右，平时则需要100人左右，包括员工和有偿志愿者，全都是雇佣当地人。

绘本咖啡馆

　　我们在"农舞台"的越后松代山林食堂享用了午餐，服务员几乎都是当地妇女，菜品是用当地食材做的蔬果自助餐。给我的意外惊喜是，有精酿啤酒卖，而且在瓶贴上标榜"有机栽培"，印得最大的就是这四个字。后来在森林学校的绘本和果实美术馆喝咖啡，餐桌就是课桌椅，也非常有意思。

　　确实是不一样的巡游与体验。

了不起的小蛇队

　　在光之馆下面的停车场，我们看见了温馨的一幕：烈日下，一辆车子在引导交通的大叔志愿者面前停下，开车的是一位帅哥，他摇下车窗，给志愿者递出一瓶饮料。志愿者一边收下，一边鞠躬致谢。车子上坐着一家人，有小朋友，多么生动的"爱的教育"啊。

大地艺术祭，最值得书写的，正是这群热情敬业的志愿者。他们是大地艺术祭非常重要的"组成部分"，北川富朗起了一个非常可爱的名字，叫"小蛇队"。在艺术家、居民、游客乃至政府之间串联推进"协作"的，正是志愿者。

这是一个超越年龄、领域、地区，没有规则，没有领导人的自主性组织。成员年龄从十几岁到八十几岁，跨度非常大，他们以东京为中心聚集而来。成员都是流动性的，虽然做了登记，但是有的成员只在艺术祭时才来帮忙，有的人则一整年都出勤。北川富朗说，因有小蛇队活跃在大地艺术祭第一线，才是大地艺术祭有别于其他艺术节的"最重要原因"。

最初，北川富朗其实是一个光杆司令，在开2000场宣讲会的那段日子，他真是忙得够呛。一筹莫展的时候，他请雕刻家藤原吉志子的丈夫藤原亘给他出主意。藤原亘直言："北川先生，你总是冲在前头，事事考虑周全，这样是很辛苦的。不如果断地启用年轻人，如何？"豁然开朗的北川富朗于是号召年轻人，组建小蛇队。

让我既惊讶又佩服的是，北川富朗对小蛇队设计的组织模式：1. 无规则；2. 无带头人；3. 成员流动性大。但是，有精神领袖。北川富朗对"组织"的理解有其独到的见解，他认为不承认个体差异，固执地要求"同一性"，这是缺乏宽容的封闭性组织，只会使人性崩溃和组织失败。因此，组织小蛇队，他格外留心尽可能加入不同性质且多样化的要素。这位精神领袖有着一颗温热的心："对待不得不离开组织的人，不要抨击他的软弱，而是要理解对方的苦衷。"

那么，没有领导人的小蛇队是如何开展工作的呢？

北川富朗讲述了小蛇队的"行军"路径：周五晚上离开东京，到了宿舍就开始讨论，周六和周日在烈日下工作，周日晚上再回到东京，第二天准时上班。小蛇队有个"导游小组"，成员中除了几位男士，几乎都是来自东京的女白领。"虽然他们精力饱满，有点吵闹，但都热心学习，开放开朗。"北川富朗点评道，"他们用自己的热情，把这片土地上的作品、老人和游客们联系在一起。有他们当导游，很多游客不知不觉中变成了越后妻有的粉丝"。

不过，小蛇队刚开始与当地居民互动可谓一部"苦难史"。

吃闭门羹那是家常便饭。有人甚至把小蛇队当作新兴宗教在劝他们入教，气愤地破口大骂，年轻志愿者们常常哭着鼻子回来。跟居民们讲"社区营造"？这种扛大旗的做法根本行不通。"现代艺术？你开玩笑吧？"甚至有人质问："你们这些搞宣传的年轻人，到底想干什么？"北川富朗承认，因为小蛇队的出现，曾经给村民们增加了思想负担。

但是，小蛇队就像"打不死的小强"，他们还是逐渐改变了村民们对大地艺术祭的观念与看法。与村民们的保守主义形成鲜明对比的是，小蛇队的年轻人融入了乡村，立场鲜明又态度诚恳，这是小蛇队持续并成功地开展活动的最大法宝。

与不同地区、年龄、领域的人相遇，通过交流后获取、创造出些什么，这就是小蛇队参与大地艺术祭的价值。北川富朗说："年轻人们按照自己的想法采取行动，既费时间又费功夫，效率很差。但是我常常想，这种过程应该会孕育些什么吧。"

2010年搞濑户内国际艺术祭，也成立了志愿者组织"小虾队"。很多志愿者两边都参加。小蛇队帮小虾队（日语中小蛇读作KOHEBI，小虾读作KOEBI，二者谐音）也是一段佳话。从第三届越后妻有大地艺术祭开始，陆续有中国香港、中国台湾、中国大陆等境外志愿者加入"小蛇队"，让"小蛇队"变成了一个"国际化团队"。

我有幸在北京与濑户内国际艺术祭执行委员会的成员、香川县政策部文化艺术局次长佐藤今日子同台演讲，听她介绍了小虾队的情况。招募条件是"喜欢海岛，喜欢艺术，想为艺术节做贡献的人都可以加入"；工作内容是"作品制作协助、艺术祭期间的运营协助、作品维护、餐饮店工作协助、导游工作等"。目前，小虾队的国际化更前进一步，已经有来自15个国家和地区的志愿者加入。

佐藤今日子在演讲中提炼了一个艺术祭的公式——艺术家 × 本地居民 × 海内外志愿者 = 协作诞生作品，作品带来交流。这个公式，套到越后妻有大地艺术祭上，一样适用。从这个公式中，不难看出，志愿者是大地艺术祭不可或缺的三足鼎立的一足。光靠当地居民是不可能办成艺术祭的，外界的支持，是艺术祭能够坚持下来的重要力量。

你说，为什么小蛇队的主力部队是东京的女白领呢？现代大都市的生活，其实也无聊也无趣。女白领们以志愿服务的形式走进乡村，和大自然、和乡间的文化亲近，追求的是生命的质感和丰盛。她们看似一直在付出，其实也一直在收获。北川富朗说，对于被大都市的便利性宠坏的人们，最重要的，是去不同的地方，遇见不同的人。

操盘手北川富朗

2018年第七届大地艺术祭最受欢迎的作品是《光洞》。

创作者是中国人马岩松。作品位于越后妻有代表性的名胜清津峡溪谷隧道终点的全景展望台。全长750米的隧道，里面亮着绿色、红色等柔和的灯光，有点像矿道，但是途中又打穿了几个洞穴，就像潜水镜的潜望镜，可以望见峡谷的风景。

这些洞穴，是窗还是镜呢？马岩松的创意就从这里来。他在终点洞穴的顶部设计了反光镜，底部是一池清津峡泉水，水有倒影功能。于是，一副令人叹为观止的画面出现了：洞穴外的清津峡景观反转倒映进来，在反光镜与泉水池形成对称画面，有如梦似幻的"水盘镜"。而且，这个作品允许人置身其中体验。我们光脚踏进泉水池，外面是冒汗的大夏天，池里的泉水温度却仿佛冰点一样，太刺激了，非常具有现场感和戏剧性。

最火爆的时候，看这个作品得排队2个小时以上。

这种世界级高水平创作，在大地艺术祭绝不是孤例。中国台湾艺术家几米创作的仓库绘本《忘记亲一下》也爆红。蔡国强的《巨龙现代美术馆》也是高水平之作，位于津南高山公园，一座龙窑就是一座美术馆。大地艺术祭还吸引了许多全球优秀艺术家，大多不是那些主流大牌艺术家，而是"那些在身体上、生理上花工夫，制作效率低下的创作者"。

北川富朗凭什么请得到这么多艺术家？

每届300多个作品，至少300多组创作者。每届实际参与创作的人，"艺术家 × 本地居民 × 海内外志愿者"加在一起的话，不少于3000人。可是，北川富朗竟然说"我认识的艺术家极其有限"，这些形形色色不拘一格的艺术家都是公开招募来的。每届应征的作品在1000件以上。有潜力的艺术家，北川富朗则会持续邀请他们参加。

与艺术家们见面，北川富朗不会讲"这里风景很美""野菜很好吃"，而是告诉他们这个地区衰退的过程，这才是艺术创作的出发点。对艺术家来说，比起工作室或画廊，更难进入的是别人的家里或农田里。他们在越后妻有创作的作品之所以具有强大的力量，正是因为进入了他人的土地，并在与土地的碰撞中创作出来的。

北川富朗是把艺术家直接推到一线，在没有任何保证的状态下，让他们深入保守封闭的土地，审视村庄，与村民寒暄，然后开始创作作品。北川富朗这个总监制的角色是"鼓舞大家工作"，其实是繁忙且琐碎的"操盘手"：行政事务、项目策划、预算制定、项目运营，甚至是作品展出场所的选定，人员调拨，进行各种各样的沟通、协调和调配。

我很关注的一个点是，北川富朗是怎么跟政府互动的？大地艺术祭的运营是以地方政府为核心的。北川富朗坦陈，"经常在做事的方法、不适应纵向领导等方面产生摩擦"，但是他积极看待这种摩擦，"与意见及立场不同的人合作，充满乐趣，也能产生活力"。

奔波于2000多场宣讲会时的北川富朗，就像走进了无穷的迷宫，找不到对的出口。但是他"即便自费也要做成这件事"的决心，还是感染了别人。有一次开会，新潟县项目负责人兼课长对他说："或许可以做点什么。"然后，这位课长从那时起就拿出干劲来了。有了这位政府里的支持者后，同一时间，也终于有两个村庄举手同意欢迎艺术家来创作作品了。

不过，真干起来后，北川富朗很快发现一个事实，村民们和县政府的观念又各不相同。政府已经意识到"软实力"的价值，但是在村民们眼里，很多人还是认为总得建个什么设施，最好是吸引大企业来进行投资建设。北川富朗提出以现代艺术为中心进行"社区营造"，遭遇村民们强烈反对。"把钱花在看都看不懂的现代艺术上，毫无意义！"这时的北川富朗又变成政府的"白手套"，带领"小蛇队"去改变村民们的观念，努力说服他们接受"以艺术为切入点进行地方振兴的做法"。

北川富朗简直成了"受气包"。被村民们质问时，不爽的是他；与政府沟通不畅时，不爽的也是他。对政府人员，他那是苦口婆心："它不只是民间的事业，还是使用纳税人税金的公共事业。大家同吃一锅饭，如果不花点功夫，就做不出有趣的东西。"他还学会了接受"行政效率差"这个现实，从1995年开始和这个地方打交道，到大地艺术祭被十日町市政府明确定位为"市里的重要施政措施"，北川富朗与政府磨合了15年。

为了让政府"破釜沉舟"，2010年9月，包括新潟县政府、地方各团队企业、NPO越后妻有里山协力机构、城市振兴团体、专家学者在内，一起发起了大地艺术祭的"故乡研讨会"，开了5次研讨会，形成一份沉甸甸的建议书提交给十日町市市长和津南町町长。建议书直言，要让更多村落和居民加入艺术祭，推进地区振兴，政府做好带头作用是"最大的课题"。

建议书就艺术祭的运作（作品、宣传、营运），艺术祭与地区振兴（已有作品的活用、村民参与、空屋、废校、梯田的活用），艺术祭与产业、农业、观光业互相促进（促进特产开发、加强二次交通与住宿设施、吸引游客、宣讲方法、舞台合作），执行委员会的定位（组织、预算、资金调度）这四个方面提出了具体的建议。

十日町市市长关口芳史接受了建议书，北川富朗如释重负。

政府、金钱、居民、艺术界……操盘大地艺术祭，北川富朗需要与各种人、事、物打交道，"无时无刻不呈现出生死大战的模样"。

他说，总是一帆风顺是不可能的，不是那里反对，就是这里失败，不断改善与坚持才是操盘手的"新常态"。要培育新的事物，只能经过碰撞、锤炼。最难得的是他的积极、理想，"若非经历这种磨炼，便毫无意义"。也是，如果没有这种心态和价值观，担当不起，更承受不了操盘手这个角色的"炼狱"。

艺术祭开幕式上，有位很绅士的老头子，躲在角落边，默默地抽着烟，坐看风云起。外表严肃，内心却从容淡定，他就是北川富朗。生于1946年，毕业于东京艺术大学的他，历经50年艺术运动，誉满天下。

大地艺术祭是个奇物，北川富朗也是个名副其实的奇人。

代后记

陈统奎：离开《南风窗》以后

李婷婷

1000个椰子壳能做什么？博学生态村给出的答案是打造出一个"蜜蜂共和国"。

2009年末以来，海口市这个原本普通的小村庄每天都在发生着不普通的变化——修建环村自行车赛道，村民自选成立生态村发展委员会，开办温馨的台湾式民宿，如今由一群韩国艺术家驻村打造的"蜜蜂共和国"也渐渐成型。

让这一切成为可能的是陈统奎，博学村走出的第一位大学生。2012年8月之前，他是《南风窗》高级记者。从2003年开始向杂志社投稿到现在，他作为一名记者已从业近10年。10年中，他曾无数次前往重要的论坛、会议，采访到无数鼎鼎大名的人物，以各种体裁侧面表达了一名有良知的记者对社会的观察，直到8月的离开。

这一次重新起航，他给自己的定位是成为一个社会企业家。在脱掉记者外衣的三个月里，他用行动一步步践行着自己新的理想。

11月11日，首届社会创业和社会创投高峰论坛在上海举行，陈统奎自己作为论坛的主要发起人之一，在微博上全程直播实时动态。这个被参与者戏称为"社会资本相亲大会"的论坛，引起了业界的广泛关注，陈统奎在微博上说："这是我离开《南风窗》之后所做的第一件大事。"

拐　点

陈统奎新理想的起点是台湾一个名叫"桃米里"的乡村。

那是日月潭附近的一个小山村，2009年9月，《南风窗》派他前往台湾参加"2009两岸环媒体交流"，他就是在那个时候邂逅了自己人生的拐点。

桃米里原本以农业为主要收入来源，贫穷和落后是村子最大的特色，经过1999年的"9·21"地震后，在新故乡文教基金会的帮助下，村民们开始重新认识家乡，并积极考取生态解说执照，村庄也以生态为主题重新建设，打造人与环境的和谐共生。如今的桃米里已经成为台湾的重要生态社区营造和乡村休闲旅游目的地，"青蛙共和国"的名字蜚声海内外。

更早前，陈统奎就已经从书本中获悉了社区营造的理念。2008年他在北京大学东门附近的万圣书园淘到了一本名为《再造魅力故乡——日本传统街区重生故事》的书，日本建筑大师西村幸夫在书中介绍了日本乡村建设的路径：再造魅力故乡的行动，先是返乡青年或当地青年自发陈情，专业人员领衔，政府逐步从冷漠走向支持。陈统奎读完，产生了以日本社区营造为榜样的想法。

见到桃米生态村的建村模式后，陈统奎内心想要实践的冲动被点燃了。"人家有理念有方法有路径，我看得很清楚，"他说，"我觉得我的家乡也需要改变，与其等别人来改变你的家乡，不如你自己回去和乡亲一起来改变你的故乡！"

陈统奎的家乡博学里是海南岛上一个普通的火山村，村民以种植蔬菜瓜果为生，村里的年轻人大多去了邻近的海口打工，"做厨师之类的职业"。陈统奎的堂弟陈统尧告诉记者，在生态村的理念引入之前，村民们很少聚在一起，扎堆赌博的现象也司空见惯，村民也完全没有生态村、环保的概念。拥有中专文化的陈统尧自己原本也在村子附近打零工。

陈统尧当选进入博学生态村第一届发展理事会。2012年他被友成基金会小鹰计划录取为学员，到北京、深圳、香港等地接受专业的社会工作培训，努力转型为一名社区营造专业工作者。

陈统奎说，改造家乡的心愿不是一时冲动的结果：从乡村出来，家乡的贫穷和落后一直让他从小就有改变家乡的心愿。陈统尧说，自己的堂哥是一个很独立很上进的人："他从初中就开始写稿赚生活费了……因为家里真的比较穷，他又是我们村走出去的第一个大学生，当时我们村民就给他办酒席，凑学费……他心里应该一直是感恩的吧。"

作为一个实干者，陈统奎心动了，也行动了。2009年11月，回到老家海口的他做了一个幻灯片，详细介绍了他在台湾桃米的所见所闻。在没有投影、没有电脑的情况下，他搬出自家的电视，兴冲冲地向召集来的村民讲解着桃米模式在博学村发展的可能。他口才出众，当时就得到了20多名青年人的响应。随后，他又组织召开"博学生态村发展理事会筹备大会"，选举了22位理事会成员，风风火火地开启了整个村庄的改变之路。

那时候，他同时还是《南风窗》的记者。

记者陈统奎

从2009年11月到2012年8月，陈统奎一直身兼两职：一半农民、一半记者，忙碌于家乡建设和采访报道的两端。

"我在读高一的时候就梦想成为一名记者。"跟改造家乡一样，当记者也是陈统奎从小就有的心愿。

初三时他参加中央电视台举办的征文比赛拿了三等奖，领奖的时候去了北京。这件事一时间轰动全校，让陈统奎得到了校长的赏识进而拿到了直升高中的机会。"人家都知道你是个笔杆子咧，笔杆子就是要当记者，"讲起往事，他的口吻带着点得意，"然后人生道路就被这场比赛奠定了！"

高中毕业后，陈统奎考入南京大学新闻学系。2002年3月，还是一名大二学生的他参加了日本驻华使馆文化处官员与《中国青年报》国际部联合主办的中文征文，作为40名优胜者之一，他得以参加第一批中日韩青年友好交流活动，在次年1月下旬前往东京。

行程一共有5天，陈统奎认真记录下所见到的每一个细节，将所察所感一段段写下来，集成篇章，最后形成了两篇洋洋万言的见闻录——《东京五夜记》和《慢慢看清你的样子——关于NHK》。回国后，他怀着满心期待将稿件寄往了《南风窗》编辑部，收到了时任编辑的谢奕秋的回复。

《南风窗》，这份当时中国最好的政经杂志，封面上的那句"for the public good"，"是我接触到的对新闻最精辟的解读"，《南风窗》也因此成为他心中践行自己新闻理想的圣地。

这两篇日本见闻录因为各种原因未能最终刊发，但让他与《南风窗》、与谢奕秋就此结缘。2004年，他成为《南风窗》的实习生。东京之行中他得到的一份由日本内务府累年进行的"对中国的亲近感"曲线图，也最终让他以一个实习生的身份写出了分量十足的《解读日本民意25年曲线图》，成为《南风窗》特别策划"近距离看日本"中的重要篇章，在中日关系逐渐走向缓和的大背景中引起广泛关注和转载。他也因此成为《南风窗》当时少有的，有相当发稿量的实习生，离开时，编辑部发给了他5000块钱的稿费。

2005年，陈统奎大学毕业，进入上海《新民周刊》工作。其间他一直用笔名为《南风窗》写稿，直到2007年，正式成为《南风窗》的记者。

做事充满热情的他在工作中十分卖力，在谢奕秋看来，他"冲锋陷阵的能力是一流的"。给他一个采访任务，不管看起来多难，他总能顺利完成，"他很能吸引采访对象注意"，谢奕秋说。这一特质让他的采访名单上不仅有周立波、姚明这些时下热门人物，还有外人看来兴许带有神秘色彩的企业家二代组织，甚至美国前财长鲍尔森也赫然在列。最后的采访结果往往是他与被采访对象成为很好的朋友：采访完企业家二代组织"接力中国"后与秘书长成为朋友，他甚至建议自己的朋友将这个有名无实的职位实权化。谢奕秋形容陈统奎时说："他绝对不是一个 shadow（影子），不是阴影下的人，而是一个阳光的人。"

"破"还是"立"

"很熟悉的感觉，不是有太多的意外。很多人文字跟人不是一回事，统奎他就比较文如其人。"这是谢奕秋对陈统奎的第一印象，这位对文字敏感的编辑也较早察觉了他在表达倾向上的变化。

这种变化发生在2008年左右，陈统奎说，这是自己内心价值的一个转向。他渐渐感觉到自己一直坚信的批判性、揭露性报道只是在做类似于"破"的事，在承认这种"破"是有价值的前提下，他觉得自己更应该做一些"立"的事情：当你告知别人一件事情，你说，哎，这样子不对。如果对方接受了你的批评，他同时会问你，那你告诉我对的是什么？"所以后来我就做案例一类的报道，比如说美国人、英国人到底怎么做乡村建设，就类似于这样的。"

从2009年到2012年的三年时间里，陈统奎作为《南风窗》的记者，写了大量关于社会创业、乡村建设的报道，如《台湾桃米社区的重建启示录》《再看桃米：台湾社区营造的草根实践》《从"破烂村"到"淘宝村"》等，这些文章许多以台湾社区建设，尤其是桃米生态村的建设实践为视角，介绍生态村的建设对人、对经济、对环境等各方面的好处。

对于自己这些"立"的文章，他抱有十分的自信，他觉得这些文章能让相关的机构从中获取营养，也正是这些文章让许多圈内的人都知道了他："不知道我就证明他很边缘，那些主流的大机构都知道有我这个人存在。"

然而，《南风窗》编辑部对他的转变似乎持保留态度。谢奕秋说："后来他的兴趣点相对地就收缩到几个关于未来中国方向的地方去了，我们想的是中国既有新的东西，也有旧的东西在里面，是个复杂的中国。但他觉得不能再以批判的角度去写了，得把善的力量、正能量发掘出来。"

陈统奎自己也意识到自己的转变在编辑部内引起了比较多的异见，"他们觉得现在陈统奎写东西越来越软啦，越来越没有批判性了。我告诉他们这是条'立'的路。很可惜，一直到我离开《南风窗》，很多人都无法接受我这个转型"。他承认从2008年到2012年这期间的转型并不算成功，同时，他也坚持："我认为这种转变是有价值的。"

报道生态村的建设之余，他将自己的家乡当作基地，亲身实践这种新型的社区营造理念。

2009年博学生态村挂牌，并于11月成立了发展理事会；2010年2月博学村的环村自行车道启用，6月，博学村与桃米村结为姊妹村；2011年6月村子的文化室正式投入使用，姚明题写牌匾；同年，博学村的蜂蜜申请专门商标并在淘宝上正式售卖，博学村两位大中专生成为北京友成基金会的"小鹰"，博学村第一家民宿"花梨之家"开张；2012年"花梨之家"成为"小鹰"计划的一个驻点，接受志愿者一起来改造自己的家乡，韩国艺术家驻村计划为村民着力打造"蜜蜂共和国"……

在谢奕秋看来，陈统奎的一个重要特质就是很善于组合资源，"原来是把资源组合了给《南风窗》来使用，现在把《南风窗》作为一种资源整合到他的平台给他使用"。

在记者生涯的后期，领导对陈统奎有了一些不同的看法，他觉得这是由于自己一边做记者一边做乡村研究，占用了很多时间和精力造成的。"在稿件的评比上，本来不应该是差稿的给我差稿，来暗示、警告我……内部的矛盾事实上已经激化了。"

2012年8月，陈统奎离开了《南风窗》，也离开了记者这个行业。

他现在的新身份是上海财大朱小斌副教授领导下的社会企业研究中心副主任，在社会企业研究中心当研究员。

"以前我是'半农半记者'，现在我叫'半农半研究员'"，陈统奎说如今研究员的身份让他有了更多的自由来做社会创业——在他看来，这是"立"。

返乡"知青"

有媒体报道说陈统奎是返乡"知青",其实这从地域上来说并不太准确——不管是离开《南风窗》之前还是现在,他大部分时间都在上海。但是,在他的言谈之中,微博之上,博学村和自家民宿"花梨之家"都占据了最大的篇幅。

作为一个从农村走出来的孩子,陈统奎有着强烈的责任意识。采访中,当记者提及自己也是农村出身,他说:"你也可以为自己的家乡尽一份力啊——不是可以,是必须!"

他也确实以自己为榜样,一直在号召更多的大学生跟他一起行动。

2012年8月6日,他与海南同乡胡诗泽、吴国江三人一起发起了首届返乡大学生论坛,旨在引领海南籍大学生汇智共建有爱的、温情的魅力新故乡。为此,他给省委副书记写了一封信,最终得到了省委领导的批示。陈统奎十分自豪:"只要你认真地做,你真心地做,一定会感动一批人回来帮忙。比如我们现在在海南,在做大学生返乡论坛,把省委书记、副书记都给感动了!"

8月8日,论坛最后一天,时任海南省委书记罗保铭接见了论坛发起主办机构友成企业家扶贫基金会理事长王平及论坛发起人之一的陈统奎。

"人生的梦想是分阶段的,"陈统奎说,"以前我渴望成为一名记者,现在我希望成为一个社会企业家。"

他觉得自己从新闻理想走向社会理想是人生迈上了一个新的

台阶：记者希望通过报道来形成社会舆论和社会影响力，最终促进事情的解决，但是行动者不是记者，所以新闻理想是一个中间理想。但是，社会企业家的理想则是自己直接解决社会问题。

做社会企业的研究，陈统奎不单单是纸上谈兵。三年前他在台湾结识的社区营造先锋、台湾新故乡文教基金会的案例成为他主推的项目，以此经验为蓝本，向有志于从事社会创业的人介绍社会企业组织架构及运营模式。而他自己也在亲身做着社会企业的探索，博学生态村、"花梨之家"民宿都是他理想的实践基地。

提到生态村的建设，陈统奎变得很兴奋。他滔滔不绝地讲述自己村庄的点滴变化："我们村民，你知道吗，在做事情的过程中把自己的优点和缺点暴露出来，大家更能增进互相认知……当然也会有不愉快啦。我们在一个一个矛盾的化解当中，达到越来越多的共识，形成越来越多的社区内部的约束。"

陈统奎的堂弟陈统尧是第一批生态村发展理事会的理事之一，他从2009年开始就全心投入到村子的经营中，他是被陈统奎感动的。说起村庄三年来的变化，陈统尧十分感慨：赌博的少了，村庄的文化氛围好了，村民的生态意识更强了，更重要的是村民们更团结了。

在博学生态村成立之初，陈统奎提出了生态村建设的一个基本理念：造人——造神——造钱。他说，造人旨在提高人的素质，造神则是在人的素质提高的基础上形成整个村庄的文化，有了这两个基础，让村子致富就只是时间问题了。

如今他设想的第一步正在慢慢实现。

但他说自己在这过程中所做的只是一个引路人的角色："是农民真正来做这个事情，不是我们来做。"但村民们都记得他的好，从2009年开始，自来水来到了村里，文化室也建起来了，时不时就有大学生进村义务教小孩子知识，这些变化村民们都看在眼里："他不是为了自己的利益在做这件事。"

做对的事

采访过程中，这个书生气十足且能说会道的80后总会反复宣扬着自己从台湾点灯协会创会理事长张光斗处学到的理念：对的事情，做，就对了！"就是说，你做一件对的事情，你要努力，就一定有人来帮你，这是一个社会上的道理。"陈统奎这样理解这句话。

在陈统奎过去30多年的人生中似乎从未遇到过重大挫折。他说："我每往前走一步都会遇到帮自己的人……这并不是迷信哦。"之所以会这样，是因为"自己在做对的事情，并且善于告诉别人自己在做什么"。

在建设生态村的过程中，陈统奎也会遇到村民不理解的时候。有些基金会害怕手续烦琐，不愿意与作为行政单位的村庄做项目，陈统奎就会以自己的名义做，做完后将所得资金转入村子的发展基金。然而，有些村民会认为这是陈统奎的敛财手段，他大部分时间不在村里，存在非议无人解释，不理解就会持续一段时间。但他认为这样做是为了村子好，仍然坚持自己的做法。

张光斗跟陈统奎讲了另外一个令他十分信服的道理："年轻人，不要太冲动，可以原地打转，转几圈再出发也还来得及。"陈统奎同样对这句话做出了自己的理解："就是做一件很大的事情，那个中间会有很多矛盾、很多周折，你需要去把方方面面照顾到再出发，这样会更顺利，如果你一个人往前冲的话，老百姓会跟不上，甚至地方政府也会跟不上。"在他看来，这句话的深意在于当意见无法达到一致的时候，在原地打转意味着可以先跟不同意见的人沟通协调，然后坚持自己的理念。

8月出生的陈统奎有明显的狮子座性格，大气、外向、掌控欲强，他说自己认定的事情，就一定会马上行动，并且一直坚持下去。对自己所做事情的信念和坚持让他在面对重大人生转折的时候都能优雅地转身。

他自己也一直为此自豪："我高一的时候就梦想要当记者，然后高三毕业我就考到了南大新闻系。考到南大新闻系我知道《南风窗》比较牛，我就想去《南风窗》工作，我又做到了。现在又开始了一个大梦想——成为一名'半农半社会起业家'，我希望大家一起来助我圆梦。"